古典文學研究輯刊

九 編

曾永義 主編

第26冊

諸葛亮民間造型之研究（第四冊）

張谷良 著

國家圖書館出版品預行編目資料

諸葛亮民間造型之研究（第四冊）／張谷良 著 — 初版 — 新北市：花木蘭文化出版社，2014〔民 103〕

目 6+238 面；19×26 公分

（古典文學研究輯刊　九編；第 26 冊）

ISBN：978-986-322-558-4（精裝）

1. 民間文學 2. 文學評論

820.8　　103000764

ISBN-978-986-322-558-4

古典文學研究輯刊

九　編　第二六冊　　ISBN：978-986-322-558-4

諸葛亮民間造型之研究（第四冊）

作　　者　張谷良

主　　編　曾永義

總 編 輯　杜潔祥

副總編輯　楊嘉樂

編　　輯　許郁翎

出　　版　花木蘭文化出版社

社　　長　高小娟

聯絡地址　235 新北市中和區中安街七二號十三樓

電話：02-2923-1455／傳真：02-2923-1452

網　　址　http://www.huamulan.tw 信箱 hml 810518@gmail.com

印　　刷　普羅文化出版廣告事業

初　　版　2014 年 3 月

定　　價　九編 27 冊（精裝）新台幣 48,000 元

諸葛亮民間造型之研究（第四冊）

張谷良　著

目次

第一冊

第二冊

第四冊

一、古籍與稗官野史中「諸葛亮傳說故事」名目彙編

◎〔明〕崇禎五年（西元1632年）諸葛羲、諸葛倬《諸葛孔明全集》（北京：中國書店，1996年9月）所輯「諸葛亮故事」統計分析表

＊諸葛亮「遺事」（44則）

編碼	題名	編碼	題名	編碼	題名	編碼	題名	編碼	題名
01	雍闓亂	10	闢三龍	19	鑄刀	28	諸葛公戍兵	37	曹彬
02	作圖譜	11	楊戲	20	書劍	29	曹叡土功	38	瀘水
03	闢古路	12	何祗	21	琴經	30	賴厷	39	宋高宗
04	評張溫	13	陸遜	22	兵書匣	31	張遵	40	南定樓
05	漢吳盟辭	14	孫權送象	23	翊日而市	32	八陣圖	41	渡瀘圖
06	圍陳倉	15	賜錦、楊顒直諫	24	龐德公娶諸葛小姊	33	侯時小史	42	後身
07	測吳	16	葛巾羽扇	25	分事三國	34	紀功碑	43	古鼎錄 1
08	始以木牛運	17	巾幗	26	具麵	35	弩箭鏃	44	古鼎錄 2
09	辟賢	18	連弩	27	火濟	36	龍州廟		

《諸葛孔明全集》中所載諸葛亮「遺事」與人物生平事蹟的各階段關係分布表（44 則）

階段	題名	則數	比率	排名
生前		0	0	6
早孤離鄉		0	0	6
躬耕隴畝	龐德公娶諸葛小姊、具麵	2	4.55	4
步出茅廬		0	0	6
荊州潰逃		0	0	6
赤壁之戰		0	0	6
謀借荊州		0	0	6
進取益州	分事三國	1	2.27	5
受遺託孤	書劍、翊日而市、八陣圖、弩箭鏃、古鼎錄 1、古鼎錄 2	6	13.64	3
南征蠻越	雍闓亂、作圖譜、關古路、琴經、火濟、諸葛公戍兵、紀功碑、瀘水、南定樓、渡瀘圖	10	22.73	2
北伐中原	評張溫、漢吳盟辭、圍陳倉、測吳、始以木牛運、辟賢、闕三龍、楊戲、何祗、陸遜、孫權送象、賜錦與楊顒直諫、葛巾與羽扇、連弩、兵書匣、賴厷	16	36.36	1
積勞病逝	巾幗	1	2.27	5
身後	曹叡土功、張遵、侯時小史、龍州廟、曹彬、後身	6	13.64	3
其他	鑄刀、宋高宗	2	4.55	4
總計		44	100	

*諸葛亮「遺蹟」（160則）

編碼	題名	編碼	題名	編碼	題名	編碼	題名
001	隆中故宅	041	黔陽諸葛營	081	永安宮	121	武侯廟 7、天威廟
002	隆中書院	042	宜良諸葛營、小石嶺 1、諸葛峒 1	082	劉琦臺	122	諸葛武侯廟 6
003	讀書亭	043	永昌諸葛營、武侯旗臺	083	八陣圖磧	123	先主廟、諸葛侯廟
004	讀書臺、乘煙觀 1、諸葛井 1	044	涪水諸葛營、柏下山、諸葛營壘	084	八陣圖 2	124	武侯廟 8
005	墨池、臥龍寺	045	龍透關、安遠寨	085	八陣圖 3	125	忠賢堂
006	諸葛宅、石鼓山	046	樂山 2	086	武侯塔 1、飽煙蘿山	126	開濟堂、武侯廟 9、八陣圖 4、臥龍山
007	諸葛井 2、避暑臺、三顧門、樂山 1、石枕	047	石鼻寨、石鼻城	087	武侯塔 2	127	武侯祠 3
008	諸葛井 3	048	諸葛寨 1	088	諸葛洞、石床、石粟	128	廣德寺、隆中書院
009	諸葛井 4	049	諸葛寨 2	089	萬里橋、篤泉橋	129	諸葛祠 2、臥龍山 2、諸葛泉
010	武侯壘	050	保子寨	090	武侯橋	130	懷古樓
011	太城	051	諸葛壘、下募城	091	七縱橋	131	銅鼓 1、諸葛鼓 1
012	古城 1	052	駐軍山	092	兵書峽	132	諸葛鼓 2
013	臥龍巖、古城 2、石竈	053	駐兵處、董王臺	093	兵書臺	133	銅鼓 2
014	古土城	054	屯兵處、萬乘湖	094	平羌江	134	石鼓、八陣圖 5

015	諸葛城	055	籌筆驛	095	朝眞觀、武侯祠 1、武侯故宅、乘煙觀 2	135	歸家磚
016	武侯城 1、武侯故壘、武侯戰場、安靖新寨	056	棋盤嶺	096	赤甲戍	136	銅釘
017	武侯城 2	057	容裘谷	097	赤崖、劍門關棧閣	137	遺釜
018	三交城	058	相公嶺、諸葛廟 2	098	老人村、老澤	138	七星三鐵錞、鐵鎗
019	西樂城	059	將軍池	099	五丈原、落星村、諸葛祠 1	139	篇袖鎧帽
020	臥龍岡、草廬、諸葛井 5、青石牀、侯躬耕處、諸葛書院、武侯廟 1	060	龍觀亭、萬勝岡	100	石碑 1	140	炊釜、諸葛行鍋、划車弩、雞鳴枕 1
021	臥龍山 1	061	望軍頂、石盤戍	101	諸葛峒碑、小石嶺 2、諸葛峒 2	141	饅頭
022	葛山、諸葛屯營、武侯廟 2	062	黃沙屯、五丈谿	102	僰道武侯碑	142	制服
023	祁山	063	瀘水	103	行廟碑	143	白氈
024	掇旗山	064	寶山、堡子山	104	武侯碑、昭烈帝廟、武侯廟碑陰	144	雞鳴枕 2
025	相公山	065	黑水	105	蔡山、周公山	145	篆隸鼎
026	火烽山	066	瀘津水、武侯道	106	文學講堂、周公禮殿	146	低門
027	箕山	067	馬湖江	107	黃陵廟、黃牛廟、靈感廟	147	冠帛巾
028	興勢山	068	僰溪、服溪、福溪	108	武侯墓	148	諸葛禁地
029	鐵山	069	征蠻故道、漢陽山、順應廟、馬謖廟	109	武侯廟 3	149	保券
030	侯計山、侯憩山	070	大諸葛堰、小諸葛堰	110	武侯廟 4、瀘峰	150	剁米炊

031	銅鼓山	071	湔堰、都安之堰、陸海、金堤	111	武侯廟 5、諸葛遺民、諸葛村	151	石笋、金容坊、石柱
032	會軍山	072	七星關	112	八陣廟、武侯祠 2、八陣遺蹟	152	火井 1
033	諸葛山	073	劍門關	113	諸葛廟 3	153	火井 2
034	孟山	074	斜谷關	114	諸葛武侯廟 1	154	大柏木、諸葛武侯廟 2
035	朱提山	075	木門	115	諸葛廟 4	155	廟前柏、武侯廟 3
036	定軍山 1、諸葛巖、兵書匣、八陣圖 1、督軍壇	076	赤阪	116	諸葛武侯廟 2	156	諸葛菜、諸葛木
037	定軍山 2、高平、諸葛營、諸葛廟 1	077	郁鄢戍	117	諸葛武侯廟 3、伏龍山	157	白蕈、諸葛武侯池
038	鍾山、金山、蔣山	078	石樓	118	諸葛武侯廟 4	158	木牛流馬
039	定遠諸葛營、望子洞	079	相公潭、諸葛武侯廟 1	119	諸葛武侯廟 5	159	八陣圖 6、定軍山 3
040	靖州諸葛營	080	狠石、石羊巷	120	武侯廟 6、乘烟觀、武興王廟	160	迴瀾塔、石碑 2

《諸葛孔明全集》中所載諸葛亮「遺蹟」與人物生平事蹟的各階段關係分布表（160 則）

階　段	題　名	則數	比率	排名	物數	比率	排名
生　前		0	0	10	0	0	12
早孤離鄉		0	0	10	0	0	12
躬耕隴畝	隆中故宅、隆中書院、（諸葛井 2、避暑臺、三顧門、樂山 1、石枕）、諸葛井 3、（臥龍岡、草廬、諸葛井 5、青石牀、侯躬耕處、諸葛書院、武侯廟 1）、（諸葛武侯廟 3、伏龍山）、臥龍山 1、樂山 2	8	5.00	7	19	7.09	5
步出茅廬	白旄	1	0.63	9	1	0.37	11

荊州潰逃	劉琦臺	1	0.63	9	1	0.37	11
赤壁之戰	（鍾山、金山、蔣山）、（狠石、石羊巷）、諸葛武侯廟 1	3	1.88	8	6	2.24	9
謀借荊州	（墨池、臥龍寺）、（諸葛宅、石鼓山）、相公山、（侯計山、侯憩山）、棋盤嶺、（相公潭、諸葛武侯廟 1）、諸葛廟 4、諸葛武侯廟 4、武侯祠 3、遺釜、保券	11	6.88	5	15	5.60	8
進取益州	諸葛井 4、火烽山〔註 1〕、興勢山〔註 2〕、會軍山、（駐兵處、董王臺）、（屯兵處、萬乘湖）、（朝眞觀、武侯祠 1、武侯故宅、乘煙觀 2）、（黃陵廟、黃牛廟、靈感廟）、諸葛廟 3、諸葛武侯廟 2、諸葛武侯廟 5、（武侯廟 6、乘烟觀、武興王廟）	12	7.50	4	21	7.81	4
受遺託孤	（讀書臺、乘煙觀 1、諸葛井 1）、太城、永安宮、八陣圖磧、八陣圖 2、（諸葛祠 2、臥龍山 2、諸葛泉）、兵書峽、（石鼓、八陣圖 5）、篆隸鼎、（迴瀾塔、石碑 2）	10	6.25	6	16	5.97	7
南征蠻越	古城 1、（臥龍巖、古城 2、石竈）、古土城、諸葛城、（武侯城 1、武侯故壘、武侯戰場、安靖新寨）、武侯城 2、掇旗山、銅鼓山、諸葛山、孟山、朱提山、（定遠諸葛營、望子洞）、靖州諸葛營、黔陽諸葛營、（宜良諸葛營、小石嶺 1、諸葛峒 1）、（永昌諸葛營、武侯旗臺）、（龍透關、安遠寨）、諸葛寨 1、諸葛寨 2、保子寨、駐軍山、（相公嶺、諸葛廟 2）、將軍池、（龍觀亭、萬勝岡）、瀘水、（寶山、堡子山）、（瀘津水、武侯道）、馬湖江、（僰溪、服溪、福溪）、（征蠻故道、漢陽山、順應廟、馬謖廟）、（大諸葛堰、小諸葛堰）、七星關、郁鄢戍、（武侯塔 1、飽煙蘿山）、武侯塔 2、（諸葛洞、石床、石粟）、七縱橋、赤甲戍、石碑 1、（諸葛峒碑、小石嶺 2、諸葛峒 2）、僰道武侯碑、（蔡山、周公山）、（文學講堂、周公禮殿）、（武侯廟 4、瀘峰）、（武侯廟 5、諸葛遺民、諸葛村）、諸葛武侯廟 6、（銅鼓 1、諸葛鼓 1）、諸葛鼓 2、銅鼓 2、歸家磚、銅釘、（炊釜、諸葛行鍋、划車弩、雞鳴枕 1）、饅頭、制服、雞鳴枕 2、低門、諸葛禁地、剁米炊、（諸葛菜、諸葛木）	59	36.88	1	94	35.08	1

〔註 1〕東漢建安十九年（214 年），蜀漢丞相諸葛亮奉蜀主劉備之命前往各地分定州界，從古郪道到了郪縣，即今日的郪江古鎮，郪人宰牛烹羊，舉杯歡迎，在青山綠水間展開了一幅軍民共歡、官民同樂的歡騰畫卷，那場景雖已隨風而逝，但卻留在老百姓的傳聞中，那段歷史也造就了現今仍在使用的一處地名——會軍堂山（在今中江縣境內）。

〔註 2〕劉備稱漢中王，關羽在打敗曹仁南征之軍後，當下正進而圍襄樊。劉備假羽節鉞，給了關羽獨立的軍事權力，並且呼應益州主力在荊北牽制曹軍。此實諸葛亮正出屯駱谷，戎興勢山；劉備主力亦回鎮漢中，與羽聲勢相連，漸現形成「鉗形攻勢」。

北伐中原	讀書亭、武侯壘、三交城、西樂城、（葛山〔註3〕、諸葛屯營、武侯廟2）、祁山、箕山、（涪水諸葛營、柏下山、諸葛營壘）、（石鼻寨、石鼻城）、（諸葛壘、下募城）、籌筆驛、容裘谷、（望軍頂、石盤戍）、（黃沙屯〔註4〕、五丈谿）、黑水、（湔堰、都安之堰、陸海、金堤）、劍門關、斜谷關、木門、赤阪、石樓、（萬里橋、篤泉橋）、武侯橋、平羌江、（赤崖、劍門關棧閣）、武侯廟8、木牛流馬、（白蕁、諸葛武侯池）、（八陣圖6、定軍山3）	29	18.13	2	44	16.42	2
積勞病逝	（五丈原、落星村、諸葛祠1）	1	0.63	9	3	1.12	10
身　後	（定軍山1、諸葛巖、兵書匣、八陣圖1、督軍壇）、（定軍山2、高平、諸葛營、諸葛廟1）、行廟碑、（武侯碑、昭烈帝廟、武侯廟碑陰）、武侯墓、武侯廟3、（先主廟、諸葛侯廟）、忠賢堂、（開濟堂、武侯廟9、八陣圖4、臥龍山）、（廣德寺、隆中書院）、懷古樓、篇袖鎧帽、冠帛巾、（大柏木、諸葛武侯廟2）、（廟前柏、武侯廟3）	15	9.38	3	31	11.57	3
其　他	鐵山、兵書臺、八陣圖3、（老人村、老澤）、（八陣廟、武侯祠2、八陣遺蹟）、（武侯廟7、天威廟）、（七星三鐵錞、鐵鎗）、（石笋、金容坊、石柱）、火井1、火井2	10	6.25	6	17	6.34	6
總　計		160	100		268	100	

＊諸葛亮「遺蹟」中具有故事情節者（29則）

編碼	題　名	編碼	題　名	編碼	題　名	編碼	題　名	編碼	題　名
004	諸葛井中有魚龍	110	蠻人貢馬問舊碑	140	炊釜	147	冠帛巾	153	諸葛亮瞰火井2

〔註 3〕梓潼城西 15 公里有臥龍山，也叫葛山、亮山。《輿地紀勝》載：「葛山、亦名亮山，昔諸葛北伐，嘗營此山，因名」《蜀中名勝記》亦載：「梓潼西南三十裏葛山，又名臥龍，相傳武侯代魏，駐兵於此。」山上諸葛寨，山橢圓，四面陡削，四寨門尚存。寨項較平，周圍約 3000 多米。南端爲葛山寺，今人叫千佛宕。葛山寺修建年代久遠。東晉永甯元年（301 年）巴氏人李特流入四川，在綿竹起義。李特死後，其子李雄於 304 年攻入成都，建立成漢王朝。李雄稱王前後，全家曾住作渲，軍旅之余，常讀諸葛亮治理軍攻史籍。

〔註 4〕《三國志・後主傳》云：「十年，亮休士勸農于黃沙，作流馬木牛畢，教兵講武。」概即指此。

007	董家居諸葛故宅	131	曾省吾獲諸葛鼓	141	饅頭	148	諸葛禁地	154	大柏木
020	道士居諸葛書院	133	銅鼓交趾服役	142	諸葛公制服	149	孔明作保借貸券	155	廟前柏
088	諸葛亮秣馬爲石	135	歸家磚	143	諸葛亮諫劉備	150	剝米炊	156	諸葛菜
100	狄青立碑	138	七星三鐵錞	144	雞鳴枕	151	金容坊石笋	160	迴瀾塔古碑
105	孔明南征夢周公	139	篇袖鎧帽	146	低門	152	諸葛亮瞰火井 1		

《諸葛孔明全集》中所載諸葛亮「遺蹟・具有故事情節者」與人物生平事蹟的各階段關係分布表（29 則）

階　段	題　名	則數	比率	排名
生　前		0	0	5
早孤離鄉		0	0	5
躬耕隴畝	董家居諸葛故宅、道士居諸葛書院	2	6.90	3
步出茅廬		0	0	5
荊州潰逃		0	0	5
赤壁之戰		0	0	5
謀借荊州		0	0	5
進取益州		0	0	5
受遺託孤	諸葛井中有魚龍、迴瀾塔古碑	2	6.90	3
南征蠻越	諸葛亮秣馬爲石、狄青立碑、孔明南征夢周公、蠻人貢馬問舊碑、曾省吾獲諸葛鼓、銅鼓交趾服役、歸家磚、炊釜、饅頭、諸葛公制服、諸葛亮諫劉備、雞鳴枕、低門、冠帛巾、諸葛禁地、孔明作保借貸券、剝米炊、金容坊石笋、諸葛亮瞰火井 1、諸葛亮瞰火井 2、諸葛菜	21	72.41	1

北伐中原		0	0	5
積勞病逝		0	0	5
身　後	篇袖鎧帽、大柏木、廟前柏	3	10.35	2
其　他	七星三鐵錞	1	3.45	4
總　計		29	100	

＊「諸葛亮故事」與人物生平事蹟的各階段關係分布總表（204 則）

《諸葛孔明全集》中所載「諸葛亮故事」與人物生平事蹟的各階段關係分布總表（204 則）

階　段	類別	題　名	則數	小計	比率	排名
生　前	遺事	諸葛京治郿諸葛京治郿諸葛京治郿諸葛京治郿諸葛京治郿諸葛京治郿諸葛京治郿諸葛京治郿諸	0	0	0	12
	遺蹟		0			
早孤離鄉	遺事		0	0	0	12
	遺蹟		0			
躬耕隴畝	遺事	龐德公娶諸葛小姊、具麵	2	10	4.90	8
	遺蹟	隆中故宅、隆中書院、（諸葛井 2、避暑臺、三顧門、樂山 1、石枕）、諸葛井 3、（臥龍岡、草廬、諸葛井 5、青石牀、侯躬耕處、諸葛書院、武侯廟 1）、（諸葛武侯廟 3、伏龍山）、臥龍山 1、樂山 2	8			
步出茅廬	遺事		0	1	0.49	11
	遺蹟	白既	1			

荊州潰逃	遺事		0	1	0.49	11
	遺蹟	劉琦臺	1			
赤壁之戰	遺事		0	3	1.47	9
	遺蹟	（鍾山、金山、蔣山）、（狠石、石羊巷）、諸葛武侯廟 1	3			
謀借荊州	遺事		0	11	5.39	7
	遺蹟	（墨池、臥龍寺）、（諸葛宅、石鼓山）、相公山、（侯計山、侯憩山）、棋盤嶺、（相公潭、諸葛武侯廟 1）、諸葛廟 4、諸葛武侯廟 4、武侯祠 3、遺釜、保券	11			
進取益州	遺事	分事三國	1	13	6.37	5
	遺蹟	諸葛井 4、火烽山、興勢山、會軍山、（駐兵處、董王臺）、（屯兵處、萬乘湖）、（朝眞觀、武侯祠 1、武侯故宅、乘煙觀 2）、（黃陵廟、黃牛廟、靈感廟）、諸葛廟 3、諸葛武侯廟 2、諸葛武侯廟 5、（武侯廟 6、乘烟觀、武興王廟）	12			
受遺託孤	遺事	書劍、翊日而市、八陣圖、弩箭鏃、古鼎錄 1、古鼎錄 2	6	16	7.84	4
	遺蹟	（讀書臺、乘煙觀 1、諸葛井 1）、太城、永安宮、八陣圖磧、八陣圖 2、（諸葛祠 2、臥龍山 2、諸葛泉）、兵書峽、（石鼓、八陣圖 5）、篆隸鼎、（迴瀾塔、石碑 2）	10			
南征蠻越	遺事	雍闓亂、作圖譜、闢古路、琴經、火濟、諸葛公戍兵、紀功碑、瀘水、南定樓、渡瀘圖	10	69	33.82	1
	遺蹟	古城 1、（臥龍巖、古城 2、石竈）、古土城、諸葛城、（武侯城 1、武侯故壘、武侯戰場、安靖新寨）、武侯城 2、掇旗山、銅鼓山、諸葛山、孟山、朱提山、（定遠諸葛營、望子洞）、靖州諸葛營、黔陽諸葛營、（宜良諸葛營、小石嶺 1、諸葛峒 1）、（永昌諸葛營、武侯旗臺）、（龍透關、安遠寨）、諸葛寨 1、諸葛寨 2、保子寨、駐軍山、（相公嶺、諸葛廟 2）、將軍池、（龍觀亭、萬勝岡）、瀘水、（寶山、堡子山）、（瀘津水、武侯道）、馬湖江、（僰溪、服溪、福溪）、（征蠻故道、漢陽山、順應廟、馬謖廟）、（大諸葛堰、小諸葛堰）、七星關、郁鄢戍、（武侯塔 1、飽煙蘿山）、武侯塔 2、（諸葛洞、石床、石粟）、七縱橋、赤甲戍、石碑 1、（諸葛峒碑、小石嶺 2、諸葛峒 2）、僰道武侯碑、（蔡山、周公山）、（文學講堂、周公禮殿）、（武侯廟 4、瀘峰）、（武侯廟 5、諸葛遺	59			

		民、諸葛村）、諸葛武侯廟 6、（銅鼓 1、諸葛鼓 1）、諸葛鼓 2、銅鼓 2、歸家磚、銅釘、（炊釜、諸葛行鍋、划車弩、雞鳴枕 1）、饅頭、制服、雞鳴枕 2、低門、諸葛禁地、剁米炊、（諸葛菜、諸葛木）				
北伐中原	遺事	評張溫、漢吳盟辭、圍陳倉、測吳、始以木牛運、辟賢、闢三龍、楊戲、何祗、陸遜、孫權送象、賜錦與楊顒直諫、葛巾與羽扇、連弩、兵書匣、賴厷	16	45	22.06	2
	遺蹟	讀書亭、武侯壘、三交城、西樂城、（葛山、諸葛屯營、武侯廟 2）、祁山、箕山、（涪水諸葛營、柏下山、諸葛營壘）、（石鼻寨、石鼻城）、（諸葛壘、下募城）、籌筆驛、容裘谷、（望軍頂、石盤戍）、（黃沙屯、五丈谿）、黑水、（湔堰、都安之堰、陸海、金堤）、劍門關、斜谷關、木門、赤阪、石樓、（萬里橋、篤泉橋）、武侯橋、平羌江、（赤崖、劍門關棧閣）、武侯廟 8、木牛流馬、（白蕁、諸葛武侯池）、（八陣圖 6、定軍山 3）	29			
積勞病逝	遺事	巾幗	1	2	0.98	10
	遺蹟	（五丈原、落星村、諸葛祠 1）	1			
身　　後	遺事	曹叡土功、張遵、侯時小史、龍州廟、曹彬、後身	6	21	10.29	3
	遺蹟	（定軍山 1、諸葛巖、兵書匣、八陣圖 1、督軍壇）、（定軍山 2、高平、諸葛營、諸葛廟 1）、行廟碑、（武侯碑、昭烈帝廟、武侯廟碑陰）、武侯墓、武侯廟 3、（先主廟、諸葛侯廟）、忠賢堂、（開濟堂、武侯廟 9、八陣圖 4、臥龍山）、（廣德寺、隆中書院）、懷古樓、篇袖鎧帽、冠帛巾、（大柏木、諸葛武侯廟 2）、（廟前柏、武侯廟 3）	15			
其　　他	遺事	鑄刀、宋高宗	2	12	5.88	6
	遺蹟	鐵山、兵書臺、八陣圖 3、（老人村、老澤）、（八陣廟、武侯祠 2、八陣遺蹟）、（武侯廟 7、天威廟）、（七星三鐵錞、鐵鎗）、（石筍、金容坊、石柱）、火井 1、火井 2	10			
總　　計	遺事		44	204	100	
	遺蹟		160			

◎〔清〕張澍（1776～1847）《諸葛亮集》（北京：中華書局，1960年8月）所輯「諸葛亮故事」統計分析表

＊「故事」卷一「諸葛篇」（57則）

編碼	題　　名	編碼	題　　名	編碼	題　　名	編碼	題　　名
01	語訛瞻葛爲諸葛	16	南陽三葛龍虎狗	31	亮卒於郭氏塢	46	諸葛丞相德威遠著
02	瞻葛有熊氏之後	17	蜀人思亮咸愛瞻	32	諸葛亮憂恚歐血卒	47	亮等爲四相
03	葛嬰孫封諸縣侯	18	諸葛亮盡其心力	33	死諸葛走生仲達	48	武侯小史對桓溫問
04	諸縣葛氏徙陽都	19	亮子孫流徙中畿	34	諸葛亮識破降計	49	江州鳥
05	諸葛豐特立剛直	20	諸葛京治郿有稱	35	後主怒誅李邈	50	亮猶不能定中原
06	諸葛兄弟明公私	21	諸葛瞻不改父志	36	長星投諸葛營	51	聞惡必改
07	權與瑾可謂神交	22	喬子攀還爲瑾後	37	星投諸葛營	52	諸葛亮善治國
08	一門三方冠蓋世	23	孔明之後獨不至	38	求爲諸葛亮立廟	53	諸葛亮明於治而爲相
09	瑾面長似驢爲優	24	諸葛亮身長八尺	39	詔爲丞相亮立廟	54	玄德見諸葛
10	諸葛恪言勝孔明	25	龐山民娶亮小姊	40	武侯事蹟湮沒多	55	蜀民爲亮戴天孝
11	恪以馬鞭拍褘背	26	諸葛亮娶妻	41	壽立亮傳有私心 1	56	爲諸葛亮服白巾
12	父珪爲泰山郡丞	27	武侯女乘雲輕舉	42	壽立亮傳有私心 2	57	諸葛公制服
13	諸葛亮母兄在吳	28	諸葛亮妾無副服	43	壽立亮傳有私心 3		
14	諸葛玄爲豫章太守	29	司馬懿問亮寢食	44	陸機虛張拒葛鋒		
15	諸葛均官至長水校尉	30	諸葛亮病故前後	45	諸葛丞相英才挺出		

《諸葛亮集》中所載諸葛亮故事「諸葛篇」與人物生平事蹟的各階段關係分布表（57 則）

階　段	題　名	則數	比率	排名
生　前	語訛瞻葛爲諸葛、瞻葛有熊氏之後、葛嬰孫封諸縣侯、諸縣葛氏徙陽都、諸葛豐特立剛直、父珪爲泰山郡丞	6	10.53	3
早孤離鄉	諸葛玄爲豫章太守	1	1.75	7
躬耕隴畝	諸葛亮身長八尺、龐山民娶亮小姊、諸葛亮娶妻	3	5.26	5
步出茅廬	玄德見諸葛	1	1.75	7
荊州潰逃		0	0	8
赤壁之戰		0	0	8
謀借荊州	諸葛亮母兄在吳	1	1.75	7
進取益州	諸葛兄弟明公私、一門三方冠蓋世、南陽三葛龍虎狗、武侯女乘雲輕舉、諸葛亮明於治而爲相	5	8.77	4
受遺託孤	權與瑾可謂神交、諸葛亮善治國	2	3.51	6
南征蠻越	諸葛丞相英才挺出	1	1.75	7
北伐中原	瑾面長似驢爲優、諸葛恪言勝孔明、恪以馬鞭拍禕背、諸葛亮妾無副服、諸葛丞相德威遠著	5	8.77	4
積勞病逝	司馬懿問亮寢食、諸葛亮病故前後、亮卒於郭氏塢、諸葛亮憂恚歐血卒、諸葛亮識破降計、長星投諸葛營、星投諸葛營、江州鳥	8	14.04	2
身　後	蜀人思亮咸愛瞻、諸葛亮盡其心力、亮子孫流徙中畿、諸葛京治郿有稱、諸葛瞻不改父志、喬子攀還爲瑾後、孔明之後獨不至、死諸葛走生仲達、後主怒誅李邈、求爲諸葛亮立廟、詔爲丞相亮立廟、武侯事蹟湮沒多、壽立亮傳有私心 1、壽立亮傳有私心 2、壽立亮傳有私心 3、陸機虛張拒葛鋒、亮等爲四相、武侯小史對桓溫問、亮猶不能定中原、聞惡必改、蜀民爲亮戴天孝、爲諸葛亮服白巾、諸葛公制服	23	40.35	1
其　他	諸葛均官至長水校尉	1	1.75	7
總　計		57	100	

＊「故事」卷二「遺事篇」（75 則）

編碼	題名	編碼	題名	編碼	題名	編碼	題名
01	諸葛亮拜見龐德公 1	20	諸葛亮激司馬懿	39	孫權送象	58	劉備使亮至京
02	諸葛亮拜見龐德公 2	21	射殺張郃	40	諸葛亮駐臨蒸	59	諸葛亮出屯江陽
03	諸葛亮拜師	22	遣趙雲截留太子	41	孫權懼亮自疑	60	諸葛亮用獽蜑兵
04	孔明歎徐庶石韜	23	先主平益賜諸葛	42	諸葛率眾出斜谷	61	先主召亮於成都
05	亮遣使宣意孟建	24	諸葛亮平南土	43	諸葛亮圍陳倉	62	諸葛亮遺囑
06	諸葛亮游學	25	先主留亮據荊州	44	亮出斜谷田蘭坑	63	亮亡蜀益白帝軍
07	伏龍鳳雛爲俊傑	26	亮在臨蒸	45	劉備始與亮相遇	64	亮沒後赦制遂虧
08	諸葛亮諫劉備	27	孔明說先主攻琮	46	三郡同時應亮	65	諸葛亮殺常房諸子
09	亮爲劉琦設謀	28	先主遣亮結孫權	47	司馬懿贊諸葛	66	亮向秦宓問任安
10	郭沖條亮五事 1	29	遣亮詣孫龍〔註 5〕結盟	48	諸葛亮戰於鳳山	67	亮向秦宓問董扶
11	郭沖條亮五事 2	30	備遣亮使於權	49	諸葛亮戰於石室	68	諸葛亮達見計數
12	郭沖條亮五事 3	31	魯肅卒亮爲發哀	50	諸葛亮戰於萬騎谿	69	諸葛亮聞俊憂溫
13	郭沖條亮五事 4	32	亮南征詔賜	51	諸葛亮戰於石井	70	諸葛亮稱歎嚴畯
14	郭沖條亮五事 5	33	亮命陳式平二郡	52	諸葛亮戰於漏江	71	牂牁帥火濟

〔註 5〕孫「龍」，應爲「權」之誤。

15	拒事孫權	34	亮七縱七禽孟獲	53	諸葛亮戰於盤東	72	諸葛亮賜姓龍佑那 1
16	政由葛氏	35	諸葛亮據南郡	54	孟達欲應諸葛亮	73	諸葛亮賜姓龍佑那 2
17	亮明懿千里請戰	36	亮遣兵入羌破敵	55	諸葛亮爲夷作圖譜	74	諸葛亮遺常頎
18	諸葛亮知辛佐治	37	亮使民忘其敗	56	諸葛亮忍笑譙周	75	諸葛亮征服南詔蠻
19	諸葛亮大戰祁山	38	諸葛諫劉備莫使東吳	57	亮勸劉巴歸玄德		

《諸葛亮集》中所載諸葛亮故事「遺事篇」與人物生平事蹟的各階段關係分布表（75 則）

階　段	題　名	則數	比率	排名
生　前		0	0	9
早孤離鄉		0	0	9
躬耕隴畝	諸葛亮拜見龐德公 1、諸葛亮拜見龐德公 2、諸葛亮拜師、諸葛亮游學	4	5.33	6
步出茅廬	伏龍鳳雛爲俊傑、諸葛亮諫劉備、劉備始與亮相遇	3	4.00	7
荊州潰逃	亮爲劉琦設謀、孔明說先主攻琮	2	2.67	8
赤壁之戰	拒事孫權、先主遣亮結孫權、遣亮詣孫龍結盟、備遣亮使於權、劉備使亮至京	5	6.67	5
謀借荊州	亮在臨蒸、諸葛諫劉備莫使東吳、諸葛亮駐臨蒸、亮勸劉巴歸玄德	4	5.33	6
進取益州	郭沖條亮五事 1、郭沖條亮五事 2、遣趙雲截留太子、先主平益賜諸葛、先主留亮據荊州、魯肅卒亮爲發哀、諸葛亮據南郡、諸葛亮出屯江陽	8	10.67	3
受遺託孤	政由葛氏、先主召亮於成都、亮向秦宓問任安、亮向秦宓問董扶、諸葛亮達見計數、諸葛亮聞俊憂慍、諸葛亮稱歎嚴畯	7	9.33	4

南征蠻越	諸葛亮平南土、亮南征詔賜、亮七縱七禽孟獲、諸葛亮戰於鳳山、諸葛亮戰於石室、諸葛亮戰於萬騎谿、諸葛亮戰於石井、諸葛亮戰於漏江、諸葛亮戰於盤東、諸葛亮爲夷作圖譜、諸葛亮忍笑譙周、諸葛亮用獽蜑兵、諸葛亮殺常房諸子、牂牁帥火濟、諸葛亮賜姓龍佑那 1、諸葛亮賜姓龍佑那 2、諸葛亮遣常頎、諸葛亮征服南詔蠻	18	24.00	1
北伐中原	孔明歎徐庶石韜、亮遣使宣意孟建、郭沖條亮五事 3、郭沖條亮五事 4、郭沖條亮五事 5、諸葛亮大戰祁山、射殺張郃、亮命陳式平二郡、亮遣兵入羌破敵、亮使民忘其敗、孫權送象、諸葛率眾出斜谷、諸葛亮圍陳倉、亮出斜谷田蘭坑、三郡同時應亮、司馬懿贊諸葛、孟達欲應諸葛亮	17	22.67	2
積勞病逝	亮明懿千里請戰、諸葛亮知辛佐治、諸葛亮激司馬懿、孫權懼亮自疑、諸葛亮遺囑	5	6.67	5
身　　後	亮亡蜀益白帝軍、亮沒後赦制遂虧	2	2.67	8
其　　他		0	0	9
總　　計		75	100	

＊「故事」卷三「用人篇」（23 則）

編碼	題　　名	編碼	題　　名	編碼	題　　名	編碼	題　　名
01	丞相亮開府決事	07	亮與書誘勸杜微	13	李邈諫赦失亮意	19	亮贊歎殷禮奇偉
02	亮築臺延四方士	08	諸葛亮遣禕使吳	14	亮遣龔祿住安上	20	亮以射援爲祭酒
03	諸葛亮南征	09	諸葛亮作《甘戚論》	15	亮圍祁山設三策	21	亮辟禎伸爲從事
04	亮即其渠率用之	10	亮密表後主	16	孔明不許置巴州	22	亮選伍梁爲功曹
05	亮問箕谷軍退因	11	馬良與亮結兄弟	17	亮以董恢爲知言	23	文恭任亮從事參軍
06	遣趙雲截留太子	12	亮納馬謖攻心策	18	亮陰聞何祗失職		

《諸葛亮集》中所載諸葛亮故事「用人篇」與人物生平事蹟的各階段關係分布表（23 則）

階　段	題　名	則數	比率	排名
生　前		0	0	5
早孤離鄉		0	0	5
躬耕隴畝		0	0	5
步出茅廬		0	0	5
荊州潰逃		0	0	5
赤壁之戰		0	0	5
謀借荊州		0	0	5
進取益州	遣趙雲截留太子、馬良與亮結兄弟	2	8.70	4
受遺託孤	丞相亮開府決事、亮築臺延四方士、亮與書誘勸杜微、亮陰聞何祗失職、亮贊歎殷禮奇偉、亮以射援爲祭酒、亮辟禎伸爲從事、亮選伍梁爲功曹、文恭任亮從事參軍	9	39.13	1
南征蠻越	諸葛亮南征、亮即其渠率用之、亮納馬謖攻心策、亮遣龔祿住安上	4	17.39	3
北伐中原	亮問箕谷軍退因、諸葛亮遣禕使吳、諸葛亮作《甘戚論》、亮密表後主、李邈諫赦失亮意、亮圍祁山設三策、孔明不許置巴州、亮以董恢爲知言	8	34.78	2
積勞病逝		0	0	5
身　後		0	0	5
其　他		0	0	5
總　計		23	100	

＊「故事」卷四「制作篇」（110則）

編碼	題名	編碼	題名	編碼	題名	編碼	題名
001	諸葛亮著文	029	諸葛亮令蒲元鑄刀	057	石鼓	085	八陳圖 11
002	諸葛亮撰《琴經》	030	諸葛父子長於畫	058	遺釜	086	八陳圖 12
003	諸葛亮作《梁甫吟》	031	諸葛亮爲夷作圖譜	059	諸葛銅鼓 4	087	八陳圖 13
004	諸葛亮損益連弩	032	諸葛亮爲哀牢國作圖譜	060	石樓	088	八陳圖 14
005	孔明作元戎	033	蜀主八劍	061	彫樓	089	八陳圖 15
006	馬鈞見亮連弩	034	諸葛亮鑄鼎	062	石人	090	八陳圖 16
007	李興贊諸葛亮	035	諸葛亮題字於三鼎	063	武侯塹	091	八陳圖 17
008	亮所建制皆應繩墨	036	諸葛亮題克漢鼎	064	巾幗 1	092	八陳圖 18
009	亮好治官府建設	037	諸葛亮題古鼎	065	巾幗 2	093	夔人重武侯 1
010	諸葛亮建立禮儀	038	諸葛亮銅鐺文	066	劍閣道 1	094	夔人重武侯 2
011	都安大堰	039	諸葛亮剌山	067	平武步道	095	夔州八陳圖尙存
012	亮起館舍築亭障	040	諸葛亮佩劍	068	饅頭	096	馬隆依圖作偏箱車
013	諸葛亮以八陳法教閱戰士	041	諸葛亮作饅頭來餤	069	白羽扇	097	刁雍請采八陳禦寇
014	亮平南中置飛軍	042	諸葛亮造竹槍	070	諸葛亮箭袖鎧	098	唐人造八陳
015	鄧芝平涪陵徐巨	043	亮擴槍木桿金頭	071	諸葛亮編袖鎧帽	099	武侯以石布八陳
016	亮發涪陵勁卒爲連弩士	044	諸葛亮置苦竹槍	072	諸葛亮箭袖鎧冒	100	武侯習風后《五圖》

017	亮以怡思和爲太守	045	亮起衝車	073	諸葛行鍋	101	李靖《問對》八陣 1
018	亮平南中置五部	046	陳勰習諸葛圖陳法	074	翊日而市	102	李靖《問對》八陣 2
019	武侯南征置戍	047	武侯雞鳴枕	075	八陣圖 1	103	李靖《問對》八陣 3
020	亮率兵南征四郡	048	鐵蒺藜	076	八陣圖 2	104	李靖《問對》八陣 4
021	亮南征置朱提郡	049	諸葛亮埋箭鏃	077	八陣圖 3	105	風后《握奇經》
022	作木牛流馬	050	諸葛亮埋弩箭鏃	078	八陣圖 4	106	黃帝設八陣之形
023	亮始以木牛運糧	051	亮造七星三鐵錞	079	八陣圖 5	107	孔明八陣本一陣
024	木牛流馬	052	諸葛窮夷法	080	八陣圖 6	108	諸葛亮法古八陣
025	蒲元推意作木牛	053	諸葛銅鼓 1	081	八陣圖 7	109	司馬懿歎諸葛
026	蜀中有小車獨推	054	諸葛銅鼓 2	082	八陣圖 8	110	劉備令蒲元造刀
027	江州車子 1	055	諸葛銅鼓紀事	083	八陣圖 9		
028	江州車子 2	056	諸葛銅鼓 3	084	八陣圖 10		

《諸葛亮集》中所載諸葛亮故事「制作篇」與人物生平事蹟的各階段關係分布表（110 則）

階　段	題　名	則數	比率	排名
生　前		0	0	8
早孤離鄉		0	0	8
躬耕隴畝	諸葛亮作《梁甫吟》	1	0.90	7
步出茅廬		0	0	8

荊州潰逃		0	0	8
赤壁之戰		0	0	8
謀借荊州	遺釜	1	0.90	7
進取益州	諸葛亮著文	1	0.90	7
受遺託孤	諸葛亮建立禮儀、蜀主八劍、諸葛亮題字於三鼎、諸葛亮題克漢鼎、諸葛亮題古鼎、諸葛亮銅鐺文、諸葛亮佩劍、諸葛亮埋箭鏃、諸葛亮埋弩箭鏃、石鼓、翊日而市、八陳圖 1、八陳圖 2、八陳圖 3、八陳圖 6、八陳圖 7、八陳圖 8、八陳圖 9、八陳圖 10、八陳圖 11、八陳圖 12、八陳圖 13、八陳圖 16、八陳圖 17、夔州八陳圖尙存、夔人重武侯 1、夔人重武侯 2、馬隆依圖作徧箱車、刁雍請采八陳禦寇、唐人造八陳、武侯以石布八陳、武侯習風后《五圖》、李靖《問對》八陳 1、李靖《問對》八陳 2、李靖《問對》八陳 3、李靖《問對》八陳 4、風后《握奇經》、黃帝設八陳之形、孔明八陳本一陳、諸葛亮法古八陳	40	36.36	1
南征蠻越	諸葛亮撰《琴經》、鄧芝平涪陵徐巨、亮發涪陵勁卒爲連弩士、亮平南中置飛軍、亮平南中置五部、武侯南征置戍、亮率兵南征四郡、亮南征置朱提郡、諸葛亮爲夷作圖譜、諸葛亮爲哀牢國作圖譜、諸葛亮刺山、諸葛亮作饅頭來餤、武侯雞鳴枕、諸葛窮夷法、諸葛銅鼓 1、諸葛銅鼓 2、諸葛銅鼓紀事、諸葛銅鼓 3、諸葛銅鼓 4、石人、武侯甎、饅頭、諸葛行鍋	23	20.91	2
北伐中原	諸葛亮損益連弩、孔明作元戎、馬鈞見亮連弩、都安大堰、諸葛亮以八陳法教閱戰士、作木牛流馬、亮始以木牛運糧、木牛流馬、蒲元推意作木牛、蜀中有小車獨推、江州車子 1、江州車子 2、諸葛亮鑄鼎、亮起衝車、石樓、彫樓、劍閣道 1、平武步道、白羽扇、八陳圖 4、八陳圖 14、八陳圖 15	22	20.00	3
積勞病逝	鐵蒺藜、巾幗 1、巾幗 2、司馬懿歎諸葛	4	3.64	6
身　　後	李興贊諸葛亮、亮以怡思和爲太守、陳勰習諸葛圖陳法、諸葛亮筩袖鎧、諸葛亮徧袖鎧帽、諸葛亮筩袖鎧冒	6	5.46	5
其　　他	亮所建制皆應繩墨、亮好治官府建設、亮起館舍築亭障、諸葛亮令蒲元鑄刀、諸葛父子長於畫、諸葛亮造竹槍、亮擴槍木桿金頭、諸葛亮置苦竹槍、亮造七星三鐵錞、八陳圖 5、八陳圖 18、劉備令蒲元造刀	12	10.91	4
總　　計		110	100	

＊「故事」卷五「遺蹟篇」（286 則）

編碼	題　名	編碼	題　名	編碼	題　名	編碼	題　名
001	武鄉谷	073	讀書臺、乘煙觀 3	145	諸葛山 1	217	鍾山 2、石頭城 2
002	諸葛亮故宅、諸葛井 1	074	諸葛亮舊居 1、葛陌 1、諸葛亮宅 3	146	臥龍山 3、孔明祠、觀音泉	218	秣陵山、鍾山 3、蔣山
003	南陽	075	諸葛亮宅 4、諸葛井 6	147	伎圜戍	219	諸葛亮紀功碑
004	諸葛亮家、隆中 1	076	諸葛井 7	148	諸葛武侯祠 1、孟獲溝	220	佛光寨、祭天臺
005	隆中 2、孔明宅 1	077	九里隄 1	149	諸葛城 2	221	孔明鐵柱
006	諸葛亮宅 1	078	火井 1	150	古城	222	諸葛營 1、諸葛營壘、諸葛洞 4
007	作樂山	079	火井 2	151	將軍池	223	諸葛營 2、武侯旗臺 1
008	樂山 1、孔明舊宅	080	淯井 1	152	問津驛	224	九隆山
009	諸葛故宅、諸葛井 2、避水臺、三顧門 1、樂山 2	081	淯井 2	153	奴諾城	225	諸葛營 3、望子洞
010	孔明故宅、葛井、避暑臺 1、樂山 3	082	諸葛鹽井	154	鄞 1、堂山	226	東山、飽烟蘿山、武侯塔 2、孔明壘
011	諸葛亮宅 2、諸葛井 3	083	永安宮 1	155	會軍堂山、鄞 2	227	諸葛山 2
012	劉琦臺	084	永安宮 2	156	烽火山 2	228	諸葛寨 2、孔明寨司
013	議事堂	085	義泉 1	157	會軍山	229	諸葛營 4、諸葛碑

014	臥龍岡、草廬、諸葛井 4、青石牀、侯躬耕處、武侯祠 1、諸葛書院	086	九里隄 2	158	栢下山、諸葛公營壘	230	大諸葛堰、小諸葛堰
015	隆中山、臥龍山 1、避暑臺 2、三顧門 2	087	武侯水、武侯津 1	159	諸葛寨 1	231	諸葛城 4
016	褒斜道、石牛道 1	088	武侯津 2	160	武侯橋	232	滇蠻、諸葛公戍兵
017	八陳圖 1	089	老人邨、老澤	161	諸葛城 3	233	保券 1
018	瀘水 1	090	太城	162	南詔城	234	保券 2
019	容裘谷	091	鐵谿河	163	諸葛亮城	235	銅鼓山
020	武侯壘 1	092	劍閣道 2	164	諸葛亮故城	236	墨池、臥龍寺 1
021	黃沙屯	093	劍閣道 3	165	武侯城 5	237	諸葛城 5、孔明故里
022	五丈原 1	094	石牛道 2、劍閣道 4	166	武侯城 6、侯戰場、安靖新寨	238	諸葛祭風臺、赤壁
023	興勢坂、駱谷 1、烽火樓 1	095	劍閣道 5	167	魚通	239	棋盤崖、諸葛孔明廟 1、相公潭
024	對亮城	096	籌筆驛	168	打箭鑪、郭達山	240	侯計山、侯憩山
025	祁山 1、武侯故壘、武侯宿草 1	097	盤石戍	169	相臺山	241	武侯祠 4
026	斜水、武功水	098	七盤山、武侯坡	170	石樓	242	定軍山 5、高平、諸葛亮廟 1、八陳圖 6
027	馬冢	099	烽火山 1	171	碉樓	243	諸葛忠武侯冢
028	祁山 2	100	葛山 1、諸葛廟 1	172	熊耳峽	244	亮冢、定軍山 6

029	月谷口、坂月川	101	武侯山	173	平羌江 2	245	五丈原 5、落星邨 1
030	漢城 1、樂城 1	102	葛山 2、亮山、臥龍山 2、古碑	174	臥龍山 4、孔明祠像	246	落星邨 2
031	赤崖庫	103	廣都縣	175	臥龍山 5、諸葛祠 1、諸葛泉 1	247	武侯壘 2、定軍山 7、諸葛武侯墓、松栢碑銘
032	興勢山、駱谷 2、烽火樓 2	104	鐵櫃山	176	諸葛洞 1	248	諸葛寨 3
033	五丈原 2	105	大相公嶺、諸葛廟 2	177	烽火山 3	249	諸葛武侯祠 2、石鼓山、孔明宅 2
034	祁山 3、諸葛亮壘 1、武侯宿草 2	106	小相公嶺	178	安遠山寺石刻	250	武侯祠 5
035	木門堡	107	相公山	179	龍透關、安遠寨	251	武侯廟 2、諸葛邨、武侯旗臺 2
036	木馬山	108	后來亭	180	涇灘	252	先主祠 1、武侯祠 6
037	石門關	109	蔡山、周公山 1	181	瀘水 9	253	昭烈祠
038	諸葛亮壘 2	110	周公山 2	182	吳君山、藏匱山	254	昭烈廟、武侯祠 7
039	漢城 2、樂城 2	111	周公山 3	183	都安之堰、湔堰、金隄	255	先主廟 1、諸葛孔明廟 2
040	諸葛城 1	112	萬勝岡、龍觀、龍觀寺	184	後山盤城	256	武侯廟 3、乘煙觀 4、孔明廟 1、武興王廟
041	諸葛壘、下募城	113	平羌江 1	185	赤甲戍	257	先主廟 2、武侯祠 8、栢樹
042	武侯八陣圖 1	114	七縱橋、七縱渡	186	滇池	258	武侯廟 4、八陣圖 7、臥龍山 6、諸葛廟 3、開濟堂

043	定軍山 1、八陣圖 2	115	廢土城	187	臥龍坡	259	臥龍山 7、諸葛祠 2、義泉 2
044	八陣圖 3	116	南壽山、博望山	188	紅崖山	260	武侯廟 5、八陣臺、武侯故祠、諸葛廟 4
045	八陣圖 4	117	馬湖江、瀘水 2	189	香爐峯	261	臥龍寺 2、諸葛孔明畫像
046	武侯八陣圖 2	118	瀘州 1、江陽 1	190	武侯祭星壇、七星營	262	諸葛武侯廟 1
047	定軍山 2、諸葛巖、兵書匣、八陣圖 5、督軍壇	119	瀘川縣、江陽 2	191	盤江 1	263	武侯廟 6
048	定軍山 3、武侯廟 1、石琴	120	瀘水 3	192	盤江 2	264	諸葛公祠
049	五丈原 3	121	瀘水 4、瀘津關	193	臥龍巖、諸葛武侯古城	265	五丈原 6、諸葛武侯廟 2
050	邸閣、斜谷口、懷賢閣	122	瀘水 5、武侯城 2	194	畢節城碑、祭星臺	266	先主祠 2、武侯祠 9、先主廟 3
051	五丈原 4	123	馬謖谿	195	石牀、石粟	267	諸葛公廟、先主廟 4、雙文栢 1
052	箕谷	124	旄牛、武侯城 3、瀘水 6	196	諸葛洞 2、半蓮洞、武侯石刻像	268	雙文栢 2、忠武室
053	建寧郡	125	瀘水 7	197	諸葛洞 3	269	武侯祠 10、九盤坂、鄧艾廟
054	白帝、夜郎、漢中	126	武侯城 4、瀘水 8、瀘州 2	198	石盤戍 1、望軍頂 1	270	武侯廟栢
055	褒斜谷、三交城	127	朱提郡	199	石盤戍 2、望軍頂 2	271	諸葛亮廟 2、諸葛亮廟大栢
056	石鼻寨、百鼻城	128	龍虎洞、觀音塘	200	鐵山 1	272	孔明廟 2、孔明廟栢
057	陳倉故城	129	卦石	201	鐵山 2	273	諸葛菜 1、蔓菁

058	散關	130	藏甲巖、武侯祠 3	202	鐵山 3	274	白蕁、諸葛菜 2、武都山、諸葛池
059	陳倉道	131	十丈空崖	203	鐵砧山	275	篠竹、臥龍山 8、諸葛亮祠
060	陳倉故道	132	箐青山、靖軍山	204	鐵溪河	276	諸葛菜 3、諸葛木
061	石馬城	133	黃陵廟、黃牛廟	205	僰谿、服谿、福谿	277	僰道、諸葛武侯碑 1
062	赤坂	134	朱提山	206	儲書峽	278	諸葛武侯行廟碑
063	黑水	135	漢陽山 1	207	武侯兵書臺	279	武侯祠 11、武侯祠碑
064	蓮花池、孔明讀書亭	136	漢陽山 2	208	武侯兵書匣、定軍山 4、兵書峽	280	諸葛碑
065	思計臺 1	137	武侯歇馬石	209	諸葛泉 2	281	諸葛武侯碑 2、昭烈帝廟
066	武侯城 1、思計臺 2	138	保子寨	210	諸葛武侯故宅	282	武侯祠 12、諸葛武侯南征誓蠻碑
067	石笋 1	139	梅嶺堡	211	孔明石碑	283	武侯碑
068	金容坊、石笋 2、石柱	140	武侯塔 1	212	僭山、算山	284	武侯祠 13、武侯祠石碑
069	長星橋、萬里橋 1	141	上馬臺	213	巢湖	285	瀘水 10
070	萬里橋 2	142	掇旗山	214	石頭城 1、秣陵城、鍾山 1	286	孟獲城
071	朝眞觀、武侯祠 2、乘煙觀 1	143	武侯砦	215	很石		
072	乘煙觀 2、諸葛井 5	144	鳳山、走馬嶺	216	石頭山、龍洞、桃源洞、駐馬坡		

《諸葛亮集》中所載諸葛亮故事「遺蹟篇」與人物生平事蹟的各階段關係分布表（286 則）

階段	題名	則數	比率	排名	物數	比率	排名
生前		0	0	13	0	0	13
早孤離鄉	（諸葛城 5、孔明故里）	1	0.35	12	2	0.41	11
躬耕隴畝	（諸葛亮故宅、諸葛井 1）、南陽、（諸葛亮家、隆中 1）、（隆中 2、孔明宅 1、諸葛亮宅 1）、諸葛亮宅 2、作樂山、（樂山 1、孔明舊宅）、（諸葛故宅、諸葛井 2、避水臺、三顧門 1、樂山 2）、（孔明故宅、葛井、避暑臺 1、樂山 3）、（諸葛亮宅 3、諸葛井 3）、（臥龍岡、草廬、諸葛井 4、青石牀、侯躬耕處、武侯祠 1、諸葛書院）、（隆中山、臥龍山 1、避暑臺 2、三顧門 2）、（篨竹、臥龍山 8、諸葛亮祠）	13	4.55	7	37	7.52	4
步出茅廬	議事堂	1	0.35	12	1	0.20	12
荊州潰逃	劉琦臺、保券 1、保券 2	3	1.05	11	3	0.61	10
赤壁之戰	（髾山、算山）、巢湖、（石頭城 1、秣陵城、鍾山 1）、很石、（石頭山、龍洞、桃源洞、駐馬坡）、（鍾山 2、石頭城 2）、（秣陵山、鍾山 3、蔣山）、（諸葛祭風臺、赤壁）、武侯祠 5	9	3.15	9	19	3.86	8
謀借荊州	相公山、諸葛武侯故宅、（墨池、臥龍寺 1）、（棋盤崖、諸葛孔明廟 1、相公潭）、（侯計山、侯憩山）、武侯祠 4、諸葛寨 3、（諸葛武侯祠 2、石鼓山、孔明宅 2）	8	2.80	10	14	2.85	10
進取益州	（興勢坂、駱谷 1、烽火樓 1）、（興勢山、駱谷 2、烽火樓 2）、（朝眞觀、武侯祠 2、乘煙觀 1）、（乘煙觀 2、諸葛井 5）、（諸葛亮舊居 1、葛陌 1、諸葛亮宅 4）、（諸葛亮宅 5、諸葛井 6）、諸葛井 7、烽火山 1、廣都縣、（南壽山、博望山）、（瀘州 1、江陽 1）、（瀘川縣、江陽 2）、（黃陵廟、黃牛廟）、（郪 1、堂山）、（會軍堂山、郪 2）、烽火山 2、會軍山、烽火山 3	18	6.29	5	34	6.91	5
受遺託孤	武鄉谷、八陣圖 4、九里隄 1、永安宮 1、永安宮 2、義泉 1、（讀書臺、乘煙觀 3）、九里隄 2、太城、（臥龍山 5、諸葛祠 1、諸葛泉 1）、（武侯廟 4、八陣圖 7、臥龍山 6、諸葛廟 3、開濟堂）、（臥龍山 7、諸葛祠 2、義泉 2）、（武侯廟 5、八陣臺、武侯故祠、諸葛廟 4）、（臥龍寺 2、諸葛孔明畫像）、諸葛碑 2	15	5.25	6	28	5.69	7

南征蠻越	瀘水1、建寧郡、鐵櫃山、(大相公嶺、諸葛廟2)、小相公嶺、后來亭、(蔡山、周公山1)、周公山2、周公山3、(萬勝岡、龍觀、龍觀寺)、(七縱橋、七縱渡)、廢土城、(馬湖江、瀘水2)、瀘水3、(瀘水4、瀘津關)、(瀘水5、武侯城2)、馬謖谿、(旄牛、武侯城3、瀘水6)、瀘水7、(武侯城4、瀘水8、瀘州2)、朱提郡、(龍虎洞、觀音塘)、卦石、(藏甲巖、武侯祠3)、十丈空崖、(箐青山、靖軍山)、朱提山、漢陽山1、漢陽山2、武侯歇馬石、保子寨、梅嶺堡、武侯塔1、上馬臺、掇旗山、武侯砦、(鳳山、走馬嶺)、諸葛山1、(臥龍山3、孔明祠、觀音泉)、俩僉戍、(諸葛武侯祠1、孟獲溝)、諸葛城2、古城、將軍池、奴諾城、南詔城、諸葛亮城、諸葛亮故城、武侯城 5、(武侯城 6、侯戰場、安靖新寨)、魚通、(打箭鑪、郭達山)、(臥龍山4、孔明祠像)、諸葛洞1、安遠山寺石刻、(龍透關、安遠寨)、涇灘、瀘水9、赤甲戍、滇池、臥龍坡、紅崖山、香爐峯、(武侯祭星壇、七星營)、盤江1、盤江2、(臥龍巖、諸葛武侯古城)、(畢節城碑、祭星臺)、(石牀、石粟)、(諸葛洞 2、半蓮洞、武侯石刻像)、諸葛洞 3、(僰谿、服谿、福谿)、諸葛泉2、孔明石碑、諸葛亮紀功碑、(佛光寨、祭天臺)、孔明鐵柱、(諸葛營1、諸葛營壘、諸葛洞4)、(諸葛營2、武侯旗臺1)、九隆山、(諸葛營3、望子洞)、(東山、飽烟蘿山、武侯塔2、孔明壘)、諸葛山2、(諸葛寨2、孔明寨司)、(諸葛營4、諸葛碑1)、(大諸葛堰、小諸葛堰)、諸葛城4、(滇蠻、諸葛公戍兵)、銅鼓山、(武侯廟2、諸葛邨、武侯旗臺 2)、諸葛武侯廟 1、諸葛公祠、(諸葛菜 1、蔓菁)、(諸葛菜 3、諸葛木)、(僰道、諸葛武侯碑 1)、(武侯祠 11、武侯祠碑)、(武侯祠 12、諸葛武侯南征誓蠻碑)、瀘水 10、孟獲城	99	34.62	1	150	30.49	1
北伐中原	(褒斜道、石牛道 1)、八陳圖 1、容裘谷、武侯壘 1、黃沙屯、對亮城、(祁山 1、武侯故壘、武侯宿草1)、祁山2、(月谷口、坂月川)、(漢城1、樂城1)、赤崖庫、(祁山3、諸葛亮壘1、武侯宿草2)、木門堡、木馬山、石門關、諸葛亮壘2、(漢城2、樂城2)、諸葛城1、(諸葛壘、下募城)、(定軍山1、八陳圖2)、武侯八陳圖2、(定軍山2、諸葛巖、兵書匣、八陳圖5、督軍壇)、(定軍山3、武侯廟1、石琴)、箕谷、(褒斜谷、三交城)、(石鼻寨、百鼻城)、陳倉故城、散關、陳倉道、陳倉故道、石馬城、赤坂、黑水、(蓮花池、孔明讀書亭)、思計臺1、(武侯城1、思計臺2)、(長星橋、萬里橋1)、萬里橋2、劍閣道2、劍閣道3、(石牛道2、劍閣道4)、劍閣道5、籌筆驛、(七盤山、武侯坡)、(葛山1、諸葛廟1)、(葛山2、亮山、臥龍山2、古碑)、平羌江1、問津驛、(栢下山、諸葛公營壘)、諸葛寨1、武侯橋、石樓、碉樓、熊耳峽、平羌江2、(都安之堰、湔	64	22.38	2	114	23.17	2

	堰、金隄)、後山鑿城、(石盤戍 1、望軍頂 1)、(石盤戍 2、望軍頂 2)、儲書峽、(武侯兵書匣、定軍山 4、兵書峽)、(定軍山 5、高平、諸葛亮廟 1、八陣圖 6)、(白蓴、諸葛菜 2、武都山、諸葛池)、諸葛武侯行廟碑						
積勞病逝	五丈原 1、(斜水、武功水)、馬冢、五丈原 2、五丈原 3、(邸閣、斜谷口、懷賢閣)、五丈原 4、(五丈原 5、落星邨 1)、落星邨 2、(五丈原 6、諸葛武侯廟 2)	10	3.50	8	15	3.05	9
身　　後	諸葛忠武侯冢、(亮冢、定軍山 6)、(武侯壘 2、定軍山 7、諸葛武侯墓、松栢碑銘)、(先主祠 1、武侯祠 6)、昭烈祠、(昭烈廟、武侯祠 7)、(先主廟 1、諸葛孔明廟 2)、(武侯廟 3、乘煙觀 4、孔明廟 1、武興王廟)、(先主廟 2、武侯祠 8、栢樹)、武侯廟 6、(先主祠 2、武侯祠 9、先主廟 3)、(諸葛公廟、先主廟 4、雙文栢 1)、(雙文栢 2、忠武室)、(武侯祠 10、九盤坂、鄧艾廟)、武侯廟栢、(諸葛亮廟 2、諸葛亮廟大栢)、(孔明廟 2、孔明廟栢)、(諸葛武侯碑 2、昭烈帝廟)、武侯碑、(武侯祠 13、武侯祠石碑)	20	6.99	4	43	8.74	3
其　　他	武侯八陳圖 1、八陳圖 3、(白帝、夜郎、漢中)、石笋 1、(金容坊、石笋 2、石柱)、火井 1、火井 2、湇井 1、湇井 2、諸葛鹽井、(武侯水、武侯津 1)、武侯津 2、(老人邨、老澤)、鐵谿河、盤石戍、武侯山、諸葛城 3、相臺山、(吳君山、藏匱山)、鐵山 1、鐵山 2、鐵山 3、鐵砧山、鐵溪河、武侯兵書臺	25	8.74	3	32	6.50	6
總　　計		286	100		492	100	

*「故事」卷五「遺蹟篇・具有故事情節者」(29 則)

編碼	題　　名	編碼	題　　名	編碼	題　　名	編碼	題　　名	編碼	題　　名
010	諸葛故宅	080	孔明登山得湇井	137	武侯歇馬石	217	諸葛勸權都石頭	269	董繼舒撤鄧艾廟
014	諸葛書院	081	漢人得湇井	167	孔明命郭達造箭 1	224	孔明鑿山泄鑾氣	272	馮清伐孔明廟栢
068	金容坊石笋	097	陸騰平盤石戍亂	168	孔明命郭達造箭 2	233	孔明作保借貸券 1	273	諸葛菜
076	孔明鑿井通王氣	102	孔明臥草伏野獸	195	諸葛亮秣馬爲石	234	孔明作保借貸券 2	284	曹彬謁武侯祠

078	諸葛亮瞰火井 1	110	孔明南征夢周公	209	諸葛泉	257	孔明栢枯柯再生	285	南夷服諸葛
079	諸葛亮瞰火井 2	131	武侯南征投三戟	211	狄青立碑	263	洪咨夔毀鄧艾像		

《諸葛亮集》中所載諸葛亮故事「遺蹟篇・具有故事情節者」與人物生平事蹟的各階段關係分布表（29 則）

階　段	題　名	則數	比率	排名
生　前		0	0	6
早孤離鄉		0	0	6
躬耕隴畝	諸葛故宅、諸葛書院	2	6.90	4
步出茅廬		0	0	6
荊州潰逃		0	0	6
赤壁之戰	諸葛勸權都石頭	1	3.45	5
謀借荊州	孔明作保借貸券 1、孔明作保借貸券 2	2	6.90	4
進取益州	孔明鑿井通王氣	1	3.45	5
受遺託孤		0	0	6
南征蠻越	孔明南征夢周公、武侯南征投三戟、武侯歇馬石、孔明命郭達造箭 1、孔明命郭達造箭 2、諸葛亮秣馬爲石、諸葛泉、狄青立碑、孔明鑿山泄蠻氣、諸葛菜、南夷服諸葛	11	37.93	1
北伐中原	孔明臥草伏野獸	1	3.45	5
積勞病逝		0	0	6
身　後	孔明栢枯柯再生、洪咨夔毀鄧艾像、董繼舒撤鄧艾廟、馮清伐孔明廟栢、曹彬謁武侯祠	5	17.24	3

其　他	金容坊石笋、諸葛亮瞰火井 1、諸葛亮瞰火井 2、孔明登山得清井、漢人得清井、陸騰平盤石戍亂	6	20.69	2
總　計		29	100	

＊「諸葛亮故事」與人物生平事蹟的各階段關係分布總表（551 則）

《諸葛亮集》中所輯「諸葛亮故事」與人物生平事蹟的各階段關係分布總表（551 則）

階　段	卷別	篇目	題名	則數	小計	比率	排名
生　前	一	諸葛	語訛瞻葛爲諸葛、瞻葛有熊氏之後、葛嬰孫封諸縣侯、諸縣葛氏徙陽都、諸葛豐特立剛直、父珪爲泰山郡丞	6	6	1.09	10
	二	遺事		0			
	三	用人		0			
	四	制作		0			
	五	遺蹟		0			
早孤離鄉	一	諸葛	諸葛玄爲豫章太守	1	2	0.36	12
	二	遺事		0			
	三	用人		0			
	四	制作		0			
	五	遺蹟	（諸葛城 5、孔明故里）	1			
躬耕隴畝	一	諸葛	諸葛亮身長八尺、龐山民娶亮小姊、諸葛亮娶妻	3	21	3.81	8
	二	遺事	諸葛亮拜見龐德公 1、諸葛亮拜見龐德公 2、諸葛亮拜師、諸葛亮游學	4			

	三	用人		0			
	四	制作	諸葛亮作《梁甫吟》	1			
	五	遺蹟	（諸葛亮故宅、諸葛井1）、南陽、（諸葛亮家、隆中1）、（隆中2、孔明宅1、諸葛亮宅1）、諸葛亮宅2、作樂山、（樂山1、孔明舊宅）、（諸葛故宅、諸葛井2、避水臺、三顧門1、樂山2）、（孔明故宅、葛井、避暑臺1、樂山3）、（諸葛亮宅3、諸葛井3）、（臥龍岡、草廬、諸葛井4、青石牀、侯躬耕處、武侯祠1、諸葛書院）、（隆中山、臥龍山1、避暑臺2、三顧門2）、（篠竹、臥龍山8、諸葛亮祠）	13			
步出茅廬	一	諸葛	玄德見諸葛	1	5	0.91	11
	二	遺事	伏龍鳳雛爲俊傑、諸葛亮諫劉備、劉備始與亮相遇	3			
	三	用人		0			
	四	制作		0			
	五	遺蹟	議事堂	1			
荊州潰逃	一	諸葛		0	5	0.91	11
	二	遺事	亮爲劉琦設謀、孔明說先主攻琮	2			
	三	用人		0			
	四	制作		0			
	五	遺蹟	劉琦臺、保券1、保券2	3			
赤壁之戰	一	諸葛		0	14	2.54	9
	二	遺事	拒事孫權、先主遣亮結孫權、遣亮詣孫龍結盟、備遣亮使於權、劉備使亮至京	5			
	三	用人		0			
	四	制作		0			

	五	遺蹟	（僭山、算山）、巢湖、（石頭城 1、秣陵城、鍾山 1）、很石、（石頭山、龍洞、桃源洞、駐馬坡）、（鍾山 2、石頭城 2）、（秣陵山、鍾山 3、蔣山）、（諸葛祭風臺、赤壁）、武侯祠 5	9			
謀借荊州	一	諸葛	諸葛亮母兄在吳	1	14	2.54	9
	二	遺事	亮在臨蒸、諸葛諫劉備莫使東吳、諸葛亮駐臨蒸、亮勸劉巴歸玄德	4			
	三	用人		0			
	四	制作	遺釜	1			
	五	遺蹟	相公山、諸葛武侯故宅、（墨池、臥龍寺 1）、（棋盤崖、諸葛孔明廟 1、相公潭）、（侯計山、侯憩山）、武侯祠 4、諸葛寨 3、（諸葛武侯祠 2、石鼓山、孔明宅 2）	8			
進取益州	一	諸葛	諸葛兄弟明公私、一門三方冠蓋世、南陽三葛龍虎狗、武侯女乘雲輕舉、諸葛亮明於治而爲相	5	34	6.17	6
	二	遺事	郭沖條亮五事 1、郭沖條亮五事 2、遣趙雲截留太子、先主平益賜諸葛、先主留亮據荊州、魯肅卒亮爲發哀、諸葛亮據南郡、諸葛亮出屯江陽	8			
	三	用人	遣趙雲截留太子、馬良與亮結兄弟	2			
	四	制作	諸葛亮著文	1			
	五	遺蹟	（興勢坂、駱谷 1、烽火樓 1）、（興勢山、駱谷 2、烽火樓 2）、（朝眞觀、武侯祠 2、乘煙觀 1）、（乘煙觀 2、諸葛井 5）、（諸葛亮舊居 1、葛陌 1、諸葛亮宅 4）、（諸葛亮宅 5、諸葛井 6）、諸葛井 7、烽火山 1、廣都縣、（南壽山、博望山）、（瀘州 1、江陽 1）、（瀘川縣、江陽 2）、（黃陵廟、黃牛廟）、（郪 1、堂山）、（會軍堂山、郪 2）、烽火山 2、會軍山、烽火山 3	18			
受遺託孤	一	諸葛	權與瑾可謂神交、諸葛亮善治國	2	73	13.29	3
	二	遺事	政由葛氏、先主召亮於成都、亮向秦宓問任安、亮向秦宓問董扶、諸葛亮達見計數、諸葛亮聞俊憂溫、諸葛亮稱歎嚴畯	7			

	三	用人	丞相亮開府決事、亮築臺延四方士、亮與書誘勸杜微、亮陰聞何祗失職、亮贊歎殷禮奇偉、亮以射援爲祭酒、亮辟禎伸爲從事、亮選伍梁爲功曹、文恭任亮從事參軍	9			
	四	制作	諸葛亮建立禮儀、蜀主八劍、諸葛亮題字於三鼎、諸葛亮題克漢鼎、諸葛亮題古鼎、諸葛亮銅鐺文、諸葛亮佩劍、諸葛亮埋箭鏃、諸葛亮埋弩箭鏃、石鼓、翊日而市、八陳圖 1、八陳圖 2、八陳圖 3、八陳圖 6、八陳圖 7、八陳圖 8、八陳圖 9、八陳圖 10、八陳圖 11、八陳圖 12、八陳圖 13、八陳圖 16、八陳圖 17、夔州八陳圖尚存、夔人重武侯 1、夔人重武侯 2、馬隆依圖作偏箱車、刁雍請采八陳禦寇、唐人造八陳、武侯以石布八陳、武侯習風后《五圖》、李靖《問對》八陳 1、李靖《問對》八陳 2、李靖《問對》八陳 3、李靖《問對》八陳 4、風后《握奇經》、黃帝設八陳之形、孔明八陳本一陳、諸葛亮法古八陳	40			
	五	遺蹟	武鄉谷、八陳圖 4、九里隄 1、永安宮 1、永安宮 2、義泉 1、（讀書臺、乘煙觀 3）、九里隄 2、太城、（臥龍山 5、諸葛祠 1、諸葛泉 1）、（武侯廟 4、八陳圖 7、臥龍山 6、諸葛廟 3、開濟堂）、（臥龍山 7、諸葛祠 2、義泉 2）、（武侯廟 5、八陳臺、武侯故祠、諸葛廟 4）、（臥龍寺 2、諸葛孔明畫像）、諸葛碑 2	15			
南征蠻越	一	諸葛	諸葛丞相英才挺出	1	145	26.32	1
	二	遺事	諸葛亮平南土、亮南征詔賜、亮七縱七禽孟獲、諸葛亮戰於鳳山、諸葛亮戰於石室、諸葛亮戰於萬騎谿、諸葛亮戰於石井、諸葛亮戰於漏江、諸葛亮戰於盤東、諸葛亮爲夷作圖譜、諸葛亮忍笑譙周、諸葛亮用獽蜑兵、諸葛亮殺常房諸子、牂牁帥火濟、諸葛亮賜姓龍佑那 1、諸葛亮賜姓龍佑那 2、諸葛亮遣常頎、諸葛亮征服南詔蠻	18			
	三	用人	諸葛亮南征、亮即其渠率用之、亮納馬謖攻心策、亮遣龔祿住安上	4			
	四	制作	諸葛亮撰《琴經》、鄧芝平涪陵徐巨、亮發涪陵勁卒爲連弩士、亮平南中置飛軍、亮平南中置五部、武侯南征置戍、亮率兵南征四郡、亮南征置朱提郡、諸葛亮爲夷作圖譜、諸葛亮爲哀牢國作圖譜、諸葛亮刺山、諸葛亮作饅頭來餤、武侯雞鳴枕、諸葛窮夷法、諸葛銅鼓 1、諸葛銅鼓 2、諸葛銅鼓紀事、諸葛銅鼓 3、諸葛銅鼓 4、石人、武侯甎、饅頭、諸葛行鍋	23			
	五	遺蹟	瀘水 1、建寧郡、鐵櫃山、（大相公嶺、諸葛廟 2）、小相公嶺、后來亭、（蔡山、周公山 1）、周公山 2、周公山 3、（萬勝岡、龍觀、龍觀寺）、（七縱橋、七縱渡）、廢土城、（馬湖江、	99			

			瀘水2)、瀘水3、(瀘水4、瀘津關)、(瀘水5、武侯城2)、馬謖谿、(旄牛、武侯城3、瀘水6)、瀘水7、(武侯城4、瀘水8、瀘州2)、朱提郡、(龍虎洞、觀音塘)、卦石、(藏甲巖、武侯祠3)、十丈空崖、(箐青山、靖軍山)、朱提山、漢陽山1、漢陽山2、武侯歇馬石、保子寨、梅嶺堡、武侯塔1、上馬臺、掇旗山、武侯呰、(鳳山、走馬嶺)、諸葛山1、(臥龍山3、孔明祠、觀音泉)、俑僉戍、(諸葛武侯祠1、孟獲溝)、諸葛城2、古城、將軍池、奴諾城、南詔城、諸葛亮城、諸葛亮故城、武侯城 5、(武侯城 6、侯戰場、安靖新寨)、魚通、(打箭鑪、郭達山)、(臥龍山4、孔明祠像)、諸葛洞1、安遠山寺石刻、(龍透關、安遠寨)、溼灘、瀘水9、赤甲戍、滇池、臥龍坡、紅崖山、香爐峯、(武侯祭星壇、七星營)、盤江1、盤江2、(臥龍巖、諸葛武侯古城)、(畢節城碑、祭星臺)、(石牀、石粟)、(諸葛洞 2、半蓮洞、武侯石刻像)、諸葛洞 3、(僰谿、服谿、福谿)、諸葛泉2、孔明石碑、諸葛亮紀功碑、(佛光寨、祭天臺)、孔明鐵柱、(諸葛營1、諸葛營壘、諸葛洞4)、(諸葛營2、武侯旗臺1)、九隆山、(諸葛營3、望子洞)、(東山、飽烟蘿山、武侯塔2、孔明壘)、諸葛山2、(諸葛寨2、孔明寨司)、(諸葛營4、諸葛碑1)、(大諸葛堰、小諸葛堰)、諸葛城4、(滇蠻、諸葛公戍兵)、銅鼓山、(武侯廟2、諸葛邨、武侯旗臺2)、諸葛武侯廟1、諸葛公祠、(諸葛菜1、蔓菁)、(諸葛菜3、諸葛木)、(僰道、諸葛武侯碑1)、(武侯祠11、武侯祠碑)、(武侯祠12、諸葛武侯南征誓蠻碑)、瀘水10、孟獲城				
北伐中原	一	諸葛	瑾面長似驢爲優、諸葛恪言勝孔明、恪以馬鞭拍禕背、諸葛亮妾無副服、諸葛丞相德威遠著	5	116	21.05	2
	二	遺事	孔明歎徐庶石韜、亮遣使宣意孟建、郭沖條亮五事3、郭沖條亮五事4、郭沖條亮五事5、諸葛亮大戰祁山、射殺張郃、亮命陳式平二郡、亮遣兵入羌破敵、亮使民忘其敗、孫權送象、諸葛率眾出斜谷、諸葛亮圍陳倉、亮出斜谷田蘭坑、三郡同時應亮、司馬懿贊諸葛、孟達欲應諸葛亮	17			
	三	用人	亮問箕谷軍退因、諸葛亮遣禕使吳、諸葛亮作《甘戚論》、亮密表後主、李邈諫赦失亮意、亮圍祁山設三策、孔明不許置巴州、亮以董恢爲知言	8			
	四	制作	諸葛亮損益連弩、孔明作元戎、馬鈞見亮連弩、都安大堰、諸葛亮以八陳法教閱戰士、作木牛流馬、亮始以木牛運糧、木牛流馬、蒲元推意作木牛、蜀中有小車獨推、江州車子1、江州車子2、諸葛亮鑄鼎、亮起衝車、石樓、彫樓、劍閣道1、平武步道、白羽扇、八陳圖4、八陳圖14、八陳圖15	22			

	五	遺蹟	（褒斜道、石牛道 1）、八陣圖 1、容裘谷、武侯壘 1、黃沙屯、對亮城、（祁山 1、武侯故壘、武侯宿草 1）、祁山 2、（月谷口、坂月川）、（漢城 1、樂城 1）、赤崖庫、（祁山 3、諸葛亮壘 1、武侯宿草 2）、木門堡、木馬山、石門關、諸葛亮壘 2、（漢城 2、樂城 2）、諸葛城 1、（諸葛壘、下募城）、（定軍山 1、八陣圖 2）、武侯八陣圖 2、（定軍山 2、諸葛巖、兵書匣、八陣圖 5、督軍壇）、（定軍山 3、武侯廟 1、石琴）、箕谷、（褒斜谷、三交城）、（石鼻寨、百鼻城）、陳倉故城、散關、陳倉道、陳倉故道、石馬城、赤坂、黑水、（蓮花池、孔明讀書亭）、思計臺 1、（武侯城 1、思計臺 2）、（長星橋、萬里橋 1）、萬里橋 2、劍閣道 2、劍閣道 3、（石牛道 2、劍閣道 4）、劍閣道 5、籌筆驛、（七盤山、武侯坡）、（葛山 1、諸葛廟 1）、（葛山 2、亮山、臥龍山 2、古碑）、平羌江 1、問津驛、（栢下山、諸葛公營壘）、諸葛寨 1、武侯橋、石樓、碉樓、熊耳峽、平羌江 2、（都安之堰、湔堰、金隄）、後山鑿城、（石盤戍 1、望軍頂 1）、（石盤戍 2、望軍頂 2）、儲書峽、（武侯兵書匣、定軍山 4、兵書峽）、（定軍山 5、高平、諸葛亮廟 1、八陣圖 6）、（白蕁、諸葛菜 2、武都山、諸葛池）、諸葛武侯行廟碑	64			
積勞病逝	一	諸葛	司馬懿問亮寢食、諸葛亮病故前後、亮卒於郭氏塢、諸葛亮憂恚歐血卒、諸葛亮識破降計、長星投諸葛營、星投諸葛營、江州鳥	8	27	4.90	7
	二	遺事	亮明懿千里請戰、諸葛亮知辛佐治、諸葛亮激司馬懿、孫權懼亮自疑、諸葛亮遺囑	5			
	三	用人		0			
	四	制作	鐵蒺藜、巾幗 1、巾幗 2、司馬懿歎諸葛	4			
	五	遺蹟	五丈原 1、（斜水、武功水）、馬冢、五丈原 2、五丈原 3、（邸閣、斜谷口、懷賢閣）、五丈原 4、（五丈原 5、落星邨 1）、落星邨 2、（五丈原 6、諸葛武侯廟 2）	10			
身　後	一	諸葛	蜀人思亮咸愛瞻、諸葛亮盡其心力、亮子孫流徙中畿、諸葛京治郿有稱、諸葛瞻不改父志、喬子攀還爲瑾後、孔明之後獨不至、死諸葛走生仲達、後主怒誅李邈、求爲諸葛亮立廟、詔爲丞相亮立廟、武侯事蹟湮沒多、壽立亮傳有私心 1、壽立亮傳有私心 2、壽立亮傳有私心 3、陸機虛張拒葛鋒、亮等爲四相、武侯小史對桓溫問、亮猶不能定中原、聞惡必改、蜀民爲亮戴天孝、爲諸葛亮服白巾、諸葛公制服	23	51	9.26	4
	二	遺事	亮亡蜀益白帝軍、亮沒後赦制遂虧	2			

	三	用人		0			
	四	制作	李興贊諸葛亮、亮以怡思和爲太守、陳勰習諸葛圖陳法、諸葛亮箭袖鎧、諸葛亮徧袖鎧帽、諸葛亮箭袖鎧冒	6			
	五	遺蹟	諸葛忠武侯冢、(亮冢、定軍山6)、(武侯壘2、定軍山7、諸葛武侯墓、松栢碑銘)、(先主祠1、武侯祠6)、昭烈祠、(昭烈廟、武侯祠7)、(先主廟1、諸葛孔明廟2)、(武侯廟3、乘煙觀4、孔明廟1、武興王廟)、(先主廟2、武侯祠8、栢樹)、武侯廟6、(先主祠2、武侯祠9、先主廟3)、(諸葛公廟、先主廟4、雙文栢1)、(雙文栢2、忠武室)、(武侯祠10、九盤坂、鄧艾廟)、武侯廟栢、(諸葛亮廟2、諸葛亮廟大栢)、(孔明廟2、孔明廟栢)、(諸葛武侯碑2、昭烈帝廟)、武侯碑、(武侯祠13、武侯祠石碑)	20			
其　他	一	諸葛	諸葛均官至長水校尉	1	38	6.90	5
	二	遺事		0			
	三	用人		0			
	四	制作	亮所建制皆應繩墨、亮好治官府建設、亮起館舍築亭障、諸葛亮令蒲元鑄刀、諸葛父子長於畫、諸葛亮造竹槍、亮擴槍木桿金頭、諸葛亮置苦竹槍、亮造七星三鐵錞、八陳圖5、八陳圖18、劉備令蒲元造刀	12			
	五	遺蹟	武侯八陳圖1、八陳圖3、(白帝、夜郎、漢中)、石笋1、(金容坊、石笋2、石柱)、火井1、火井2、淯井1、淯井2、諸葛鹽井、(武侯水、武侯津1)、武侯津2、(老人邨、老澤)、鐵谿河、盤石戍、武侯山、諸葛城3、相臺山、(吳君山、藏匱山)、鐵山1、鐵山2、鐵山3、鐵砧山、鐵溪河、武侯兵書臺	25			
總　計	一	諸葛		57	551	100	
	二	遺事		75			
	三	用人		23			
	四	制作		110			
	五	遺蹟		286			

◎王瑞功主編《諸葛亮研究集成》（濟南：齊魯書社，1997 年 9 月）所輯「諸葛亮故事」統計分析表

＊諸葛亮「遺事」（45 則）

編碼	題　名	編碼	題　名	編碼	題　名	編碼	題　名
01	諸葛亮諫劉備	13	諸葛亮南征	25	郭沖條亮五事 3	37	陳勰習諸葛圖陣法
02	諸葛亮圍陳倉	14	諸葛亮用獿蜑兵	26	郭沖條亮五事 4	38	李暠寫諸葛亮訓誡以勖諸子
03	三郡同時應亮	15	諸葛亮作《甘戚論》	27	郭沖條亮五事 5	39	諸葛亮埋弩箭鏃
04	政由葛氏	16	諸葛亮遺常頎	28	諸葛亮激司馬懿	40	諸葛亮筩袖鎧
05	諸葛亮病故前後	17	諸葛亮爲夷作圖譜	29	諸葛亮殺常房諸子	41	諸葛石刻
06	諸葛亮憂恚歐血卒	18	諸葛亮爲哀牢國作圖譜	30	諸葛亮著文	42	諸葛亮定南詔
07	孫權懼亮自疑	19	諸葛亮拜見龐德公	31	諸葛亮損益連弩	43	諸葛亮賜姓龍佑那
08	諸葛亮遺囑	20	遣趙雲截留太子	32	星投諸葛亮營	44	迴瀾塔古碑
09	拒事孫權	21	諸葛亮大戰祁山	33	射殺張郃	45	諸葛亮以八陣法教閱戰士
10	孟達欲應諸葛亮	22	諸葛亮娶妻	34	諸葛亮知辛佐治		
11	諸葛諫劉備莫使東吳	23	郭沖條亮五事 1	35	諸葛筩袖鎧帽		
12	司馬懿贊諸葛	24	郭沖條亮五事 2	36	諸葛亮紀功碑		

《諸葛亮研究集成》中所載諸葛亮「遺事」與人物生平事蹟的各階段關係分布表（45 則）

階　段	題　名	則數	比率	排名
生　前		0	0	8
早孤離鄉		0	0	8
躬耕隴畝	諸葛亮拜見龐德公、諸葛亮娶妻	2	4.44	6
步出茅廬	諸葛亮諫劉備	1	2.22	7
荊州潰逃		0	0	8
赤壁之戰	拒事孫權	1	2.22	7
謀借荊州	諸葛諫劉備莫使東吳	1	2.22	7
進取益州	遣趙雲截留太子、郭沖條亮五事 1、郭沖條亮五事 2、諸葛亮著文	4	8.89	4
受遺託孤	政由葛氏、諸葛亮埋弩箭鏃、迴瀾塔古碑	3	6.67	5
南征蠻越	諸葛亮南征、諸葛亮用獽蜑兵、諸葛亮遣常頎、諸葛亮為夷作圖譜、諸葛亮為哀牢國作圖譜、諸葛亮殺常房諸子、諸葛亮紀功碑、諸葛石刻、諸葛亮定南詔、諸葛亮賜姓龍佑那	10	22.22	2
北伐中原	諸葛亮圍陳倉、三郡同時應亮、孟達欲應諸葛亮、司馬懿贊諸葛、諸葛亮作《甘戚論》、諸葛亮大戰祁山、郭沖條亮五事 3、郭沖條亮五事 4、郭沖條亮五事 5、射殺張郃、諸葛亮損益連弩、諸葛亮以八陣法教閱戰士	12	26.67	1
積勞病逝	諸葛亮病故前後、諸葛亮憂恚歐血卒、孫權懼亮自疑、諸葛亮遺囑、諸葛亮激司馬懿、星投諸葛亮營、諸葛亮知辛佐治	7	15.56	3
身　後	諸葛筩袖鎧帽、陳勰習諸葛圖陣法、李暠寫諸葛亮訓誡以勖諸子、諸葛亮筩袖鎧	4	8.89	4
其　他		0	0	8
總　計		45	100	

*諸葛亮「逸聞」（41 則）

編碼	題名	編碼	題名	編碼	題名	編碼	題名
01	諸葛亮令蒲元鑄刀	12	南夷服諸葛	23	諸葛亮著《琴經》作雞鳴枕	34	定軍山奇聞
02	蜀主八劍	13	江西婦人禮服	24	永昌之俗	35	武侯遺地脈龍神穿水道
03	諸葛亮佩劍	14	諸葛亮題字於三鼎	25	諸葛燈	36	諸葛亮英靈護民
04	諸葛亮刺山	15	諸葛行鍋	26	木牛流馬	37	樵子剔燈
05	武侯小吏對桓溫問	16	武侯雞鳴枕	27	金容坊	38	諸葛行軍鍋
06	諸葛亮鑄鼎	17	蜀民爲諸葛公服孝	28	諸葛亮拜師	39	定軍鼎
07	諸葛亮題古鼎	18	曹彬謁武侯祠	29	諸葛銅鼓紀事	40	兵書匣
08	諸葛亮題克漢鼎	19	夔人重武侯	30	兵書匣	41	銅蒺藜
09	諸葛菜	20	江州烏	31	全州武侯藏兵書處		
10	武侯臨終	21	諸葛銅鼓	32	武侯磚		
11	饅頭	22	諸葛窮夷法	33	巴蠻		

《諸葛亮研究集成》中所載諸葛亮「逸聞」與人物生平事蹟的各階段關係分布表（41 則）

階段	題名	則數	比率	排名
生前		0	0	5
早孤離鄉		0	0	5
躬耕隴畝	諸葛亮拜師	1	2.44	4

步出茅廬		0	0	5
荊州潰逃		0	0	5
赤壁之戰		0	0	5
謀借荊州		0	0	5
進取益州		0	0	5
受遺託孤	蜀主八劍、諸葛亮佩劍、諸葛亮題古鼎、諸葛亮題克漢鼎、諸葛亮題字於三鼎、夔人重武侯	6	14.63	2
南征蠻越	諸葛亮刺山、諸葛菜、饅頭、南夷服諸葛、江西婦人禮服、諸葛行鍋、武侯雞鳴枕、諸葛銅鼓、諸葛窮夷法、諸葛亮著《琴經》作雞鳴枕、永昌之俗、諸葛燈、諸葛銅鼓紀事、全州武侯藏兵書處、武侯磚、巴蠻	16	39.02	1
北伐中原	諸葛亮鑄鼎、木牛流馬、兵書匣、諸葛行軍鍋、定軍鼎、兵書匣	6	14.63	2
積勞病逝	武侯臨終、江州烏、銅蒺藜	3	7.32	3
身　　後	武侯小吏對桓溫問、蜀民爲諸葛公服孝、曹彬謁武侯祠、定軍山奇聞、諸葛亮英靈護民、樵子剔燈	6	14.63	2
其　　他	諸葛亮令蒲元鑄刀、金容坊、武侯遺地脈龍神穿水道	3	7.32	3
總　　計		41	100	

＊諸葛亮「遺蹟」（167 條）

編碼	題　　名	編碼	題　　名	編碼	題　　名	編碼	題　　名
001	諸葛城 1、中邱城	043	諸葛亮宅 5、諸葛井 1	085	鐵山 2	127	籌筆古驛
002	諸葛城 2	044	諸葛亮故宅、諸葛井 2、避水〔暑〕臺、樂山 3、石枕	086	鐵山 3	128	石人

003	武侯城、武侯戰場、安靖新寨	045	諸葛井 3、臥龍岡 3、青石牀	087	鐵砧山	129	石柱
004	諸葛城 3	046	諸葛井 4	088	老人村、老澤	130	石盤戍、望軍頂
005	諸葛城 4	047	諸葛井 5	089	涇灘	131	石樓、沈黎縣
006	諸葛城 5	048	成都書臺坊、武侯宅 3、乘烟觀、諸葛井 6	090	相公嶺、擒孟渡	132	槍鑿井
007	諸葛城 6、武侯壘	049	諸葛井 7	091	大相公嶺、諸葛廟	133	武侯祭星壇、七星關、七星山
008	武侯故城、瀘河	050	諸葛井 8	092	小相公嶺	134	武侯碑
009	隆中山、諸葛亮家、隆中 1、草廬、抱膝石、躬耕田	051	雙井	093	會軍山、會軍堂山	135	馬跑井
010	樂山 1	052	棋盤嶺、祭旗坡	094	周公山、龍穴	136	馬臺石
011	樂山 2	053	七盤山、武侯坡	095	銅鼓山 1	137	畫卦臺、祭天臺
012	孔明舊宅	054	飽烟蘿山、東山、武侯塔	096	銅鼓山 2	138	祭風臺
013	亮家、隆中 2	055	武侯閣	097	盟蠻臺	139	祭鋒臺
014	諸葛孔明宅、隆中 3	056	八塔	098	諸葛洞 2、甕蓬洞	140	營盤山
015	諸葛亮宅 1	057	孔明塔、萬年青	099	諸葛洞 3	141	武侯土城、鐵桩、武侯陣圖、孔明遺壘
016	諸葛亮宅 2、石鼓山	058	石塔、大樹	100	諸葛洞 4、石床、石粟	142	古土城
017	武侯宅 1、乘烟觀 1	059	臥龍坡	101	香爐峰	143	漢陽山、征蠻故道、順應廟、馬謖廟

018	諸葛亮宅 3、武侯宅 2、乘烟觀 2、葛陌 1	060	八陣圖 1	102	南壽山、博望山	144	定西嶺、昆彌山、諸葛武侯印
019	諸葛亮宅 4	061	八陣圖 2	103	掇旗山	145	臥龍山 2、諸葛祠、諸葛井 9
020	諸葛亮舊居、葛陌 2	062	八陣圖 3	104	打箭爐、郭達山	146	臥龍山 3
021	劉琦臺	063	八陣圖 4	105	獨立山 2、破軍山 2、鹵井	147	雲龍山 2、文龍山、臥龍山 4
022	讀書臺 1	064	八陣圖 5	106	老虎山	148	臥龍岡 4
023	讀書臺 2	065	八陣圖 6	107	九隆山、九龍池	149	地寶藏山、觀音山、狗山
024	臥龍岡祠、蓮花池 1、臥龍亭、武侯讀書處	066	八陣圖 7	108	孔明鐵柱、白崖	150	打牛坪
025	武侯讀書臺、臥龍岡 1、蓮花池 2	067	八陣圖 8	109	白饅石、武侯泉酒	151	霽虹橋
026	侯計山、侯憩山	068	石鼓、八陣圖 9	110	都安之堰、湔堰、陸海、金堤	152	三刀山
027	石碑	069	武侯山	111	大諸葛堰、大海子、小海子	153	擂鼓山、寶峰山
028	相公山	070	獨立山 1、諸葛山 1、破軍山 1	112	石牛道 1	154	安樂山、天井、玉泉、玉泉山
029	臥龍岩、石灶	071	葛山、臥龍山 1、古碑	113	黃陵廟、黃牛廟	155	小關索嶺
030	綏寧縣城	072	諸葛池	114	武侯橋	156	雲龍山 3、訂盟山
031	諸葛營 1	073	諸葛泉	115	七縱橋	157	分秦山、石堡山
032	諸葛營 2、武侯營	074	諸葛山 2、武侯駐兵處	116	劍閣道 1、石牛道 2	158	寄箭山 1、孔明碑

033	諸葛寨 1	075	火井 1	117	劍閣道 2	159	寄箭山 2
034	諸葛洞 1、小石嶺、諸葛營 3	076	火井 2	118	九里堤、劉公堤	160	武鄉谷 1
035	力士營	077	平羌江	119	湑井 1	161	武鄉谷 2
036	孔明壘	078	義泉	120	湑井 2	162	武侯琴室、定軍山 1、石琴 1
037	諸葛寨 2、豪豬洞、石墻、龍潭	079	問津驛	121	鳳山、走馬嶺	163	石琴 2、武侯祠 2
038	諸葛營 4、雲龍山 1	080	兵書峽、鐵棺峽	122	夢子坡、石香爐	164	容裘谷
039	諸葛營 5、諸葛村、孔明旗臺	081	火烽山、犁刃山	123	曬甲坪	165	五丈溪、黃沙屯
040	諸葛寨 3、關索寨	082	興勢山、駱谷戍、烽火樓	124	將軍池	166	木馬山
041	諸葛壘、下募城	083	萬勝岡、龍觀寺、百丈山、龍觀亭	125	藏甲洞、武侯祠 1	167	遮箭牌、定軍山 2、銅箭鏃
042	諸葛書院、臥龍岡 2	084	鐵山 1、茅香山	126	藏甲岩、鬼王洞		

《諸葛亮研究集成》中所載諸葛亮「遺蹟」與人物生平事蹟的各階段關係分布表（167 則）

階段	題名	則數	比率	排名	物數	比率	排名
生前		0	0	8	0	0	10
早孤離鄉	（諸葛城 1、中邱城）	1	0.60	7	2	0.68	8
躬耕隴畝	（隆中山、諸葛亮家、隆中 1、草廬、抱膝石、躬耕田）、樂山 1、樂山 2、孔明舊宅、（亮家、隆中 2）、（諸葛孔明宅、隆中 3）、諸葛亮宅 1、（諸葛書院、臥龍岡 2）、（諸葛亮宅 5、諸葛井 1）、（諸葛亮故宅、諸葛井 2、避水〔暑〕臺、樂山 3、石枕）、（諸葛井 3、臥龍岡 3、青石牀）	11	6.59	5	26	8.84	3

步出茅廬		0	0	8	0	0	10
荊州潰逃	劉琦臺	1	0.60	7	1	0.34	9
赤壁之戰		0	0	8	0	0	10
謀借荊州	（諸葛亮宅 2、石鼓山）、（侯計山、侯憩山）、石碑、相公山、綏寧縣城、諸葛井 4、（棋盤嶺、祭旗坡）	7	4.19	6	10	3.40	7
進取益州	（武侯宅 1、乘烟觀 1）、（諸葛亮宅 3、武侯宅 2、乘烟觀 2、葛陌 1）、諸葛亮宅 4、（諸葛亮舊居、葛陌 2）、諸葛井 5、（成都書臺坊、武侯宅 3、乘烟觀、諸葛井 6）、諸葛井 7、（會軍山、會軍堂山）、（黃陵廟、黃牛廟）、（興勢山、駱谷戍、烽火樓）、（火烽山、犁刃山）	11	6.59	5	24	8.16	4
受遺託孤	讀書臺 1、讀書臺 2、八陣圖 1、八陣圖 2、八陣圖 3、八陣圖 4、八陣圖 5、（石鼓、八陣圖 9）、義泉、（兵書峽、鐵棺峽）、（臥龍山 2、諸葛祠、諸葛井 9）、武鄉谷 1、武鄉谷 2、（九里堤、劉公堤）	14	8.38	3	19	6.46	5
南征蠻越	諸葛城 2、諸葛城 3、（武侯城、武侯戰場、安靖新寨）、（武侯故城、瀘河）、（臥龍岩、石灶）、諸葛營 1、（諸葛營 2、武侯營）、諸葛寨 1、（諸葛洞 1、小石嶺、諸葛營 3）、力士營、孔明壘、（諸葛寨 2、豪豬洞、石墻、龍潭）、（諸葛營 4、雲龍山 1）、（諸葛營 5、諸葛村、孔明旗臺）、（諸葛寨 3、關索寨）、諸葛井 8、雙井、（飽烟蘿山、東山、武侯塔）、武侯閣、八塔、（孔明塔、萬年青）、（石塔、大樹）、（獨立山 1、諸葛山 1、破軍山 1）、諸葛池、諸葛泉、（諸葛山 2、武侯駐兵處）、（萬勝岡、龍觀寺、百丈山、龍觀亭）、涇灘、（相公嶺、擒孟渡）、（大相公嶺、諸葛廟）、小相公嶺、（周公山、龍穴）、銅鼓山 1、銅鼓山 2、盟蠻臺、（諸葛洞 2、甕蓬洞）、諸葛洞 3、（諸葛洞 4、石床、石粟）、香爐峰、（南壽山、博望山）、掇旗山、（打箭爐、郭達山）、（獨立山 2、破軍山 2、鹵井）、老虎山、（九隆山、九龍池）、（孔明鐵柱、白崖）、（白饅石、武侯泉酒）、（大諸葛堰、大海子、小海子）、七縱橋、（夢子坡、石香爐）、臥龍坡、曬甲坪、（藏甲洞、武侯祠 1）、（藏甲岩、鬼王洞）、石人、石柱、槍鑿井、（武侯祭星壇、七星關、七星山）、武侯碑、馬跑井、馬臺石、（畫卦臺、祭天臺）、祭風臺、祭鋒臺、營盤山、（武侯土城、鐵樁、武侯陣圖、孔明遺壘）、古土城、（漢陽山、征蠻故道、順應廟、馬謖廟）、（定西嶺、昆彌山、諸葛武侯	84	50.30	1	148	50.34	1

	印）、臥龍山3、（雲龍山2、文龍山、臥龍山4）、臥龍岡4、（地寶藏山、觀音山、狗山）、打牛坪、霽虹橋、三刀山、（安樂山、天井、玉泉、玉泉山）、小關索嶺、（雲龍山 3、訂盟山）、（分秦山、石堡山）、（寄箭山1、孔明碑）、寄箭山2、（鳳山、走馬嶺）、將軍池						
北伐中原	諸葛城5、（諸葛城6、武侯壘）、（臥龍岡祠、蓮花池1、臥龍亭、武侯讀書處）、（武侯讀書臺、臥龍岡1、蓮花池2）、（諸葛壘、下募城）、（七盤山、武侯坡）、八陣圖8、（葛山、亮山、臥龍山1、古碑）、平羌江、問津驛、（都安之堰、湔堰、陸海、金堤）、石牛道1、武侯橋、（劍閣道1、石牛道2）、劍閣道2、籌筆古驛、（石盤戍、望軍頂）、（石樓、沈黎縣）、（擂鼓山、寶峰山）、（武侯琴室、定軍山1、石琴1）、（石琴2、武侯祠2）、容裘谷、（五丈溪、黃沙屯）、木馬山、（遮箭牌、定軍山2、銅箭鏃）	25	14.97	2	49	16.67	2
積勞病逝		0	0	8	0	0	10
身　　後		0	0	8	0	0	10
其　　他	諸葛城4、八陣圖6、八陣圖7、武侯山、火井1、火井2、（鐵山1、茅香山）、鐵山2、鐵山3、鐵砧山、（老人村、老澤）、湑井1、湑井2	13	7.78	4	15	5.10	6
總　　計		167	100		294	100	

＊諸葛亮「遺蹟」中具有故事情節者（32則）

編碼	題　　名	編碼	題　　名	編碼	題　　名	編碼	題　　名
004	諸葛亮賜姓龍佑那	075	諸葛亮瞰火井1	108	五色鳥集孔明鐵柱	131	石樓長松無雜木
012	劉季和命李安作《宅銘》	076	諸葛亮瞰火井2	109	武侯化石泉爲饅酒	132	諸葛以槍鑿井
027	狄青立碑	078	夔守以義泉取錢	119	孔明登山得湑井	135	馬跑井泉忽自湧
040	樵牧者聞戈戟聲	094	孔明南征夢周公	120	漢人得湑井	139	武侯斬山虎
044	董家居諸葛故宅	100	諸葛亮秣馬爲石	122	諸葛亮夜夢其子	148	臥龍岡隙有小龍

048	諸葛亮井中有魚龍	104	孔明命郭達造箭	123	諸葛亮祝天曬甲	149	老嫗呼犬指迷道
049	孔明鑿井通絡王氣	106	諸葛亮斬山怪	126	武侯藏甲鎮百蠻	150	武侯教土人牛耕
071	孔明臥草伏野獸	107	孔明鑿山泄蠻氣	129	孔明石柱不可拔	167	武侯遺箭拔不出

《諸葛亮研究集成》中所載諸葛亮「遺蹟・具有故事情節者」與人物生平事蹟的各階段關係分布表（32則）

階　段	題　名	則數	比率	排名
生　前		0	0	5
早孤離鄉		0	0	5
躬耕隴畝	劉季和命李安作《宅銘》、董家居諸葛故宅、諸葛亮井中有魚龍	3	9.38	3
步出茅廬		0	0	5
荊州潰逃		0	0	5
赤壁之戰		0	0	5
謀借荊州		0	0	5
進取益州	孔明鑿井通絡王氣	1	3.13	4
受遺託孤	夔守以義泉取錢	1	3.13	4
南征蠻越	諸葛亮賜姓龍佑那、狄青立碑、樵牧者聞戈戟聲、孔明南征夢周公、諸葛亮秣馬爲石、孔明命郭達造箭、諸葛亮斬山怪、孔明鑿山泄蠻氣、五色鳥集孔明鐵柱、武侯化石泉爲饅酒、諸葛亮夜夢其子、諸葛亮祝天曬甲、武侯藏甲鎮百蠻、孔明石柱不可拔、諸葛以槍鑿井、馬跑井泉忽自湧、武侯斬山虎、臥龍岡隙有小龍、老嫗呼犬指迷道、武侯教土人牛耕	20	62.50	1
北伐中原	孔明臥草伏野獸、石樓長松無雜木、武侯遺箭拔不出	3	9.38	3

積勞病逝		0	0	5
身　　後		0	0	5
其　　他	諸葛亮瞰火井 1、諸葛亮瞰火井 2、孔明登山得湇井、漢人得湇井	4	12.50	2
總　　計		32	100	

＊諸葛亮「武侯祠廟」（39 則）

《諸葛亮研究集成》中所載「武侯祠廟」與人物生平事蹟的各階段關係分布表（39 則）

階　　段	題　　名	則數	比率	排名
生　　前		0	0	6
早孤離鄉		0	0	6
躬耕隴畝	忠武祠（南陽府臥龍岡）、諸葛武侯廟 1（襄陽府襄陽縣）、諸葛武侯祠 1（鄖陽府房縣）、武侯廟 1（寶慶府邵陽縣）	4	10.26	3
步出茅廬		0	0	6
荊州潰逃		0	0	6
赤壁之戰		0	0	6
謀借荊州	武侯廟 2（寶慶府武岡州）、諸葛武侯廟 2（衡州衡陽縣）、諸葛廟 1（永州零陵縣）、諸葛廟 2（永州東安縣）、武侯廟 3（鳳凰廳）	5	12.82	2
進取益州	武侯祠 5（眉州）〔註 6〕、武侯廟 7（瀘州）	2	5.13	4

〔註 6〕「止戈」一名的來歷，和古鎮上街的武侯祠有關：世傳漢昭烈與武侯諸葛亮會兵於此，當地首領望風賓服，「幹羽遂停」。其後，此地人民就在鎮口立武侯祠祭祀孔明。

受遺託孤	武侯廟 6（夔州府）	1	2.56	5
南征蠻越	諸葛武侯祠 3（雅州）、武侯祠 1（霸州）、武侯祠 3（敘州府宜賓縣）、武侯祠 4（雅州府清溪縣）、武侯祠 6（茂州汶川縣）、武侯祠 7（雜谷廳）、諸葛武侯祠 4（桂林府）、武侯祠 8（雲南府昆明縣）、武侯祠 9（大理府太和縣）、諸葛武侯祠 5（楚雄府楚雄縣）、武侯祠 10（楚雄府姚州城）、武侯祠 11（澄江府新興州）、諸葛武侯祠 6（順寧府）、武侯祠 12（曲靖府南寧縣）、武候祠 13（曲靖府尋甸州）、武侯祠 15（永昌府保山縣）、諸葛廟 3（景東廳）、武侯祠 16（蒙化廳）	18	46.15	1
北伐中原	武侯祠 2（保寧府閬中縣）〔註 7〕、武侯廟 8（綿州）、武侯祠 14（麗江府劍川州）、武侯廟 9（漢中府沔縣）、武侯祠 17（秦州）	5	12.82	2
積勞病逝		0	0	6
身　後	諸葛武侯祠 2（益州）、武侯廟 4（成都府少城）、武侯廟 5（成都府新都縣）、諸葛武侯廟 3（龍安府平武縣）	4	10.26	3
其　他		0	0	6
總　計		39	100	

〔註 7〕據史料記載：諸葛亮北伐中原時，南糧北運，糧草必經閬中運至漢中。當時要在寬闊的嘉陵江上建造橋樑是不可能的事，於是諸葛亮爲了解決渡江之苦，指揮軍民在江面上架設浮橋，從閬中古城華光樓至南岸錦屏山腳下的南津關，再通向成都大道，迎送萬千人馬，所以當時人們還有橋成祭武侯的傳統。華光樓至南津關全長近 300 米，浮橋共用 36 只木船橫列於嘉陵江上，每隔 3 米一隻，船與船之間用木板相連，以鐵繩作欄杆。如此將糧草從浮橋上運到對岸，顯示出了我國古代人民的智慧。

＊「諸葛亮故事」與人物生平事蹟的各階段關係分布總表（292 則）

《諸葛亮研究集成》中所輯「諸葛亮故事」與人物生平事蹟的各階段關係分布表（292 則）

階段	類別	題名	則數	小計	比率	排名
生前	遺事		0	0	0	11
	逸聞		0			
	遺蹟		0			
	祠廟		0			
早孤離鄉	遺事		0	1	0.34	10
	逸聞		0			
	遺蹟	（諸葛城 1、中邱城）	1			
	祠廟		0			
躬耕隴畝	遺事	諸葛亮拜見龐德公、諸葛亮娶妻	2	18	6.16	4
	逸聞	諸葛亮拜師	1			
	遺蹟	（隆中山、諸葛亮家、隆中 1、草廬、抱膝石、躬耕田）、樂山 1、樂山 2、孔明舊宅、（亮家、隆中 2）、（諸葛孔明宅、隆中 3）、諸葛亮宅 1、（諸葛書院、臥龍岡 2）、（諸葛亮宅 5、諸葛井 1）、（諸葛亮故宅、諸葛井 2、避水〔暑〕臺、樂山 3、石枕）、（諸葛井 3、臥龍岡 3、青石牀）	11			
	祠廟	忠武祠（南陽府臥龍岡）、諸葛武侯廟 1（襄陽府襄陽縣）、諸葛武侯祠 1（鄖陽府房縣）、武侯廟 1（寶慶府邵陽縣）	4			
步出茅廬	遺事	諸葛亮諫劉備	1	1	0.34	10
	逸聞		0			

	遺蹟		0			
	祠廟		0			
荊州潰逃	遺事		0	1	0.34	10
	逸聞		0			
	遺蹟	劉琦臺	1			
	祠廟		0			
赤壁之戰	遺事	拒事孫權	1	1	0.34	10
	逸聞		0			
	遺蹟		0			
	祠廟		0			
謀借荊州	遺事	諸葛諫劉備莫使東吳	1	13	4.45	8
	逸聞		0			
	遺蹟	（諸葛亮宅 2、石鼓山）、（侯計山、侯憩山）、石碑、相公山、綏寧縣城、諸葛井 4、（棋盤嶺、祭旗坡）	7			
	祠廟	武侯廟 2（寶慶府武岡州）、諸葛武侯廟 2（衡州衡陽縣）、諸葛廟 1（永州零陵縣）、諸葛廟 2（永州東安縣）、武侯廟 3（鳳凰廳）	5			
進取益州	遺事	遣趙雲截留太子、郭沖條亮五事 1、郭沖條亮五事 2、諸葛亮著文	4	17	5.82	5
	逸聞		0			
	遺蹟	（武侯宅 1、乘烟觀 1）、（諸葛亮宅 3、武侯宅 2、乘烟觀 2、葛陌 1）、諸葛亮宅 4、（諸葛亮舊居、葛陌 2）、諸葛井 5、（成都書臺坊、武侯宅 3、乘烟觀、諸葛井 6）、諸葛井 7、（會軍山、會軍堂山）、（黃陵廟、黃牛廟）、（興勢山、駱谷戍、烽火樓）、（火烽山、犁刃山）	11			

	祠廟	武侯祠 5（眉州）、武侯廟 7（瀘州）	2			
受遺託孤	遺事	政由葛氏、諸葛亮埋弩箭鏃、迴瀾塔古碑	3	24	8.22	3
	逸聞	蜀主八劍、諸葛亮佩劍、諸葛亮題古鼎、諸葛亮題克漢鼎、諸葛亮題字於三鼎、夔人重武侯	6			
	遺蹟	讀書臺 1、讀書臺 2、八陣圖 1、八陣圖 2、八陣圖 3、八陣圖 4、八陣圖 5、（石鼓、八陣圖 9）、義泉、（兵書峽、鐵棺峽）、（臥龍山 2、諸葛祠、諸葛井 9）、武鄉谷 1、武鄉谷 2、（九里堤、劉公堤）	14			
	祠廟	武侯廟 6（夔州府）	1			
南征蠻越	遺事	諸葛亮南征、諸葛亮用獞蜑兵、諸葛亮遣常頎、諸葛亮爲夷作圖譜、諸葛亮爲哀牢國作圖譜、諸葛亮殺常房諸子、諸葛亮紀功碑、諸葛石刻、諸葛亮定南詔、諸葛亮賜姓龍佑那	10	128	43.84	1
	逸聞	諸葛亮刺山、諸葛菜、饅頭、南夷服諸葛、江西婦人禮服、諸葛行鍋、武侯雞鳴枕、諸葛銅鼓、諸葛窮夷法、諸葛亮著《琴經》作雞鳴枕、永昌之俗、諸葛燈、諸葛銅鼓紀事、全州武侯藏兵書處、武侯磚、巴蠻	16			
	遺蹟	諸葛城 2、諸葛城 3、（武侯城、武侯戰場、安靖新寨）、（武侯故城、瀘河）、（臥龍岩、石灶）、諸葛營 1、（諸葛營 2、武侯營）、諸葛寨 1、（諸葛洞 1、小石嶺、諸葛營 3）、力士營、孔明壘、（諸葛寨 2、豪豬洞、石墻、龍潭）、（諸葛營 4、雲龍山 1）、（諸葛營 5、諸葛村、孔明旗臺）、（諸葛寨 3、關索寨）、諸葛井 8、雙井、（飽烟蘿山、東山、武侯塔）、武侯閣、八塔、（孔明塔、萬年青）、（石塔、大樹）、（獨立山 1、諸葛山 1、破軍山 1）、諸葛池、諸葛泉、（諸葛山 2、武侯駐兵處）、（萬勝岡、龍觀寺、百丈山、龍觀亭）、涇灘、（相公嶺、擒孟渡）、（大相公嶺、諸葛廟）、小相公嶺、（周公山、龍穴）、銅鼓山 1、銅鼓山 2、盟蠻臺、（諸葛洞 2、甕蓬洞）、諸葛洞 3、（諸葛洞 4、石床、石粟）、香爐峰、（南壽山、博望山）、掇旗山、（打箭爐、郭達山）、（獨立山 2、破軍山 2、鹵井）、老虎山、（九隆山、九龍池）、（孔明鐵柱、白崖）、（白饅石、武侯泉酒）、（大諸葛堰、大海子、小海子）、七縱橋、（夢子坡、石香爐）、臥龍坡、曬甲坪、（藏甲洞、武侯祠 1）、（藏甲岩、鬼王洞）、石人、石柱、槍鑿井、（武侯祭星壇、七星關、七星山）、武侯碑、馬跑井、馬臺石、（畫卦臺、祭天臺）、祭風臺、祭鋒臺、營盤山、（武侯土城、鐵柱、武侯陣圖、孔明遺壘）、古土城、（漢陽山、征蠻故道、順應廟、馬謖廟）、（定西嶺、昆彌山、諸葛武侯印）、臥龍	84			

		山3、（雲龍山2、文龍山、臥龍山4）、臥龍岡4、（地寶藏山、觀音山、狗山）、打牛坪、霽虹橋、三刀山、（安樂山、天井、玉泉、玉泉山）、小關索嶺、（雲龍山3、訂盟山）、（分秦山、石堡山）、（寄箭山1、孔明碑）、寄箭山2、（鳳山、走馬嶺）、將軍池				
	祠廟	諸葛武侯祠3（雅州）、武侯祠1（霸州）、武侯祠3（敘州府宜賓縣）、武侯祠4（雅州府清溪縣）、武侯祠6（茂州汶川縣）、武侯祠7（雜谷廳）、諸葛武侯祠4（桂林府）、武侯祠8（雲南府昆明縣）、武侯祠9（大理府太和縣）、諸葛武侯祠5（楚雄府楚雄縣）、武侯祠10（楚雄府姚州城）、武侯祠11（澄江府新興州）、諸葛武侯祠6（順寧府）、武侯祠12（曲靖府南寧縣）、武候祠13（曲靖府尋甸州）、武侯祠15（永昌府保山縣）、諸葛廟3（景東廳）、武侯祠16（蒙化廳）	18			
北伐中原	遺事	諸葛亮圍陳倉、三郡同時應亮、孟達欲應諸葛亮、司馬懿贊諸葛、諸葛亮作《甘戚論》、諸葛亮大戰祁山、郭沖條亮五事3、郭沖條亮五事4、郭沖條亮五事5、射殺張郃、諸葛亮損益連弩、諸葛亮以八陣法教閱戰士	12	48	16.44	2
	逸聞	諸葛亮鑄鼎、木牛流馬、兵書匣、諸葛行軍鍋、定軍鼎、兵書匣	6			
	遺蹟	諸葛城5、（諸葛城6、武侯壘）、（臥龍岡祠、蓮花池1、臥龍亭、武侯讀書處）、（武侯讀書臺、臥龍岡1、蓮花池2）、（諸葛壘、下募城）、（七盤山、武侯坡）、八陣圖8、（葛山、亮山、臥龍山1、古碑）、平羌江、問津驛、（都安之堰、湔堰、陸海、金堤）、石牛道1、武侯橋、（劍閣道1、石牛道2）、劍閣道2、籌筆古驛、（石盤戍、望軍頂）、（石樓、沈黎縣）、（擂鼓山、寶峰山）、（武侯琴室、定軍山1、石琴1）、（石琴2、武侯祠2）、容裘谷、（五丈溪、黃沙屯）、木馬山、（遮箭牌、定軍山2、銅箭鏃）	25			
	祠廟	武侯祠2（保寧府閬中縣）、武侯廟8（綿州）、武侯祠14（麗江府劍川州）、武侯廟9（漢中府沔縣）、武侯祠17（秦州）	5			
積勞病逝	遺事	諸葛亮病故前後、諸葛亮憂恚歐血卒、孫權懼亮自疑、諸葛亮遺囑、諸葛亮激司馬懿、星投諸葛亮營、諸葛亮知辛佐治	7	10	3.43	9
	逸聞	武侯臨終、江州烏、銅蒺藜	3			
	遺蹟		0			
	祠廟		0			

身　後	遺事	諸葛筩袖鎧帽、陳勰習諸葛圖陣法、李暠寫諸葛亮訓誡以勖諸子、諸葛亮筩袖鎧	4	14	4.80	7
	逸聞	武侯小吏對桓溫問、蜀民爲諸葛公服孝、曹彬謁武侯祠、定軍山奇聞、諸葛亮英靈護民、樵子剔燈	6			
	遺蹟		0			
	祠廟	諸葛武侯祠 2（益州）、武侯廟 4（成都府少城）、武侯廟 5（成都府新都縣）、諸葛武侯廟 3（龍安府平武縣）	4			
其　他	遺事		0	16	5.48	6
	逸聞	諸葛亮令蒲元鑄刀、金容坊、武侯遺地脈龍神穿水道	3			
	遺蹟	諸葛城 4、八陣圖 6、八陣圖 7、武侯山、火井 1、火井 2、（鐵山 1、茅香山）、鐵山 2、鐵山 3、鐵砧山、（老人村、老澤）、淯井 1、淯井 2	13			
	祠廟		0			
總　計	遺事		45	292	100	
	逸聞		41			
	遺蹟		167			
	祠廟		39			

二、古籍與稗官野史中「諸葛亮傳說故事」時代分布總表（843 則）

古籍與稗官野史中「諸葛亮傳說故事」時代分布總表（843 則）

時期	書目	篇目	題名	則數	小計	合計	比率	排名
三國	諸葛亮集	諸葛	語訛瞻葛爲諸葛、葛嬰孫封諸縣侯、諸葛玄爲豫章太守、諸葛亮病故前後、諸葛亮憂恚歐血卒、諸縣葛氏徙陽都、一門三方冠蓋世	7	19	25	2.97	11
		遺事	諸葛亮據南郡、孔明歎徐庶石韜、諸葛亮游學、諸葛亮諫劉備、政由葛氏、諸葛亮圍陳倉、三郡同時應亮	7				
		用人		0				
		制作	風后《握奇經》、巾幗 2、馬鈞見亮連弩、亮起館舍築亭障、司馬懿歎諸葛	5				
		遺蹟		0				
	諸葛亮研究集成	遺事	諸葛亮諫劉備、諸葛亮圍陳倉、三郡同時應亮、政由葛氏、諸葛亮病故前後、諸葛亮憂恚歐血卒	6	6			
		逸聞		0				
		遺蹟		0				
		祠廟		0				
西晉	諸葛亮集	諸葛	諸葛京治郿有稱、諸葛亮善治國、諸葛亮明於治而爲相、父珪爲泰山郡丞、諸葛均官至長水校尉、蜀人思亮咸愛瞻、喬子攀還爲瑾後、諸葛丞相英才挺出、諸葛兄弟明公私、瑾面長似驢爲優、諸葛丞相德威遠著、南陽三葛龍虎狗、孔明之後獨不至	13	40	45	5.34	8

		遺事	孫權懼亮自疑、亮出斜谷田蘭坑、先主平益賜諸葛、諸葛亮平南土、先主留亮據荊州、亮在臨蒸、孔明說先主攻琮、先主遣亮結孫權、備遣亮使於權、魯肅卒亮爲發哀、諸葛亮達見計數、諸葛亮稱歎嚴畯、諸葛亮遺囑、亮向秦宓問任安、亮向秦宓問董扶、諸葛亮駐臨蒸、孟達欲應諸葛亮、亮勸劉巴歸玄德、劉備使亮至京	19				
		用人	亮陰聞何袛失職、亮贊歎殷禮奇偉、亮以射援爲祭酒	3				
		制作	石樓	1				
		遺蹟	火井 1、朱提山、石樓、（秣陵山、鍾山 3、蔣山）	4				
	諸葛亮研究集成	遺事	孫權懼亮自疑、諸葛亮遺囑、拒事孫權、孟達欲應諸葛亮	4	5			
		逸聞		0				
		遺蹟	火井 1	1				
		祠廟		0				
東晉	諸葛亮集	諸葛	諸葛瞻不改父志、權與瑾可謂神交、恪以馬鞭拍褘背、玄德見諸葛、亮等爲四相、諸葛亮母兄在吳、亮子孫流徙中畿、後主怒誅李邈、諸葛亮盡其心力、司馬懿問亮寢食、星投諸葛營、龐山民娶亮小姊、諸葛亮娶妻、亮卒於郭氏塢、死諸葛走生仲達、求爲諸葛亮立廟、江州鳥、亮猶不能定中原、聞惡必改	19	98	123	14.59	2
		遺事	遣亮詣孫龍結盟、孫權送象、諸葛亮聞俊憂溫、亮命陳式平二郡、亮遣兵入羌破敵、諸葛亮爲夷作圖譜、諸葛亮用獿蝅兵、先主召亮於成都、亮亡蜀益白帝軍、亮沒後赦制遂虧、諸葛亮遣常頎、郭沖條亮五事、諸葛亮激司馬懿、諸葛亮殺常房諸子、諸葛亮忍笑譙周、拒事孫權、諸葛亮拜見龐德公 1、諸葛亮拜見龐德公 2、亮遣使宣意孟建、伏龍鳳雛爲俊傑、亮明懿千里請戰、諸葛亮大戰祁山、遣趙雲截留太子、亮七縱七禽孟獲、亮使民忘其敗、諸葛諫劉備莫使東吳、射殺張郃、司馬懿贊諸葛	32				

		用人	丞相亮開府決事、亮築臺延四方士、諸葛亮南征、亮與書誘勸杜微、諸葛亮作《甘戚論》、亮密表後主、李邈諫赦失亮意、亮遣龔祿住安上、亮圍祁山設三策、孔明不許置巴州、亮辟禎伸爲從事、亮選伍梁爲功曹、文恭任亮從事參軍、亮即其渠率用之、遣趙雲截留太子、亮納馬謖攻心策、亮以董恢爲知言	17				
		制作	八陣圖 15、諸葛亮建立禮儀、亮平南中置飛軍、鄧芝平涪陵徐巨、亮發涪陵勁卒爲連弩士、亮以怡思和爲太守、亮平南中置五部、諸葛亮爲夷作圖譜、諸葛亮爲哀牢國作圖譜、劍閣道 1、平武步道、諸葛亮著文、諸葛亮損益連弩、李興贊諸葛亮、石人、亮所建制皆應繩墨、亮好治官府建設、亮始以木牛運糧	18				
		遺蹟	議事堂、（諸葛壘、下募城）、赤坂、（武侯城 4、瀘水 8、瀘州 2）、平羌江 2、諸葛公祠、劍閣道 3、後山鑿城、赤甲戍、五丈原 2、（諸葛亮家、隆中 1）、（孔明故宅、葛井、避暑臺 1、樂山 3）	12				
	諸葛亮研究集成	遺事	諸葛諫劉備莫使東吳、司馬懿贊諸葛、諸葛亮南征、諸葛亮用獽蜑兵、諸葛亮作《甘戚論》、諸葛亮遣常頎、諸葛亮爲夷作圖譜、諸葛亮爲哀牢國作圖譜、諸葛亮拜見龐德公、遣趙雲截留太子、諸葛亮大戰祁山、諸葛亮娶妻、郭沖條亮五事 1、郭沖條亮五事 2、郭沖條亮五事 3、郭沖條亮五事 4、郭沖條亮五事 5、諸葛亮激司馬懿、諸葛亮殺常房諸子、諸葛亮著文、諸葛亮損益連弩、星投諸葛亮營、射殺張郃	23	25			
		逸聞		0				
		遺蹟	劍閣道 2、（亮家、隆中 2）	2				
		祠廟		0				
南朝	諸葛亮集	諸葛	諸葛豐特立剛直、諸葛恪言勝孔明、瞻葛有熊氏之後、武侯小史對桓溫問	4	44	58	6.88	7
		遺事	亮南征詔賜、劉備始與亮相遇、亮爲劉琦設謀、諸葛亮知辛佐治、諸葛率眾出斜谷、諸葛亮戰於鳳山、諸葛亮戰於石室、諸葛亮戰於萬騎谿、諸葛亮戰於石井	9				
		用人	馬良與亮結兄弟	1				

		制作	八陣圖 12、八陣圖 8、八陣圖 9、八陣圖 5、諸葛亮褊袖鎧帽、諸葛亮埋弩箭鏃、亮造七星三鐵錞、蜀主八劍、諸葛亮刺山、劉備令蒲元造刀、八陣圖 14、諸葛亮鑄鼎、諸葛亮題克漢鼎、諸葛亮題古鼎、諸葛亮令蒲元鑄刀、蒲元推意作木牛	16				
		遺蹟	諸葛亮宅 2、作樂山、滇池、火井 2、（隆中 2、孔明宅 1、諸葛亮宅 1）、（諸葛亮宅 3、諸葛井 3）、八陣圖 1、（諸葛亮宅 5、諸葛井 6）、（武侯壘 2、定軍山 7、諸葛武侯墓、松栢碑銘）、瀘水 1、武侯八陣圖 1、（白蕁、諸葛菜 2、武都山、諸葛池）、南陽、（鍾山 2、石頭城 2）	14				
	諸葛亮研究集成	遺事	諸葛亮知辛佐治、諸葛筩袖鎧帽	2	14			
		逸聞	諸葛亮令蒲元鑄刀、蜀主八劍、諸葛亮佩劍、諸葛亮刺山、武侯小吏對桓溫問、諸葛亮鑄鼎、諸葛亮題古鼎、諸葛亮題克漢鼎	8				
		遺蹟	（諸葛孔明宅、隆中 3）、（諸葛亮宅 5、諸葛井 1）、八陣圖 3、火井 2	4				
		祠廟		0				
北朝	諸葛亮集	諸葛	壽立亮傳有私心 2	1	29	37	4.40	9
		遺事	諸葛亮戰於漏江、諸葛亮戰於盤東	2				
		用人		0				
		制作	都安大堰、八陣圖 1、八陣圖 3、八陣圖 4	4				
		遺蹟	（樂山 1、孔明舊宅）、（諸葛故宅、諸葛井 2、避水臺、三顧門 1、樂山 2）、容裘谷、武侯壘 1、黃沙屯、五丈原 1、（興勢坂、駱谷 1、烽火樓 1）、對亮城、（祁山 1、武侯故壘、武侯宿草 1）、（斜水、武功水）、馬冢、祁山 2、（月谷口、坂月川）、（漢城 1、樂城 1）、（定軍山 1、八陣圖 2）、建寧郡、黑水、永安宮 1、（黃陵廟、黃牛廟）、（都安之堰、湔堰、金隄）、（石盤戍 1、望軍頂 1）、（定軍山 5、高平、諸葛亮廟 1、八陣圖 6）	22				

	諸葛亮研究集成	遺事		0	8			
		逸聞		0				
		遺蹟	容裘谷、（五丈溪、黃沙屯）、樂山 1、樂山 2、孔明舊宅、八陣圖 2、（都安之堰、湔堰、陸海、金堤）、（黃陵廟、黃牛廟）	8				
		祠廟		0				
隋唐	諸葛亮集	諸葛	諸葛亮妾無副服、壽立亮傳有私心 1、武侯事蹟湮沒多、壽立亮傳有私心 3、陸機虛張拒葛鋒、諸葛亮身長八尺、諸葛亮識破降計、詔爲丞相亮立廟	8	67	83	9.85	4
		遺事		0				
		用人		0				
		制作	武侯雞鳴枕、夔人重武侯 1、諸葛亮埋箭鏃、李靖《問對》八陣 2、李靖《問對》八陣 3、陳勰習諸葛圖陣法、馬隆依圖作偏箱車、八陣圖 16、諸葛亮法古八陣、諸葛亮筩袖鎧、諸葛亮筩袖鎧冒、李靖《問對》八陣 1、黃帝設八陣之形、唐人造八陣、作木牛流馬、刁雍請采八陣禦寇、李靖《問對》八陣 4、亮南征置朱提郡、八陣圖 10、夔州八陣圖尙存、武侯以石布八陣、諸葛父子長於畫、翊日而市	23				
		遺蹟	諸葛亮紀功碑、盤石戍、武鄉谷、（瀘水 4、瀘津關）、木馬山、石門關、諸葛亮壘 2、（興勢山、駱谷 2、烽火樓 2）、（祁山 3、諸葛亮壘 1、武侯宿草 2）、八陣圖 3、五丈原 4、陳倉故城、散關、萬里橋 2、（諸葛亮舊居 1、葛陌 1、諸葛亮宅 4）、武侯津 2、劍閣道 2、武侯山、廣都縣、（瀘州 1、江陽 1）、（瀘川縣、江陽 2）、瀘水 3、朱提郡、諸葛亮故城、武侯城 5、盤江 2、鐵山 1、巢湖、（石頭城 1、秣陵城、鍾山 1）、（亮冢、定軍山 6）、（諸葛菜 1、蔓菁）、（諸葛亮故宅、諸葛井 1）、瀘水 9、（佛光寨、祭天臺）、（諸葛菜 3、諸葛木）、諸葛亮城	36				
	諸葛亮研究集成	遺事	諸葛亮紀功碑、陳勰習諸葛圖陣法、李暠寫諸葛亮訓誡以勖諸子、諸葛亮埋弩箭鏃、諸葛亮筩袖鎧	5	16			
		逸聞	諸葛菜、武侯臨終	2				

		遺蹟	劉琦臺、諸葛亮宅1、木馬山、諸葛亮宅4、（諸葛亮舊居、葛陌2）、鐵山3、（劍閣道1、石牛道2）、八陣圖4、（諸葛亮故宅、諸葛井2、避水〔暑〕臺、樂山3、石枕）	9				
		祠廟		0				
北宋	諸葛亮集	諸葛		0	57	74	8.78	6
		遺事	諸葛亮出屯江陽、諸葛亮征服南詔蠻	2				
		用人		0				
		制作	諸葛亮置苦竹槍、白羽扇、武侯南征置戍、亮率兵南征四郡、八陣圖11、蜀中有小車獨推、諸葛亮銅鐺文、江州車子1、饅頭	9				
		遺蹟	（乘煙觀2、諸葛井5）、（箖竹、臥龍山8、諸葛亮祠）、諸葛城1、八陣圖4、（讀書臺、乘煙觀3）、（武侯水、武侯津1）、劍閣道5、相公山、周公山2、（馬湖江、瀘水2）、（旄牛、武侯城3、瀘水6）、漢陽山1、伎爨戍、（會軍堂山、鄀2）、南詔城、熊耳峽、涇灘、（僰谿、服谿、福谿）、儲書峽、武侯兵書臺、（僭山、算山）、（諸葛營1、諸葛營壘、諸葛洞4）、諸葛忠武侯冢、昭烈祠、（先主祠2、武侯祠9、先主廟3）、諸葛武侯行廟碑、武侯碑、（諸葛公廟、先主廟4、雙文栢1）、很石、（褒斜道、石牛道1）、（定軍山3、武侯廟1、石琴）、箕谷、（石牛道2、劍閣道4）、平羌江1、武侯橋、諸葛泉2、諸葛城4、相臺山、（臥龍山5、諸葛祠1、諸葛泉1）、（石盤戍2、望軍頂2）、（武侯祠10、九盤坂、鄧艾廟）、石笋1、（先主廟2、武侯祠8、栢樹）、諸葛武侯故宅、武侯廟栢、瀘水10	46				
	諸葛亮研究集成	遺事	諸葛石刻、諸葛亮定南詔	2	17			
		逸聞	饅頭、江西婦人禮服	2				
		遺蹟	諸葛城5、武鄉谷1、八陣圖1、（周公山、龍穴）、（武侯宅1、乘烟觀1）、讀書臺1、八陣圖6、石人、（武侯故城、瀘河）、（會軍山、會軍堂山）	10				
		祠廟	諸葛武侯祠2（益州）、諸葛武侯祠3（雅州）、武侯祠1（霸州）	3				

南宋	諸葛亮集	諸葛	爲諸葛亮服白巾、武侯女乘雲輕舉	2	35	36	4.27	10
		遺事		0				
		用人		0				
		制作	木牛流馬、諸葛亮撰《琴經》、八陣圖 2、諸葛亮作《梁甫吟》、孔明作元戎、諸葛亮以八陣法教閱戰士、八陣圖 6、八陣圖 7、八陣圖 13、八陣圖 17、八陣圖 18、武侯習風后《五圖》、孔明八陣本一陣、石鼓、遺釜	15				
		遺蹟	（長星橋、萬里橋 1）、（朝眞觀、武侯祠 2、乘煙觀 1）、（棧道、諸葛武侯碑 1）、（白帝、夜郎、漢中）、（雙文栢 2、忠武室）、（滇蠻、諸葛公戍兵）、武侯八陣圖 2、（金容坊、石笋 2、石柱）、諸葛井 7、（七縱橋、七縱渡）、（箐青山、靖軍山）、（昭烈廟、武侯祠 7）、（武侯廟 3、乘煙觀 4、孔明廟 1、武興王廟）、（武侯廟 4、八陣圖 7、臥龍山 6、諸葛廟 3、開濟堂）、（武侯廟 5、八陣臺、武侯故祠、諸葛廟 4）、涫井 2、（先主祠 1、武侯祠 6）、瀘水 7	18				
	諸葛亮研究集成	遺事		0	1			
		逸聞	南夷服諸葛	1				
		遺蹟		0				
		祠廟		0				
元代	諸葛亮集	諸葛	長星投諸葛營	1	2	3	0.36	12
		遺事	諸葛亮拜師	1				
		用人		0				
		制作		0				
		遺蹟		0				

	諸葛亮研究集成	遺事		0	1			
		逸聞	諸葛亮題字於三鼎	1				
		遺蹟		0				
		祠廟		0				
明代	諸葛亮集	諸葛	蜀民爲亮戴天孝、諸葛公制服	2	28	86	10.20	3
		遺事		0				
		用人		0				
		制作	諸葛行鍋、夔人重武侯 2、諸葛亮作饅頭來餤、諸葛亮造竹槍、亮擴槍木桿金頭、亮起衝車、諸葛銅鼓 1	7				
		遺蹟	（諸葛武侯碑 2、昭烈帝廟）、落星邨 2、（諸葛營 4、諸葛碑 1）、（諸葛亮廟 2、諸葛亮廟大栢）、太城、（萬勝岡、龍觀、龍觀寺）、掇旗山、劉琦臺、（諸葛城 5、孔明故里）、（諸葛武侯祠 2、石鼓山、孔明宅 2）、陳倉故道、石馬城、義泉 1、會軍山、孔明石碑、（五丈原 5、落星邨 1）、保券 1、（諸葛寨 2、孔明寨司）、（先主廟 1、諸葛孔明廟 2）	19				
	諸葛亮研究集成	遺事	諸葛亮賜姓龍佑那	1	58			
		逸聞	諸葛燈、諸葛行鍋、武侯雞鳴枕、蜀民爲諸葛公服孝、曹彬謁武侯祠、夔人重武侯、江州烏、諸葛銅鼓、諸葛窮夷法、諸葛亮著《琴經》作雞鳴枕、永昌之俗	11				
		遺蹟	（石鼓、八陣圖 9）、（夢子坡、石香爐）、曬甲坪、（侯計山、侯憩山）、石碑、相公山、（獨立山 2、破軍山 2、鹵井）、老虎山、諸葛井 8、雙井、（孔明鐵柱、白崖）、（白饅石、武侯泉酒）、祭鋒臺、（成都書臺坊、武侯宅 3、乘烟觀、諸葛井 6）、諸葛井 7、（老人村、老澤）、（鐵山 1、茅香山）、（相公嶺、擒孟渡）、平羌江、（萬勝岡、龍觀寺、百丈山、龍觀亭）、古土城、（漢陽山、征蠻故道、順應廟、馬謖廟）、涇灘、義泉、八陣圖 5、問津驛、（興勢山、駱谷戍、烽火樓）、（葛山、亮山、	46				

			臥龍山 1、古碑)、石牛道 1、(火烽山、犁刃山)、(諸葛洞 4、石床、石粟)、(石樓、沈黎縣)、清井 1、清井 2、(九隆山、九龍池)、(藏甲岩、鬼王洞)、銅鼓山 2、(武侯祭星壇、七星關、七星山)、諸葛洞 3、馬跑井、(諸葛洞 2、甕蓬洞)、香爐峰、槍鑿井、武侯碑、馬臺石、(藏甲洞、武侯祠 1)					
		祠廟		0				
清代	諸葛亮集	諸葛		0	57	198	23.49	1
		遺事	諸葛亮賜姓龍佑那 2	1				
		用人		0				
		制作	諸葛銅鼓紀事、彫樓	2				
		遺蹟	保劵 2、赤崖庫、烽火山 2、鐵砧山、鐵溪河、(臥龍山 7、諸葛祠 2、義泉 2)、(武侯兵書匣、定軍山 4、兵書峽)、(諸葛營 2、武侯旗臺 1)、(武侯廟 2、諸葛邨、武侯旗臺 2)、武侯祠 4、(褒斜谷、三交城)、(石鼻寨、百鼻城)、陳倉道、烽火山 1、(大相公嶺、諸葛廟 2)、(瀘水 5、武侯城 2)、(臥龍山 3、孔明祠、觀音泉)、諸葛城 3、(武侯城 6、侯戰場、安靖新寨)、(龍透關、安遠寨)、(吳君山、藏匱山)、紅崖山、(武侯祭星壇、七星營)、(臥龍巖、諸葛武侯古城)、(東山、飽烟蘿山、武侯塔 2、孔明壘)、諸葛山 2、(大諸葛堰、小諸葛堰)、銅鼓山、武侯祠 5、諸葛武侯廟 1、武侯廟 6、(五丈原 6、諸葛武侯廟 2)、孟獲城、(諸葛武侯祠 1、孟獲溝)、魚通、碉樓、鐵山 3、(諸葛營 3、望子洞)、諸葛寨 3、(武侯祠 11、武侯祠碑)、諸葛碑 2、鐵谿河、(七盤山、武侯坡)、后來亭、(南壽山、博望山)、馬謖谿、(龍虎洞、觀音塘)、卦石、(藏甲巖、武侯祠 3)、保子寨、梅嶺堡、(打箭鑪、郭達山)、(臥龍山 4、孔明祠像)、臥龍坡	54				
	諸葛亮研究集成	遺事	迴瀾塔古碑、諸葛亮以八陣法教閱戰士	2	141			
		逸聞	木牛流馬、金容坊、兵書匣、諸葛亮拜師、全州武侯藏兵書處、諸葛銅鼓紀事、武侯磚、巴蠻、定軍山奇聞、武侯遺地脈龍神穿水道、諸葛亮英靈護民、樵子剔燈、諸葛行軍鍋、定軍鼎、兵書匣、銅蒺藜	16				

		遺蹟	（諸葛書院、臥龍岡2）、（諸葛井3、臥龍岡3、青石牀）、八陣圖8、（諸葛城6、武侯壘）、（武侯琴室、定軍山1、石琴1）、（諸葛壘、下募城）、（隆中山、諸葛亮家、隆中1、草廬、抱膝石、躬耕田）、（兵書峽、鐵棺峽）、（棋盤嶺、祭旗坡）、（諸葛亮宅2、石鼓山）、（臥龍岩、石灶）、諸葛營1、諸葛井4、綏寧縣城、（諸葛營2、武侯營）、（諸葛亮宅3、武侯宅2、乘烟觀2、葛陌1）、八陣圖7、讀書臺2、諸葛井5、武侯山、諸葛寨1、籌筆古驛、諸葛城2、（大相公嶺、諸葛廟）、（武侯城、武侯戰場、安靖新寨）、（石盤戍、望軍頂）、銅鼓山1、（諸葛洞1、小石嶺、諸葛營3）、盟蠻臺、三刀山、諸葛城3、力士營、孔明壘、（諸葛寨2、豪豬洞、石墻、龍潭）、（畫卦臺、祭天臺）、（定西嶺、昆彌山、諸葛武侯印）、（飽烟蘿山、東山、武侯塔）、（獨立山1、諸葛山1、破軍山1）、營盤山、（武侯土城、鐵桩、武侯陣圖、孔明遺壘）、（雲龍山2、文龍山、臥龍山4）、臥龍岡4、（諸葛營4、雲龍山1）、（雲龍山3、訂盟山）、石柱、武侯閣、八塔、小關索嶺、（分秦山、石堡山）、諸葛池、諸葛泉、（孔明塔、萬年青）、祭風臺、（寄箭山1、孔明碑）、（諸葛營5、諸葛村、孔明旗臺）、（諸葛寨3、關索寨）、（大諸葛堰、大海子、小海子）、（地寶藏山、觀音山、狗山）、打牛坪、霽虹橋、（安樂山、天井、玉泉、玉泉山）、（石塔、大樹）、（諸葛山2、武侯駐兵處）、諸葛城4、（擂鼓山、寶峰山）、寄箭山2、武鄉谷2、（打箭爐、郭達山）、武侯橋、七縱橋、（九里堤、劉公堤）、（七盤山、武侯坡）、鐵砧山、臥龍坡、小相公嶺、（鳳山、走馬嶺）、將軍池、（臥龍山2、諸葛祠、諸葛井9）、臥龍山3、鐵山2、（南壽山、博望山）、掇旗山、（諸葛城1、中邱城）、（臥龍岡祠、蓮花池1、臥龍亭、武侯讀書處）、（武侯讀書臺、臥龍岡1、蓮花池2）、（石琴2、武侯祠2）、（遮箭牌、定軍山2、銅箭鏃）	87				
		祠廟	忠武祠（南陽府臥龍岡）、武侯廟9（漢中府沔縣）、諸葛廟1（永州零陵縣）、諸葛廟2（永州東安縣）、武侯祠17（秦州）、武侯廟1（寶慶府邵陽縣）、武侯廟2（寶慶府武岡州）、諸葛武侯廟2（衡州衡陽縣）、諸葛武侯祠1（鄖陽府房縣）、諸葛武侯廟1（襄陽府襄陽縣）、武侯廟3（鳳凰廳）、武侯廟4（成都府少城）、武侯廟5（成都府新都縣）、武侯祠2（保寧府閬中縣）、諸葛武侯廟3（龍安府平武縣）、武侯廟6（夔州府）、武侯祠3（叙州府宜賓縣）、武侯祠4（雅州府清溪縣）、武侯祠5（眉州）、武侯廟7（瀘州）、武侯祠6（茂州汶川縣）、武侯廟8（綿州）、	36				

			武侯祠 7（雜谷廳）、諸葛武侯祠 4（桂林府）、武侯祠 9（大理府太和縣）、武侯祠 8（雲南府昆明縣）、諸葛武侯祠 5（楚雄府楚雄縣）、武侯祠 10（楚雄府姚州城）、武侯祠 11（澄江府新興州）、諸葛武侯祠 6（順寧府）、武侯祠 12（曲靖府南寧縣）、武侯祠 13（曲靖府尋甸州）、武侯祠 14（麗江府劍川州）、武侯祠 15（永昌府保山縣）、諸葛廟 3（景東廳）、武侯祠 16（蒙化廳）					
其他	諸葛亮集	諸葛		0	75	75	8.90	5
		遺事	牂牁帥火濟、諸葛亮賜姓龍佑那 1	2				
		用人	亮問箕谷軍退因、諸葛亮遣禕使吳	2				
		制作	江州車子 2、諸葛亮題字於三鼎、諸葛亮佩劍、鐵蒺藜、諸葛窮夷法、諸葛銅鼓 2、諸葛銅鼓 3、諸葛銅鼓 4、武侯甎、巾幗 1	10				
		遺蹟	（臥龍岡、草廬、諸葛井 4、青石牀、侯躬耕處、武侯祠 1、諸葛書院）、（隆中山、臥龍山 1、避暑臺 2、三顧門 2）、木門堡、（漢城 2、樂城 2）、（定軍山 2、諸葛巖、兵書匣、八陣圖 5、督軍壇）、籌筆驛、（侯計山、侯憩山）、五丈原 3、（邸閣、斜谷口、懷賢閣）、（蓮花池、孔明讀書亭）、思計臺 1、（武侯城 1、思計臺 2）、九里隄 1、湑井 1、諸葛鹽井、永安宮 2、九里隄 2、（老人邨、老澤）、周公山 3、諸葛寨 1、（葛山 1、諸葛廟 1）、（葛山 2、亮山、臥龍山 2、古碑）、鐵櫃山、小相公嶺、（蔡山、周公山 1）、盤江 1、廢土城、諸葛城 2、十丈空崖、漢陽山 2、武侯歇馬石、武侯塔 1、武侯砦、（鳳山、走馬嶺）、諸葛山 1、上馬臺、古城、將軍池、問津驛、奴諾城、（郪 1、堂山）、（栢下山、諸葛公營壘）、諸葛洞 1、烽火山 3、安遠山寺石刻、香爐峯、（畢節城碑、祭星臺）、（諸葛洞 2、半蓮洞、武侯石刻像）、諸葛洞 3、（石牀、石粟）、鐵山 2、（石頭山、龍洞、桃源洞、駐馬坡）、孔明鐵柱、九隆山、（墨池、臥龍寺 1）、（諸葛祭風臺、赤壁）、（棋盤崖、諸葛孔明廟 1、相公潭）、（臥龍寺 2、諸葛孔明畫像）、（孔明廟 2、孔明廟栢）、（武侯祠 12、諸葛武侯南征誓蠻碑）、（武侯祠 13、武侯祠石碑）	61				
	諸葛亮研究集成	遺事		0	0			
		逸聞		0				

		遺蹟		0				
		祠廟		0				
總計	諸葛亮集	諸葛		57	551	843	100	
		遺事		75				
		用人		23				
		制作		110				
		遺蹟		286				
	諸葛亮研究集成	遺事		45	292			
		逸聞		41				
		遺蹟		167				
		祠廟		39				

三、古籍與稗官野史中「諸葛亮傳說故事」與人物生平事蹟的各階段關係分布總表（1047 則）

古籍與稗官野史中「諸葛亮傳說故事」與人物生平事蹟的各階段關係分布總表（1047 則）

階段	書目	類別	題名	則數	小計	合計	比率	排名
生前	諸葛孔明全集	遺事		0	0	6	0.57	12
		遺蹟		0				
	諸葛亮集	諸葛	語訛瞻葛爲諸葛、瞻葛有熊氏之後、葛嬰孫封諸縣侯、諸縣葛氏徙陽都、諸葛豐特立剛直、父珪爲泰山郡丞	6	6			
		遺事		0				
		用人		0				
		制作		0				
		遺蹟		0				
	諸葛亮研究集成	遺事		0	0			
		逸聞		0				
		遺蹟		0				
		祠廟		0				
早孤離鄉	諸葛孔明全集	遺事		0	0	3	0.29	13
		遺蹟		0				

	諸葛亮集	諸葛	諸葛玄爲豫章太守	1	2			
		遺事		0				
		用人		0				
		制作		0				
		遺蹟	（諸葛城 5、孔明故里）	1				
	諸葛亮研究集成	遺事		0	1			
		逸聞		0				
		遺蹟	（諸葛城 1、中邱城）	1				
		祠廟		0				
躬耕隴畝	諸葛孔明全集	遺事	龐德公娶諸葛小姊、具麵	2	10	49	4.68	7
		遺蹟	隆中故宅、隆中書院、（諸葛井 2、避暑臺、三顧門、樂山 1、石枕）、諸葛井 3、（臥龍岡、草廬、諸葛井 5、青石牀、侯躬耕處、諸葛書院、武侯廟 1）、（諸葛武侯廟 3、伏龍山）、臥龍山 1、樂山 2	8				
	諸葛亮集	諸葛	諸葛亮身長八尺、龐山民娶亮小姊、諸葛亮娶妻	3	21			
		遺事	諸葛亮拜見龐德公 1、諸葛亮拜見龐德公 2、諸葛亮拜師、諸葛亮游學	4				
		用人		0				
		制作	諸葛亮作《梁甫吟》	1				
		遺蹟	（諸葛亮故宅、諸葛井 1）、南陽、（諸葛亮家、隆中 1）、（隆中 2、孔明宅 1、諸葛亮宅 1）、諸葛亮宅 2、作樂山、（樂山 1、孔明舊宅）、（諸葛故宅、諸葛井 2、避水臺、三顧門 1、樂山 2）、（孔明故宅、葛井、避暑臺 1、樂山 3）、（諸葛亮宅 3、諸葛井 3）、（臥龍岡、草廬、諸葛井 4、青石牀、侯躬耕處、武侯祠 1、	13				

			諸葛書院）、（隆中山、臥龍山 1、避暑臺 2、三顧門 2）、（篠竹、臥龍山 8、諸葛亮祠）					
	諸葛亮研究集成	遺事	諸葛亮拜見龐德公、諸葛亮娶妻	2	18			
		逸聞	諸葛亮拜師	1				
		遺蹟	（隆中山、諸葛亮家、隆中 1、草廬、抱膝石、躬耕田）、樂山 1、樂山 2、孔明舊宅、（亮家、隆中 2）、（諸葛孔明宅、隆中 3）、諸葛亮宅 1、（諸葛書院、臥龍岡 2）、（諸葛亮宅 5、諸葛井 1）、（諸葛亮故宅、諸葛井 2、避水〔暑〕臺、樂山 3、石枕）、（諸葛井 3、臥龍岡 3、青石牀）	11				
		祠廟	忠武祠（南陽府臥龍岡）、諸葛武侯廟 1（襄陽府襄陽縣）、諸葛武侯祠 1（鄖陽府房縣）、武侯廟 1（寶慶府邵陽縣）	4				
步出茅廬	諸葛孔明全集	遺事		0	1	7	0.67	11
		遺蹟	白毦	1				
	諸葛亮集	諸葛	玄德見諸葛	1	5			
		遺事	伏龍鳳雛爲俊傑、諸葛亮諫劉備、劉備始與亮相遇	3				
		用人		0				
		制作		0				
		遺蹟	議事堂	1				
	諸葛亮研究集成	遺事	諸葛亮諫劉備	1	1			
		逸聞		0				
		遺蹟		0				
		祠廟		0				

荊州潰逃	諸葛孔明全集	遺事		0	1	7	0.67	11
		遺蹟	劉琦臺	1				
	諸葛亮集	諸葛		0	5			
		遺事	亮爲劉琦設謀、孔明說先主攻琮	2				
		用人		0				
		制作		0				
		遺蹟	劉琦臺、保券 1、保券 2	3				
	諸葛亮研究集成	遺事		0	1			
		逸聞		0				
		遺蹟	劉琦臺	1				
		祠廟		0				
赤壁之戰	諸葛孔明全集	遺事		0	3	18	1.72	10
		遺蹟	（鍾山、金山、蔣山）、（狠石、石羊巷）、諸葛武侯廟 1	3				
	諸葛亮集	諸葛		0	14			
		遺事	拒事孫權、先主遣亮結孫權、遣亮詣孫龍結盟、備遣亮使於權、劉備使亮至京	5				
		用人		0				
		制作		0				
		遺蹟	（僭山、算山）、巢湖、（石頭城 1、秣陵城、鍾山 1）、很石、（石頭山、龍洞、桃源洞、駐馬坡）、（鍾山 2、石頭城 2）、（秣陵山、鍾山 3、蔣山）、（諸葛祭風臺、赤壁）、武侯祠 5	9				

	諸葛亮研究集成	遺事	拒事孫權	1	1			
		逸聞		0				
		遺蹟		0				
		祠廟		0				
謀借荊州	諸葛孔明全集	遺事		0	11	38	3.63	9
		遺蹟	（墨池、臥龍寺）、（諸葛宅、石鼓山）、相公山、（侯計山、侯憩山）、棋盤嶺、（相公潭、諸葛武侯廟 1）、諸葛廟 4、諸葛武侯廟 4、武侯祠 3、遺釜、保券	11				
	諸葛亮集	諸葛	諸葛亮母兄在吳	1	14			
		遺事	亮在臨蒸、諸葛諫劉備莫使東吳、諸葛亮駐臨蒸、亮勸劉巴歸玄德	4				
		用人		0				
		制作	遺釜	1				
		遺蹟	相公山、諸葛武侯故宅、（墨池、臥龍寺 1）、（棋盤崖、諸葛孔明廟 1、相公潭）、（侯計山、侯憩山）、武侯祠 4、諸葛寨 3、（諸葛武侯祠 2、石鼓山、孔明宅 2）	8				
	諸葛亮研究集成	遺事	諸葛諫劉備莫使東吳	1	13			
		逸聞		0				
		遺蹟	（諸葛亮宅 2、石鼓山）、（侯計山、侯憩山）、石碑、相公山、綏寧縣城、諸葛井 4、（棋盤嶺、祭旗坡）	7				
		祠廟	武侯廟 2（寶慶府武岡州）、諸葛武侯廟 2（衡州衡陽縣）、諸葛廟 1（永州零陵縣）、諸葛廟 2（永州東安縣）、武侯廟 3（鳳凰廳）	5				

進取益州	諸葛孔明全集	遺事	分事三國	1	13	64	6.11	6
		遺蹟	諸葛井 4、火烽山、興勢山、會軍山、（駐兵處、董王臺）、（屯兵處、萬乘湖）、（朝眞觀、武侯祠 1、武侯故宅、乘煙觀 2）、（黃陵廟、黃牛廟、靈感廟）、諸葛廟 3、諸葛武侯廟 2、諸葛武侯廟 5、（武侯廟 6、乘烟觀、武興王廟）	12				
	諸葛亮集	諸葛	諸葛兄弟明公私、一門三方冠蓋世、南陽三葛龍虎狗、武侯女乘雲輕舉、諸葛亮明於治而爲相	5	34			
		遺事	郭沖條亮五事 1、郭沖條亮五事 2、遣趙雲截留太子、先主平益賜諸葛、先主留亮據荊州、魯肅卒亮爲發哀、諸葛亮據南郡、諸葛亮出屯江陽	8				
		用人	遣趙雲截留太子、馬良與亮結兄弟	2				
		制作	諸葛亮著文	1				
		遺蹟	（興勢坂、駱谷 1、烽火樓 1）、（興勢山、駱谷 2、烽火樓 2）、（朝眞觀、武侯祠 2、乘煙觀 1）、（乘煙觀 2、諸葛井 5）、（諸葛亮舊居 1、葛陌 1、諸葛亮宅 4）、（諸葛亮宅 5、諸葛井 6）、諸葛井 7、烽火山 1、廣都縣、（南壽山、博望山）、（瀘州 1、江陽 1）、（瀘川縣、江陽 2）、（黃陵廟、黃牛廟）、（郪 1、堂山）、（會軍堂山、郪 2）、烽火山 2、會軍山、烽火山 3	18				
	諸葛亮研究集成	遺事	遣趙雲截留太子、郭沖條亮五事 1、郭沖條亮五事 2、諸葛亮著文	4	17			
		逸聞		0				
		遺蹟	（武侯宅 1、乘烟觀 1）、（諸葛亮宅 3、武侯宅 2、乘烟觀 2、葛陌 1）、諸葛亮宅 4、（諸葛亮舊居、葛陌 2）、諸葛井 5、（成都書臺坊、武侯宅 3、乘烟觀、諸葛井 6）、諸葛井 7、（會軍山、會軍堂山）、（黃陵廟、黃牛廟）、（興勢山、駱谷戍、烽火樓）、（火烽山、犁刃山）	11				
		祠廟	武侯祠 5（眉州）、武侯廟 7（瀘州）	2				

受遺託孤	諸葛孔明全集	遺事	書劍、翊日而市、八陣圖、弩箭鏃、古鼎錄 1、古鼎錄 2	6	16	113	10.79	3
		遺蹟	（讀書臺、乘煙觀 1、諸葛井 1）、太城、永安宮、八陣圖磧、八陣圖 2、（諸葛祠 2、臥龍山 2、諸葛泉）、兵書峽、（石鼓、八陣圖 5）、篆隸鼎、（迴瀾塔、石碑 2）	10				
	諸葛亮集	諸葛	權與瑾可謂神交、諸葛亮善治國	2	73			
		遺事	政由葛氏、先主召亮於成都、亮向秦宓問任安、亮向秦宓問董扶、諸葛亮達見計數、諸葛亮聞俊憂溫、諸葛亮稱歎嚴畯	7				
		用人	丞相亮開府決事、亮築臺延四方士、亮與書誘勸杜微、亮陰聞何祗失職、亮贊歎殷禮奇偉、亮以射援爲祭酒、亮辟禎伸爲從事、亮選伍梁爲功曹、文恭任亮從事參軍	9				
		制作	諸葛亮建立禮儀、蜀主八劍、諸葛亮題字於三鼎、諸葛亮題克漢鼎、諸葛亮題古鼎、諸葛亮銅鐺文、諸葛亮佩劍、諸葛亮埋箭鏃、諸葛亮埋弩箭鏃、石鼓、翊日而市、八陳圖 1、八陳圖 2、八陳圖 3、八陳圖 6、八陳圖 7、八陳圖 8、八陳圖 9、八陳圖 10、八陳圖 11、八陳圖 12、八陳圖 13、八陳圖 16、八陳圖 17、夔州八陳圖尙存、夔人重武侯 1、夔人重武侯 2、馬隆依圖作偏箱車、刁雍請采八陳禦寇、唐人造八陳、武侯以石布八陳、武侯習風后《五圖》、李靖《問對》八陳 1、李靖《問對》八陳 2、李靖《問對》八陳 3、李靖《問對》八陳 4、風后《握奇經》、黃帝設八陳之形、孔明八陳本一陳、諸葛亮法古八陳	40				
		遺蹟	武鄉谷、八陳圖 4、九里隄 1、永安宮 1、永安宮 2、義泉 1、（讀書臺、乘煙觀 3）、九里隄 2、太城、（臥龍山 5、諸葛祠 1、諸葛泉 1）、（武侯廟 4、八陳圖 7、臥龍山 6、諸葛廟 3、開濟堂）、（臥龍山 7、諸葛祠 2、義泉 2）、（武侯廟 5、八陳臺、武侯故祠、諸葛廟 4）、（臥龍寺 2、諸葛孔明畫像）、諸葛碑 2	15				
	諸葛亮研究集成	遺事	政由葛氏、諸葛亮埋弩箭鏃、迴瀾塔古碑	3	24			
		逸聞	蜀主八劍、諸葛亮佩劍、諸葛亮題古鼎、諸葛亮題克漢鼎、諸葛亮題字於三鼎、夔人重武侯	6				

		遺蹟	讀書臺1、讀書臺2、八陣圖1、八陣圖2、八陣圖3、八陣圖4、八陣圖5、（石鼓、八陣圖9）、義泉、（兵書峽、鐵棺峽）、（臥龍山2、諸葛祠、諸葛井9）、武鄉谷1、武鄉谷2、（九里堤、劉公堤）	14				
		祠廟	武侯廟6（夔州府）	1				
南征蠻越	諸葛孔明全集	遺事	雍闓亂、作圖譜、闢古路、琴經、火濟、諸葛公戍兵、紀功碑、瀘水、南定樓、渡瀘圖	10	69	342	32.67	1
		遺蹟	古城1、（臥龍巖、古城2、石竈）、古土城、諸葛城、（武侯城1、武侯故壘、武侯戰場、安靖新寨）、武侯城2、掇旗山、銅鼓山、諸葛山、孟山、朱提山、（定遠諸葛營、望子洞）、靖州諸葛營、黔陽諸葛營、（宜良諸葛營、小石嶺1、諸葛峒1）、（永昌諸葛營、武侯旗臺）、（龍透關、安遠寨）、諸葛寨1、諸葛寨2、保子寨、駐軍山、（相公嶺、諸葛廟2）、將軍池、（龍觀亭、萬勝岡）、瀘水、（寶山、堡子山）、（瀘津水、武侯道）、馬湖江、（僰溪、服溪、福溪）、（征蠻故道、漢陽山、順應廟、馬謖廟）、（大諸葛堰、小諸葛堰）、七星關、郁鄢戍、（武侯塔1、飽煙蘿山）、武侯塔2、（諸葛洞、石床、石粟）、七縱橋、赤甲戍、石碑1、（諸葛峒碑、小石嶺2、諸葛峒2）、僰道武侯碑、（蔡山、周公山）、（文學講堂、周公禮殿）、（武侯廟4、瀘峰）、（武侯廟5、諸葛遺民、諸葛村）、諸葛武侯廟6、（銅鼓1、諸葛鼓1）、諸葛鼓2、銅鼓2、歸家磚、銅釘、（炊釜、諸葛行鍋、划車弩、雞鳴枕1）、饅頭、制服、雞鳴枕2、低門、諸葛禁地、剝米炊、（諸葛菜、諸葛木）	59				
	諸葛亮集	諸葛	諸葛丞相英才挺出	1	145			
		遺事	諸葛亮平南土、亮南征詔賜、亮七縱七禽孟獲、諸葛亮戰於鳳山、諸葛亮戰於石室、諸葛亮戰於萬騎谿、諸葛亮戰於石井、諸葛亮戰於漏江、諸葛亮戰於盤東、諸葛亮爲夷作圖譜、諸葛亮忍笑譙周、諸葛亮用獽蜑兵、諸葛亮殺常房諸子、牂牁帥火濟、諸葛亮賜姓龍佑那1、諸葛亮賜姓龍佑那2、諸葛亮遣常頎、諸葛亮征服南詔蠻	18				
		用人	諸葛亮南征、亮即其渠率用之、亮納馬謖攻心策、亮遣龔祿住安上	4				

	制作	諸葛亮撰《琴經》、鄧芝平涪陵徐巨、亮發涪陵勁卒爲連弩士、亮平南中置飛軍、亮平南中置五部、武侯南征置戍、亮率兵南征四郡、亮南征置朱提郡、諸葛亮爲夷作圖譜、諸葛亮爲哀牢國作圖譜、諸葛亮剌山、諸葛亮作饅頭來餤、武侯雞鳴枕、諸葛窮夷法、諸葛銅鼓1、諸葛銅鼓2、諸葛銅鼓紀事、諸葛銅鼓3、諸葛銅鼓4、石人、武侯甎、饅頭、諸葛行鍋	23			
	遺蹟	瀘水1、建寧郡、鐵櫃山、(大相公嶺、諸葛廟2)、小相公嶺、后來亭、(蔡山、周公山1)、周公山2、周公山3、(萬勝岡、龍觀、龍觀寺)、(七縱橋、七縱渡)、廢土城、(馬湖江、瀘水2)、瀘水3、(瀘水4、瀘津關)、(瀘水5、武侯城2)、馬謖谿、(旄牛、武侯城3、瀘水6)、瀘水7、(武侯城4、瀘水8、瀘州2)、朱提郡、(龍虎洞、觀音塘)、卦石、(藏甲巖、武侯祠3)、十丈空崖、(箐青山、靖軍山)、朱提山、漢陽山1、漢陽山2、武侯歇馬石、保子寨、梅嶺堡、武侯塔1、上馬臺、掇旗山、武侯砦、(鳳山、走馬嶺)、諸葛山1、(臥龍山3、孔明祠、觀音泉)、偊俞戍、(諸葛武侯祠1、孟獲溝)、諸葛城2、古城、將軍池、奴諾城、南詔城、諸葛亮城、諸葛亮故城、武侯城5、(武侯城6、侯戰場、安靖新寨)、魚通、(打箭鑪、郭達山)、(臥龍山4、孔明祠像)、諸葛洞1、安遠山寺石刻、(龍透關、安遠寨)、溼灘、瀘水9、赤甲戍、滇池、臥龍坡、紅崖山、香爐峯、(武侯祭星壇、七星營)、盤江1、盤江2、(臥龍巖、諸葛武侯古城)、(畢節城碑、祭星臺)、(石牀、石粟)、(諸葛洞2、半蓮洞、武侯石刻像)、諸葛洞3、(樊谿、服谿、福谿)、諸葛泉2、孔明石碑、諸葛亮紀功碑、(佛光寨、祭天臺)、孔明鐵柱、(諸葛營1、諸葛營壘、諸葛洞4)、(諸葛營2、武侯旗臺1)、九隆山、(諸葛營3、望子洞)、(東山、飽烟蘿山、武侯塔2、孔明壘)、諸葛山2、(諸葛寨2、孔明寨司)、(諸葛營4、諸葛碑1)、(大諸葛堰、小諸葛堰)、諸葛城4、(滇蠻、諸葛公戍兵)、銅鼓山、(武侯廟2、諸葛邨、武侯旗臺2)、諸葛武侯廟1、諸葛公祠、(諸葛菜1、蔓菁)、(諸葛菜3、諸葛木)、(樊道、諸葛武侯碑1)、(武侯祠11、武侯祠碑)、(武侯祠12、諸葛武侯南征誓蠻碑)、瀘水10、孟獲城	99			
諸葛亮研究集成	遺事	諸葛亮南征、諸葛亮用獽蜑兵、諸葛亮遣常頎、諸葛亮爲夷作圖譜、諸葛亮爲哀牢國作圖譜、諸葛亮殺常房諸子、諸葛亮紀功碑、諸葛石刻、諸葛亮定南詔、諸葛亮賜姓龍佑那	10	128		

		逸聞	諸葛亮刺山、諸葛菜、饅頭、南夷服諸葛、江西婦人禮服、諸葛行鍋、武侯雞鳴枕、諸葛銅鼓、諸葛窮夷法、諸葛亮著《琴經》作雞鳴枕、永昌之俗、諸葛燈、諸葛銅鼓紀事、全州武侯藏兵書處、武侯磚、巴蠻	16				
		遺蹟	諸葛城2、諸葛城3、（武侯城、武侯戰場、安靖新寨）、（武侯故城、瀘河）、（臥龍岩、石灶）、諸葛營1、（諸葛營2、武侯營）、諸葛寨1、（諸葛洞1、小石嶺、諸葛營3）、力士營、孔明壘、（諸葛寨2、豪豬洞、石墻、龍潭）、（諸葛營4、雲龍山1）、（諸葛營5、諸葛村、孔明旗臺）、（諸葛寨3、關索寨）、諸葛井8、雙井、（飽烟蘿山、東山、武侯塔）、武侯閣、八塔、（孔明塔、萬年青）、（石塔、大樹）、（獨立山1、諸葛山1、破軍山1）、諸葛池、諸葛泉、（諸葛山2、武侯駐兵處）、（萬勝岡、龍觀寺、百丈山、龍觀亭）、涇灘、（相公嶺、擒孟渡）、（大相公嶺、諸葛廟）、小相公嶺、（周公山、龍穴）、銅鼓山1、銅鼓山2、盟蠻臺、（諸葛洞2、甕蓬洞）、諸葛洞3、（諸葛洞4、石床、石粟）、香爐峰、（南壽山、博望山）、掇旗山、（打箭爐、郭達山）、（獨立山2、破軍山2、鹵井）、老虎山、（九隆山、九龍池）、（孔明鐵柱、白崖）、（白饅石、武侯泉酒）、（大諸葛堰、大海子、小海子）、七縱橋、（夢子坡、石香爐）、臥龍坡、曬甲坪、（藏甲洞、武侯祠 1）、（藏甲岩、鬼王洞）、石人、石柱、槍鑿井、（武侯祭星壇、七星關、七星山）、武侯碑、馬跑井、馬臺石、（畫卦臺、祭天臺）、祭風臺、祭鋒臺、營盤山、（武侯土城、鐵桩、武侯陣圖、孔明遺壘）、古土城、（漢陽山、征蠻故道、順應廟、馬謖廟）、（定西嶺、昆彌山、諸葛武侯印）、臥龍山3、（雲龍山2、文龍山、臥龍山4）、臥龍岡4、（地寶藏山、觀音山、狗山）、打牛坪、霽虹橋、三刀山、（安樂山、天井、玉泉、玉泉山）、小關索嶺、（雲龍山3、訂盟山）、（分秦山、石堡山）、（寄箭山1、孔明碑）、寄箭山2、（鳳山、走馬嶺）、將軍池	84				
		祠廟	諸葛武侯祠3（雅州）、武侯祠1（霸州）、武侯祠3（敘州府宜賓縣）、武侯祠4（雅州府清溪縣）、武侯祠6（茂州汶川縣）、武侯祠7（雜谷廳）、諸葛武侯祠4（桂林府）、武侯祠8（雲南府昆明縣）、武侯祠9（大理府太和縣）、諸葛武侯祠5（楚雄府楚雄縣）、武侯祠10（楚雄府姚州城）、武侯祠11（澄江府新興州）、諸葛武侯祠6（順寧府）、武侯祠12（曲靖府南寧縣）、武候祠13（曲靖府尋甸州）、武侯祠15（永昌府保山縣）、諸葛廟3（景東廳）、武侯祠16（蒙化廳）	18				

北伐中原	諸葛孔明全集	遺事	評張溫、漢吳盟辭、圍陳倉、測吳、始以木牛運、辟賢、闢三龍、楊戲、何祗、陸遜、孫權送象、賜錦與楊顒直諫、葛巾與羽扇、連弩、兵書匣、賴厷	16	45	209	19.96	2
		遺蹟	讀書亭、武侯壘、三交城、西樂城、（葛山、諸葛屯營、武侯廟 2）、祁山、箕山、（涪水諸葛營、柏下山、諸葛營壘）、（石鼻寨、石鼻城）、（諸葛壘、下募城）、籌筆驛、容裘谷、（望軍頂、石盤戍）、（黃沙屯、五丈谿）、黑水、（湔堰、都安之堰、陸海、金堤）、劍門關、斜谷關、木門、赤阪、石樓、（萬里橋、篤泉橋）、武侯橋、平羌江、（赤崖、劍門關棧閣）、武侯廟 8、木牛流馬、（白蕈、諸葛武侯池）、（八陣圖 6、定軍山 3）	29				
	諸葛亮集	諸葛	瑾面長似驢爲優、諸葛恪言勝孔明、恪以馬鞭拍褘背、諸葛亮妾無副服、諸葛丞相德威遠著	5	116			
		遺事	孔明歎徐庶石韜、亮遣使宣意孟建、郭沖條亮五事 3、郭沖條亮五事 4、郭沖條亮五事 5、諸葛亮大戰祁山、射殺張郃、亮命陳式平二郡、亮遣兵入羌破敵、亮使民忘其敗、孫權送象、諸葛率眾出斜谷、諸葛亮圍陳倉、亮出斜谷田蘭坑、三郡同時應亮、司馬懿贊諸葛、孟達欲應諸葛亮	17				
		用人	亮問箕谷軍退因、諸葛亮遣褘使吳、諸葛亮作《甘戚論》、亮密表後主、李邈諫赦失亮意、亮圍祁山設三策、孔明不許置巴州、亮以董恢爲知言	8				
		制作	諸葛亮損益連弩、孔明作元戎、馬鈞見亮連弩、都安大堰、諸葛亮以八陣法教閱戰士、作木牛流馬、亮始以木牛運糧、木牛流馬、蒲元推意作木牛、蜀中有小車獨推、江州車子 1、江州車子 2、諸葛亮鑄鼎、亮起衝車、石樓、彫樓、劍閣道 1、平武步道、白羽扇、八陣圖 4、八陣圖 14、八陣圖 15	22				
		遺蹟	（褒斜道、石牛道 1）、八陣圖 1、容裘谷、武侯壘 1、黃沙屯、對亮城、（祁山 1、武侯故壘、武侯宿草 1）、祁山 2、（月谷口、坂月川）、（漢城 1、樂城 1）、赤崖庫、（祁山 3、諸葛亮壘 1、武侯宿草 2）、木門堡、木馬山、石門關、諸葛亮壘 2、（漢城 2、樂城 2）、諸葛城 1、（諸葛壘、下募城）、（定軍山 1、八陣圖 2）、武侯八陣圖 2、（定軍山 2、諸葛巖、兵書匣、八陣圖 5、督軍壇）、（定軍山 3、武侯廟 1、石琴）、箕谷、（褒斜谷、三交城）、（石鼻寨、百鼻城）、陳倉故城、散關、陳倉道、陳倉故道、石馬城、赤坂、黑水、（蓮花池、孔明讀書亭）、	64				

			思計臺1、（武侯城1、思計臺2）、（長星橋、萬里橋1）、萬里橋2、劍閣道2、劍閣道3、（石牛道2、劍閣道4）、劍閣道5、籌筆驛、（七盤山、武侯坡）、（葛山1、諸葛廟1）、（葛山2、亮山、臥龍山2、古碑）、平羌江1、問津驛、（栢下山、諸葛公營壘）、諸葛寨1、武侯橋、石樓、碉樓、熊耳峽、平羌江2、（都安之堰、湔堰、金隄）、後山鑿城、（石盤戍1、望軍頂1）、（石盤戍2、望軍頂2）、儲書峽、（武侯兵書匣、定軍山4、兵書峽）、（定軍山5、高平、諸葛亮廟1、八陣圖6）、（白蓴、諸葛菜2、武都山、諸葛池）、諸葛武侯行廟碑					
	諸葛亮研究集成	遺事	諸葛亮圍陳倉、三郡同時應亮、孟達欲應諸葛亮、司馬懿贊諸葛、諸葛亮作《甘戚論》、諸葛亮大戰祁山、郭沖條亮五事3、郭沖條亮五事4、郭沖條亮五事5、射殺張郃、諸葛亮損益連弩、諸葛亮以八陣法教閱戰士	12	48			
		逸聞	諸葛亮鑄鼎、木牛流馬、兵書匣、諸葛行軍鍋、定軍鼎、兵書匣	6				
		遺蹟	諸葛城5、（諸葛城6、武侯壘）、（臥龍岡祠、蓮花池1、臥龍亭、武侯讀書處）、（武侯讀書臺、臥龍岡1、蓮花池2）、（諸葛壘、下募城）、（七盤山、武侯坡）、八陣圖8、（葛山、亮山、臥龍山1、古碑）、平羌江、問津驛、（都安之堰、湔堰、陸海、金堤）、石牛道1、武侯橋、（劍閣道1、石牛道2）、劍閣道2、籌筆古驛、（石盤戍、望軍頂）、（石樓、沈黎縣）、（擂鼓山、寶峰山）、（武侯琴室、定軍山1、石琴1）、（石琴2、武侯祠2）、容裘谷、（五丈溪、黃沙屯）、木馬山、（遮箭牌、定軍山2、銅箭鏃）	25				
		祠廟	武侯祠2（保寧府閬中縣）、武侯廟8（綿州）、武侯祠14（麗江府劍川州）、武侯廟9（漢中府沔縣）、武侯祠17（秦州）	5				
積勞病逝	諸葛孔明全集	遺事	巾幗	1	2	39	3.73	8
		遺蹟	（五丈原、落星村、諸葛祠1）	1				
	諸葛亮集	諸葛	司馬懿問亮寢食、諸葛亮病故前後、亮卒於郭氏塢、諸葛亮憂恚歐血卒、諸葛亮識破降計、長星投諸葛營、星投諸葛營、江州鳥	8	27			
		遺事	亮明懿千里請戰、諸葛亮知辛佐治、諸葛亮激司馬懿、孫權懼亮自疑、諸葛亮遺囑	5				

		用人		0				
		制作	鐵蒺藜、巾幗 1、巾幗 2、司馬懿歎諸葛	4				
		遺蹟	五丈原 1、（斜水、武功水）、馬冢、五丈原 2、五丈原 3、（邸閣、斜谷口、懷賢閣）、五丈原 4、（五丈原 5、落星邨 1）、落星邨 2、（五丈原 6、諸葛武侯廟 2）	10				
	諸葛亮研究集成	遺事	諸葛亮病故前後、諸葛亮憂恚歐血卒、孫權懼亮自疑、諸葛亮遺囑、諸葛亮激司馬懿、星投諸葛亮營、諸葛亮知辛佐治	7	10			
		逸聞	武侯臨終、江州烏、銅蒺藜	3				
		遺蹟		0				
		祠廟		0				
身　後	諸葛孔明全集	遺事	曹叡土功、張遵、侯時小史、龍州廟、曹彬、後身	6	21	86	8.21	4
		遺蹟	（定軍山 1、諸葛巖、兵書匣、八陣圖 1、督軍壇）、（定軍山 2、高平、諸葛營、諸葛廟 1）、行廟碑、（武侯碑、昭烈帝廟、武侯廟碑陰）、武侯墓、武侯廟 3、（先主廟、諸葛侯廟）、忠賢堂、（開濟堂、武侯廟 9、八陣圖 4、臥龍山）、（廣德寺、隆中書院）、懷古樓、篇袖鎧帽、冠帛巾、（大柏木、諸葛武侯廟 2）、（廟前柏、武侯廟 3）	15				
	諸葛亮集	諸葛	蜀人思亮咸愛瞻、諸葛亮盡其心力、亮子孫流徙中畿、諸葛京治郿有稱、諸葛瞻不改父志、喬子攀還爲瑾後、孔明之後獨不至、死諸葛走生仲達、後主怒誅李邈、求爲諸葛亮立廟、詔爲丞相亮立廟、武侯事蹟湮沒多、壽立亮傳有私心 1、壽立亮傳有私心 2、壽立亮傳有私心 3、陸機虛張拒葛鋒、亮等爲四相、武侯小史對桓溫問、亮猶不能定中原、聞惡必改、蜀民爲亮戴天孝、爲諸葛亮服白巾、諸葛公制服	23	51			
		遺事	亮亡蜀益白帝軍、亮沒後赦制遂虧	2				
		用人		0				

		制作	李興贊諸葛亮、亮以怡思和爲太守、陳勰習諸葛圖陳法、諸葛亮筩袖鎧、諸葛亮褊袖鎧帽、諸葛亮筩袖鎧冒	6				
		遺蹟	諸葛忠武侯冢、（亮冢、定軍山 6）、（武侯壘 2、定軍山 7、諸葛武侯墓、松栢碑銘）、（先主祠 1、武侯祠 6）、昭烈祠、（昭烈廟、武侯祠 7）、（先主廟 1、諸葛孔明廟 2）、（武侯廟 3、乘煙觀 4、孔明廟 1、武興王廟）、（先主廟 2、武侯祠 8、栢樹）、武侯廟 6、（先主祠 2、武侯祠 9、先主廟 3）、（諸葛公廟、先主廟 4、雙文栢 1）、（雙文栢 2、忠武室）、（武侯祠 10、九盤坂、鄧艾廟）、武侯廟栢、（諸葛亮廟 2、諸葛亮廟大栢）、（孔明廟 2、孔明廟栢）、（諸葛武侯碑 2、昭烈帝廟）、武侯碑、（武侯祠 13、武侯祠石碑）	20				
	諸葛亮研究集成	遺事	諸葛筩袖鎧帽、陳勰習諸葛圖陳法、李暠寫諸葛亮訓誡以勖諸子、諸葛亮筩袖鎧	4	14			
		逸聞	武侯小吏對桓溫問、蜀民爲諸葛公服孝、曹彬謁武侯祠、定軍山奇聞、諸葛亮英靈護民、樵子剔燈	6				
		遺蹟		0				
		祠廟	諸葛武侯祠 2（益州）、武侯廟 4（成都府少城）、武侯廟 5（成都府新都縣）、諸葛武侯廟 3（龍安府平武縣）	4				
其　他	諸葛孔明全集	遺事	鑄刀、宋高宗	2	12	66	6.30	5
		遺蹟	鐵山、兵書臺、八陣圖 3、（老人村、老澤）、（八陣廟、武侯祠 2、八陣遺蹟）、（武侯廟 7、天威廟）、（七星三鐵錞、鐵鎗）、（石笋、金容坊、石柱）、火井 1、火井 2	10				
	諸葛亮集	諸葛	諸葛均官至長水校尉	1	38			
		遺事		0				
		用人		0				
		制作	亮所建制皆應繩墨、亮好治官府建設、亮起館舍築亭障、諸葛亮令蒲元鑄刀、諸葛父子長於書、諸葛亮造竹槍、亮擴槍木桿金頭、諸葛亮置苦竹槍、亮造七星三鐵錞、八陣圖 5、八陣圖 18、劉備令蒲元造刀	12				

		遺蹟	武侯八陳圖 1、八陳圖 3、（白帝、夜郎、漢中）、石笋 1、（金容坊、石笋 2、石柱）、火井 1、火井 2、湇井 1、湇井 2、諸葛鹽井、（武侯水、武侯津 1）、武侯津 2、（老人邨、老澤）、鐵谿河、盤石戍、武侯山、諸葛城 3、相臺山、（吳君山、藏賈山）、鐵山 1、鐵山 2、鐵山 3、鐵砧山、鐵溪河、武侯兵書臺	25				
	諸葛亮研究集成	遺事		0	16			
		逸聞	諸葛亮令蒲元鑄刀、金容坊、武侯遣地脈龍神穿水道	3				
		遺蹟	諸葛城 4、八陣圖 6、八陣圖 7、武侯山、火井 1、火井 2、（鐵山 1、茅香山）、鐵山 2、鐵山 3、鐵砧山、（老人村、老澤）、湇井 1、湇井 2	13				
		祠廟		0				
總　　計	諸葛孔明全集	遺事		44	204	1047	100	
		遺蹟		160				
	諸葛亮集	諸葛		57	551			
		遺事		75				
		用人		23				
		制作		110				
		遺蹟		286				
	諸葛亮研究集成	遺事		45	292			
		逸聞		41				
		遺蹟		167				
		祠廟		39				

四、現當代民間流傳中「諸葛亮傳說故事」與人物生平事蹟的各階段關係分布總表（577 則）

現當代民間流傳中「諸葛亮傳說故事」與人物生平事蹟的各階段關係分布總表（577 則）

階段	書目	類別	題名	則數	小計	比率	排名
生前	王凱／諸葛亮的故事	故事		0	1	0.17	15
	程景林、李秀春／諸葛亮的傳說	傳說	諸葛亮的鵝毛扇	1			
	沈伯俊、譚良嘯／三國演義辭典	古蹟		0			
		傳說		0			
	陳文道／智慧之星—諸葛亮	傳奇		0			
	王登雲／三國傳說趣譚	傳說		0			
	鍾敬文、許鈺／〈三國演義〉的傳說	傳說		0			
	袁本清／隆中軼事	傳說		0			
	丁寶齋、袁本清／隆中志	傳說		0			
	史簡／劉關張傳奇	傳說		0			
	姚讓利／諸葛亮的傳說	傳說		0			
誕生琅琊	王凱／諸葛亮的故事	故事	孔明出世、禍不單行	2	19	3.29	11
	程景林、李秀春／諸葛亮的傳說	傳說	諸葛亮智囊的來歷、諸葛亮學道、諸葛亮拜師、諸葛亮小出身	4			

	沈伯俊、譚良嘯／三國演義辭典	古蹟	諸葛故里、臨沂武侯祠	2			
		傳說	孔明燈、諸葛亮當家	2			
	陳文道／智慧之星—諸葛亮	傳奇		0			
	王登雲／三國傳說趣譚	傳說	七歲爲師、八歲護地、背女過河	3			
	鍾敬文、許鈺／〈三國演義〉的傳說	傳說	諸葛亮拜師、諸葛亮餵雞找魚、諸葛亮得寶、諸葛亮的鷹毛扇	4			
	袁本清／隆中軼事	傳說		0			
	丁寶齋、袁本清／隆中志	傳說		0			
	史簡／劉關張傳奇	傳說		0			
	姚讓利／諸葛亮的傳說	傳說	諸葛亮姓名字的由來、鵝毛扇的來源	2			
早孤離鄉	王凱／諸葛亮的故事	故事	初用心機、立志救國、劉表其人、翩翩少年、才子罷宴、一語驚人、有志則成	7	16	2.77	13
	程景林、李秀春／諸葛亮的傳說	傳說	石人與金蜈蚣	1			
	沈伯俊、譚良嘯／三國演義辭典	古蹟		0			
		傳說		0			
	陳文道／智慧之星—諸葛亮	傳奇	諸葛緣何字孔明、指點迷津戒終生、啞對應試從良師、考品識才贈天書、求學鹿門得點化	5			
	王登雲／三國傳說趣譚	傳說		0			
	鍾敬文、許鈺／〈三國演義〉的傳說	傳說		0			
	袁本清／隆中軼事	傳說	三個諸葛亮、惜烟換位	2			

	丁寶齋、袁本清／隆中志	傳說	三個諸葛亮	1			
	史簡／劉關張傳奇	傳說		0			
	姚讓利／諸葛亮的傳說	傳說		0			
躬耕隴畝	王凱／諸葛亮的故事	故事	隱居隆中、躬耕高吟、隆中聚會、割麥拜師、喜得兵書、推演陣法、恩師指路、言傳身教、八陣雛型、傾慕管樂、書山有路、靈山點化、臥龍先生、阿醜姑娘、不謀而合、無風起浪、事出有因、初識劉備、投石問路、阿醜發難、雙管齊下、臥龍迎親	22	136	23.57	1
	程景林、李秀春／諸葛亮的傳說	傳說	諸葛亮、諸葛亮求婚、諸葛亮的道行、諸葛亮撕對子、諸葛亮與黃氏夫人、諸葛亮的三件寶物、諸葛亮與臥龍崗、蟾帽與鷹扇、出師、算帳、八卦衣與鵝毛扇、智取鷹子精、巧收千年鶴、二仙傳道、諸葛亮的鷹毛扇、諸葛亮三戰縣太爺、諸葛亮讀書臺、麒麟崗	18			
	沈伯俊、譚良嘯／三國演義辭典	古蹟	（古隆中、十景 1）、隆中武侯祠、（南陽臥龍崗、十景 2）、南陽武侯祠、（沔城武侯讀書臺、沔陽武侯祠）	5			
		傳說	臥龍崗的由來、隆中和臥龍崗、諸葛亮從師、諸葛亮出師、諸葛亮算帳、羽毛扇、智懲鷹子精、八卦衣與鶴氅衫、黃門識慧女、諸葛亮娶媳婦、黃承彥劃圈選婿、朝鮮的孔明娶親故事、奇車迎親、八卦陣圖與黃夫人、諸葛巾	15			
	陳文道／智慧之星—諸葛亮	傳奇	作文遭棄隱隆中、巧引甘泉保豐收、躬耕隴畝自食力、救急醃菜變特產、知音唱和繞樂山、虹橋聯姻傳佳話、抱膝久思擇愛妻、玄妙機關識慧女、繡衣贈扇考翁婿	9			
	王登雲／三國傳說趣譚	傳說	從師、出師、諸葛亮與黃氏夫人、奇車迎親、諸葛巾、巧引甘泉	6			

	鍾敬文、許鈺／〈三國演義〉的傳說	傳說	臥龍求學、諸葛亮黃門求婚、收龜取鶴、鵝毛扇、諸葛巾、臥龍崗	6			
	袁本清／隆中軼事	傳說	黃承彥占卦定女婿、諸葛亮餵雞、八卦衣和鵝毛扇、躬耕田、田土不可欺、吃瓜留籽、櫻桃、氣象和一些農作物豐歉的關係、天氣預報器、木牛流馬的傳說、諸葛亮車、諸葛亮菜、孔明水車、木榫不脫的絕竅、水耖和梿棍、釤、三步七條磙、黃縉坡山寨與鐵布衫功、鯉魚山和趙沖、一把筷子除水患、智擒盜牛賊、瘸腿子拐腿子狗腿子、李二智鬥劉拐子、狗變葛藤纏死竹、戳箕灌斗和鷹子石岩、沒有夜蚊子的迷、青山白石的緣由、智救吳大勤、人好水甜、釣魚洼的奇事、和尚唸經爲什麼敲木魚、有雞蛋不吃豆腐、引狼入穴、鵝狗擒盜、紅心樹、龍地泉眼、馬掛地、白石坡與半邊碗、尖角堰裡的一股紅水、鳳凰和鳳凰臺	40			
	丁寶齋、袁本清／隆中志	傳說	八卦衣、鵝毛扇、木牛流馬（一）、木牛流馬（二）、諸葛亮菜、諸葛亮的枕頭、躬耕田、吃瓜留子、諸葛傘	9			
	史簡／劉關張傳奇	傳說		0			
	姚讓利／諸葛亮的傳說	傳說	「阿醜」其名、「阿醜」其人、諸葛亮訂婚、諸葛亮退婚、諸葛亮結婚、頂蓋頭的來歷	6			
步出茅廬	王凱／諸葛亮的故事	故事	初聞臥龍、借宴薦才、一試劉備、英雄所見、兵家之慮、二上隆中、非主不依、三顧茅廬、臥龍出山	9	48	8.32	3
	程景林、李秀春／諸葛亮的傳說	傳說	諸葛亮下山、三試劉備	2			
	沈伯俊、譚良嘯／三國演義辭典	古蹟	隆中三顧堂	1			
		傳說	三顧茅廬、張飛三請諸葛、孔明中計、張飛智請孔明、隆中對啞對、張飛試孔明、孔明三試劉備、曹操三請諸葛亮	8			

	陳文道／智慧之星—諸葛亮	傳奇	三顧茅廬耀千古、父女雙勸決大策、計請孔明賴張飛	3			
	王登雲／三國傳說趣譚	傳說	孔明一字服張飛、三試玄德、張飛計誆孔明、曹操三請諸葛亮（一）、曹操三請諸葛亮（二）、曹操三請諸葛亮（三）、諸葛中計	7			
	鍾敬文、許鈺／〈三國演義〉的傳說	傳說	三請諸葛亮、諸葛亮三試劉備、諸葛亮是張飛請出山的、張飛考孔明、曹操三請諸葛亮	5			
	袁本清／隆中軼事	傳說	諸葛亮三試劉備、藏龍聖地、麒麟店的水井、鳳凰臺酒店張飛咏對、張飛三請諸葛亮、諸葛亮和張飛對啞對	6			
	丁寶齋、袁本清／隆中志	傳說		0			
	史簡／劉關張傳奇	傳說	三試劉備（一）、三試劉備（二）、三請諸葛（一）、三請諸葛（二）、張飛巧對諸葛亮、張飛和軍師打賭	6			
	姚讓利／諸葛亮的傳說	傳說	擁慧迎門	1			
荊州潰逃	王凱／諸葛亮的故事	故事		0	18	3.12	12
	程景林、李秀春／諸葛亮的傳說	傳說	火燒博望屯	1			
	沈伯俊、譚良嘯／三國演義辭典	古蹟	（博望坡、三國樹）	1			
		傳說	火燒博望屯、拜妻爲師	2			
	陳文道／智慧之星—諸葛亮	傳奇	出山打賭露妙算、計服張飛靠奇攻、謎語誡飛退敵兵	3			
	王登雲／三國傳說趣譚	傳說	馬謖投主、火燒博望屯、錦囊退曹兵、諸葛亮智退刺客	4			
	鍾敬文、許鈺／〈三國演義〉的傳說	傳說		0			
	袁本清／隆中軼事	傳說	打鐵的經驗、祭南風、智破麻雀陣、身臥之處沒埋錢、百草包沒有螞蟻和蚊子、陳漕渡、戲文相勉	7			

	丁寶齋、袁本清／隆中志	傳說		0			
	史簡／劉關張傳奇	傳說		0			
	姚讓利／諸葛亮的傳說	傳說		0			
赤壁之戰	王凱／諸葛亮的故事	故事		0	35	6.07	8
	程景林、李秀春／諸葛亮的傳說	傳說	諸葛亮與周瑜對詩、諸葛亮買泥鰍、三個臭皮匠頂個諸葛亮、南屏山和赤壁、石牛塅、孔明燈	6			
	沈伯俊、譚良嘯／三國演義辭典	古蹟	（駐馬坡、鍾山、石頭山、軍師巷、諸葛祠）、（草船借箭處、取箭所石刻）、（赤壁遺址、石頭關、南屏山、赤壁山）、（赤壁拜風臺、武侯宮、東風閣）	4			
		傳說	黃鶴樓上孔明燈、三個臭皮匠、七星臺和南屏山、買泥鰍、對天書赤壁、諸葛亮和周瑜對詩、一氣周瑜、龐統妒賢獻連環、絕甘兮少、子龍灘、趙雲八角井	11			
	陳文道／智慧之星—諸葛亮	傳奇		0			
	王登雲／三國傳說趣譚	傳說	子龍射帆、三個臭皮匠、周瑜三考諸葛亮（一）、周瑜三考諸葛亮（二）、周瑜三考諸葛亮（三）、諸葛瑾繪圖示孔明、要借風問漁翁、東西南北風、周瑜二難諸葛亮、周瑜三難諸葛亮、諸葛亮與周瑜對詩	11			
	鍾敬文、許鈺／〈三國演義〉的傳說	傳說	諸葛亮與周瑜對詩、張飛祭東風	2			
	袁本清／隆中軼事	傳說	數字書信	1			
	丁寶齋、袁本清／隆中志	傳說		0			
	史簡／劉關張傳奇	傳說		0			
	姚讓利／諸葛亮的傳說	傳說		0			

謀借荊州	王凱／諸葛亮的故事	故事		0	44	7.63	4
	程景林、李秀春／諸葛亮的傳說	傳說	借荊州、三十七計、諸葛亮借糧、諸葛亮妙算黃鶴樓、箭落門、棋盤嶺、西牛寺、諸葛菜	8			
	沈伯俊、譚良嘯／三國演義辭典	古蹟	（石鼓山、衡陽武侯祠）、諸葛嶺	2			
		傳說	借荊州、龍鳳喜餅、雞公車的來歷、再氣周瑜、諸葛亮弔孝、燒紙城祭周瑜、竹筒保駕	7			
	陳文道／智慧之星—諸葛亮	傳奇	皮匠解難賽諸葛、巧剁草鞋借荊州、隔江鬥智顯身手、竹筒藏旗保聖駕、弔孝滅周破美夢	5			
	王登雲／三國傳說趣譚	傳說	諸葛亮弔孝、張飛坐花轎、諸葛借糧、魯肅討荊州、棋盤嶺、諸葛菜、孫尙香洞房慕英雄、箭落門、千里對奕、過江保駕、西牛寺	11			
	鍾敬文、許鈺／〈三國演義〉的傳說	傳說	借荊州、諸葛亮千里對奕、張飛黃鶴樓赴宴、張飛坐花轎、周瑜痛失令字旗、三十七計、諸葛菜	7			
	袁本清／隆中軼事	傳說	龐士元才高八斗	1			
	丁寶齋、袁本清／隆中志	傳說		0			
	史簡／劉關張傳奇	傳說	劉備探病、劉備借荊州（一）、劉備借荊州（二）	3			
	姚讓利／諸葛亮的傳說	傳說		0			
進取益州	王凱／諸葛亮的故事	故事		0	22	3.81	9
	程景林、李秀春／諸葛亮的傳說	傳說	諸葛亮殺寡婦、孔明橋	2			
	沈伯俊、譚良嘯／三國演義辭典	古蹟	（黃牛廟、黃陵廟、黃牛廟武侯祠、古井、鐵樹）	1			
		傳說	和曹操對啞謎、張飛鬥曹、張飛繡花、和關羽下棋、孔明橋、巧用八陣圖	6			

	陳文道／智慧之星—諸葛亮	傳奇	收降馬超施巧計、無力縛雞體民情、選賢任能承傳業	3			
	王登雲／三國傳說趣譚	傳說	舉賢任能、無力縛雞、赴宴鬥曹、張飛繡花	4			
	鍾敬文、許鈺／〈三國演義〉的傳說	傳說	張飛義釋嚴顏、曹操和張飛鬥智	2			
	袁本清／隆中軼事	傳說		0			
	丁寶齋、袁本清／隆中志	傳說		0			
	史簡／劉關張傳奇	傳說	張飛繡花、張飛鬥蛐蛐、張飛怕什麼	3			
	姚讓利／諸葛亮的傳說	傳說	巧勸關羽	1			
受遺託孤	王凱／諸葛亮的故事	故事		0	21	3.64	10
	程景林、李秀春／諸葛亮的傳說	傳說	八陣圖、八陣圖的由來	2			
	沈伯俊、譚良嘯／三國演義辭典	古蹟	永安宮故址、（白帝廟、觀星亭）、孔明碑、（兵書寶劍峽、兵書石、寶劍石）、奉節八陣圖遺址、奉節武侯祠、（諸葛九里堤、糜棗堰、諸葛廟）、（成都諸葛井、成都武侯祠 1）	8			
		傳說	諸葛井傳奇、諸葛堤、雞鳴枕	3			
	陳文道／智慧之星—諸葛亮	傳奇	授計觀天操勝券、回贈井鹽結聯盟、遺陣拒敵敗東吳	3			
	王登雲／三國傳說趣譚	傳說	八陣圖	1			
	鍾敬文、許鈺／〈三國演義〉的傳說	傳說	劉備墓的傳說、諸葛亮排八陣圖	2			
	袁本清／隆中軼事	傳說		0			
	丁寶齋、袁本清／隆中志	傳說		0			
	史簡／劉關張傳奇	傳說	劉備託孤、奉節縣的來歷	2			
	姚讓利／諸葛亮的傳說	傳說		0			

南征蠻越	王凱／諸葛亮的故事	故事		0	80	13.87	2
	程景林、李秀春／諸葛亮的傳說	傳說	孔明火燒藤甲兵、神奇的牛馬、饅頭和包子的來歷、潑水節、潑水節、思茅鎮的來歷、苗家遷上高山住（孔明在苗鄉）、造鼓（孔明在苗鄉）、鬥牛（孔明在苗鄉）、無後跟草鞋（孔明在苗鄉）、種糯穀（孔明在苗鄉）、捶布（孔明在苗鄉）、春碓（孔明在苗鄉）、孔明進佤山	14			
	沈伯俊、譚良嘯／三國演義辭典	古蹟	（諸葛點將臺、千佛岩）、諸葛五月渡瀘處、擒孟獲處、（保山諸葛營、諸葛井、諸葛堰）、（保山武侯祠、霽虹橋）、（會盟處、古盟臺、嵩明武侯祠）、（諸葛圖譜、紅岩碑、曬甲山）、（七星關、畢節武侯祠）、瀘州武侯祠	9			
		傳說	諸葛枕、諸葛鼓、孟獲擒孔明、包子祭江、與孟獲結盟、火燒藤甲兵、毒水泉、孟獲當上了官上官、萬里橋與孟獲、智服僰道王、火把節、潑水節、孔明勸苗家上山、皮鼓贈苗家、勸苗家鬥牛、糯穀送苗家、苗家姑娘捶布、春碓救孔明、流馬與木牛、保山神箭墩、諸葛錦、關索征南、關三小姐	23			
	陳文道／智慧之星—諸葛亮	傳奇	智破蠻俗恤百姓、木牛流馬服孟獲、贈帽造福樂傣家	3			
	王登雲／三國傳說趣譚	傳說	諸葛亮與孟獲鬥法、孔明火燒藤甲兵、樣米堆和魚跳壩、思茅鎮的來歷、種糯穀（孔明在苗鄉）、捶布（孔明在苗鄉）、無後跟草鞋（孔明在苗鄉）、春碓（孔明在苗鄉）、孔明與苗家蘆笙、諸葛錦	10			
	鍾敬文、許鈺／〈三國演義〉的傳說	傳說	諸葛亮鬥法勝孟獲、諸葛亮和孟獲、諸葛亮與傈僳族、苗家遷上高山住（孔明在苗鄉）、造鼓（孔明在苗鄉）、鬥牛（孔明在苗鄉）、種糯穀（孔明在苗鄉）、捶布（孔明在苗鄉）、春碓（孔明在苗鄉）、諸葛亮與彎笆簍、關索與鮑三娘、梳妝臺、賈告營、饅頭和包子的來歷、潑水節、火把節	16			

	袁本清／隆中軼事	傳說		0			
	丁寶齋、袁本清／隆中志	傳說		0			
	史簡／劉關張傳奇	傳說		0			
	姚讓利／諸葛亮的傳說	傳說	「饅頭」和「包子」的來歷、潑水節、火把節、諸葛神磚、糯穀與舂碓的傳說	5			
北伐中原	王凱／諸葛亮的故事	故事		0	43	7.45	5
	程景林、李秀春／諸葛亮的傳說	傳說	諸葛亮與司馬懿	1			
	沈伯俊、譚良嘯／三國演義辭典	古蹟	萬里橋、劍門關、（籌筆驛、旗杆梁、擂鼓山、軍師廟、軍師廟村）、古陽平關、（定軍山、武侯擋箭牌、督軍壇、八陣圖故壘）、子午谷、褒斜道、（祁山、祁山堡、點將臺、諸葛中軍帳遺址、九寨故壘、圈馬溝、上馬石、臥龍橋）、街亭、（勉縣武侯讀書臺、老城鄉臥龍崗）、制木牛流馬處、（大散關、散關）、（勉縣武候祠、琴樓、石琴）、（江油關、江油戍）	14			
		傳說	與司馬懿同窗、孔明責子、孔明借熱退羌兵、諸葛菜、請小卒上座、蒲元造神刀、姜維答母	7			
	陳文道／智慧之星—諸葛亮	傳奇	白條退兵寓苦心、老兵請功創首席、天水築城賽神仙、計中用計奇制勝	4			
	王登雲／三國傳說趣譚	傳說	「賊」的啓示、天水築城、扎馬釘、淘金救災、首席、姜維智解倒頭令、諸葛亮出題退兵、諸葛亮巧計退曹兵、孔明教子	9			
	鍾敬文、許鈺／〈三國演義〉的傳說	傳說	諸葛亮的岳父是怎樣失蹤的	1			
	袁本清／隆中軼事	傳說		0			

	丁寶齋、袁本清／隆中志	傳說		0			
	史簡／劉關張傳奇	傳說		0			
	姚讓利／諸葛亮的傳說	傳說	天帝賜魚、木制機器人的先祖、木牛流馬的傳說、智奪陳倉、爲將解憂、雞冠石的傳說、八陣顯威	7			
積勞病逝	王凱／諸葛亮的故事	故事		0	39	6.76	7
	程景林、李秀春／諸葛亮的傳說	傳說	抽屜的來歷	1			
	沈伯俊、譚良嘯／三國演義辭典	古蹟	（五丈原、棋盤山、豁落城、諸葛田、落星堡、落星灣、禳星臺）、五丈原諸葛亮廟	2			
		傳說	土堆做糧騙司馬、木牛流馬運黃沙、鳳冠霞帔、諸葛碗、巧做抽屜、遺計埋墳、諸葛遺葬定軍山、姜維藏書	8			
	陳文道／智慧之星—諸葛亮	傳奇	做屜惑使巧施智、死而怖生嚇敵帥	2			
	王登雲／三國傳說趣譚	傳說	抽屜的來歷、料生不料死、魏延藏馬腹	3			
	鍾敬文、許鈺／〈三國演義〉的傳說	傳說	諸葛亮設計埋墳、司馬懿之死	2			
	袁本清／隆中軼事	傳說		0			
	丁寶齋、袁本清／隆中志	傳說		0			
	史簡／劉關張傳奇	傳說		0			
	姚讓利／諸葛亮的傳說	傳說	五丈原的得名、諸葛田、俗語「撲得像魏延一樣」的由來、抽屜桌是誰發明的、鴻溝傳奇、豁落城、古道十三盤因何而來、諸葛泉、火燒葫蘆谷、棋盤山的傳說、傳說中的九龍山、石龍、臥虎石的傳說、點將臺的別名、料事如神、袖口鈕扣的來歷、諺語「死諸葛嚇跑活仲達」的由來、諸葛亮的將星、地名「五星」的來歷、諸葛行鍋、雞鳴枕	21			

身　後	王凱／諸葛亮的故事	故事		0	42	7.28	6
	程景林、李秀春／諸葛亮的傳說	傳說	計賺襄陽王、死治司馬懿、巧設葬身計	3			
	沈伯俊、譚良嘯／三國演義辭典	古蹟	先主廟、五丈原諸葛亮廟、武侯墓、成都武侯祠2、（武侯祠三絕碑、唐碑）	5			
		傳說	死諸葛治司馬、司馬懿盜墓喪命、救玄孫、四川人頭上的白帕、斬鄧艾、計保茅廬、武侯祠古柏、岳飛灑淚書兩表、曹彬拆祠奇遇、趙藩懸聯武侯祠、奉節得名、果親王兵困八陣圖	12			
	陳文道／智慧之星—諸葛亮	傳奇	天書藥敵傳古今	1			
	王登雲／三國傳說趣譚	傳說	立斬鄧艾、鍾會直立卸甲、姜維泉	3			
	鍾敬文、許鈺／〈三國演義〉的傳說	傳說	諸葛亮墓的傳說、後知三千年（劉伯溫）、智服年羹堯、紀功碑（曹彬）、姜維泉	5			
	袁本清／隆中軼事	傳說	諸葛亮的枕頭、諸葛亮智勝劉伯溫、倒豎碑和活水窩子、拈香焚紙奠忠魂、王輔臣的傳說	5			
	丁寶齋、袁本清／隆中志	傳說		0			
	史簡／劉關張傳奇	傳說	劉備墓的傳說	1			
	姚讓利／諸葛亮的傳說	傳說	地名「嘴頭」的得名、五丈通檀上房之謎、諸葛亮與劉伯溫、孔明遺言、自鳴鐘、何爲「三絕碑」、孔明顯靈	7			
其　他	王凱／諸葛亮的故事	故事		0	13	2.25	14
	程景林、李秀春／諸葛亮的傳說	傳說		0			
	沈伯俊、譚良嘯／三國演義辭典	古蹟	（彌牟八陣圖遺址、彌牟武侯祠）	1			
		傳說	八陣圖困胡子兵	1			

	陳文道／智慧之星—諸葛亮	傳奇		0			
	王登雲／三國傳說趣譚	傳說	求救信、諸葛亮誇侄兒、諸葛三兄弟	3			
	鍾敬文、許鈺／〈三國演義〉的傳說	傳說	諸葛亮誇侄兒、張飛求救	2			
	袁本清／隆中軼事	傳說	跑三斷案、巧要酒錢	2			
	丁寶齋、袁本清／隆中志	傳說		0			
	史簡／劉關張傳奇	傳說		0			
	姚讓利／諸葛亮的傳說	傳說	黃月英的思夫數字信、「三媒六證」與「秦晉之好」的由來、為何稱為「曹交陵」、「提雄」的由來	4			
總　計	王凱／諸葛亮的故事	故事		40	577	100	
	程景林、李秀春／諸葛亮的傳說	傳說		64			
	沈伯俊、譚良嘯／三國演義辭典	古蹟		55			
		傳說		105			
	陳文道／智慧之星—諸葛亮	傳奇		41			
	王登雲／三國傳說趣譚	傳說		75			
	鍾敬文、許鈺／〈三國演義〉的傳說	傳說		54			
	袁本清／隆中軼事	傳說		64			
	丁寶齋、袁本清／隆中志	傳說		10			
	史簡／劉關張傳奇	傳說		15			
	姚讓利／諸葛亮的傳說	傳說		54			

一、歷代詠懷諸葛亮的詩詞曲賦〔註1〕統計圖表

（一）詩歌

兩晉時期									
編碼	作者	年代	題目〔註2〕	詩體	關鍵詩句	內涵旨趣〔註3〕	人物形象	評價	文碼
001	桓溫	東晉（312～373）	八陣圖	五絕	訪古識其眞，尋源愛往迹。恐君遺事節，聊下南山石	遺蹟憑弔的感懷	一代英雄	○〔註4〕	001

※ 計有1人1首詩；詩體爲「五絕」者有首；內涵旨趣爲「遺蹟憑弔的感懷」者有1首；人物形象爲「一代英雄」者有1首；○評價者有1首。

〔註1〕茲以王瑞功主編《諸葛亮研究集成》所收錄者爲主，並參考譚良嘯《歷代詠贊諸葛亮詩選注》、鍾生友與胡立華《歷代詠諸葛亮詩選》、朱一玄與劉毓忱《三國演義資料匯編》等書所收詩歌，予以增補。

〔註2〕此「題目」茲依王瑞功主編《諸葛亮研究集成》所標示者爲主。

〔註3〕此「內涵旨趣」乃專指詩中歌詠諸葛亮情事的主要意趣，或與原詩主旨所涵蘊的全部內容，略有出入；又所分四類的內涵旨趣在同一首詩歌中，其實並非必然涇渭分明，扞格難容，而時有相蓄並顯的情形發生，故筆者乃根據鄭鐵生〈歷代詠諸葛亮詩詞的文化意蘊〉（收入《諸葛亮成才之路》，武漢：武漢大學出版社，頁 221～237）一文中：「贊美諸葛亮的功勛與人品」、「從明君賢相的遇合引發對人才的議論」、「遊覽諸葛遺迹弔古抒懷」的分類基礎上，酌情取以其中詠懷諸葛亮的主要內涵旨趣作爲代表，而臚列標示。至於「人物形象」方面的情形亦然，其所根據則是以田旭中〈歷代詩人筆下的諸葛亮〉（收入《諸葛亮研究》，成都：巴蜀書社，頁 179～191）一文中：「功蓋天地的一代英雄」、「名垂後世的封建臣子」、「超凡越聖的千古神明」的分類作爲基礎，酌情臚列而得。「其他」一類，乃指難以順利歸類者。

〔註4〕表中「評價」處，「○」，表示褒譽評價；「X」，表示貶毀評價；「⊕」，表示褒、貶互見或毀、譽參半的評價；「一」，表示持平評價或未作評價者。

南北朝時期

編碼	作者	年代	題目	詩體	關鍵詩句	內涵旨趣	人物形象	評價	文碼
002	陸瓊	南朝陳（？～586）	梁甫吟	五古	寄言諸葛相，此曲作難忘	品德功勛的評贊	封建臣子	○	002

※ 計有1人1首詩；詩體爲「五古」者有1首；內涵旨趣爲「品德功勛的評贊」者有1首；人物形象爲「封建臣子」者有1首；○評價者有1首。

隋唐時期

編碼	作者	年代	題目	詩體	關鍵詩句	內涵旨趣	人物形象	評價	文碼
003	駱賓王	唐（約626～684）	疇昔篇	七古	諸葛才雄已號龍，公孫躍馬輕稱帝	品德功勛的評贊	一代英雄	○	003
			幽縶書情通簡知己	五排	漢陽窮鳥客，梁甫臥龍才	品德功勛的評贊	封建臣子	○	004
004	楊炯	（650～692）	廣溪峽	五古	天下有英雄，襄陽有龍伏。庸才若劉禪，忠佐爲心腹	品德功勛的評贊	封建臣子	○	005
005	劉希夷	（約651～？）	蜀城懷古	五古	陣圖一一在，柏樹雙雙行。鬼神清漢廟，鳥雀參秦倉	遺蹟憑弔的感懷	千古神明	—	006
006	陳子昂	（661～702）	峴山懷古	五律	猶悲墮淚碣，尙想臥龍圖	遺蹟憑弔的感懷	封建臣子	○	007
007	李白	（701～762）	君道曲	樂府	小白鴻翼於夷吾，劉葛魚水本無二	君臣遇合的議論	封建臣子	○	008
			讀《諸葛武侯傳》書懷贈長安崔少府叔封昆季	五古	魚水三顧合，風雲四海生，武侯立岷蜀，壯志吞咸京	君臣遇合的議論	封建臣子	○	009
			南都行	五古	誰識臥龍客，長吟愁鬢斑	遺蹟憑弔的感懷	封建臣子	○	010
008	杜甫	（712～770）	遣興五首（之一）	五古	昔時賢俊人，未遇猶視今。嵇康不得死，孔明有知音	其他	其他	○	011
			蜀相	七律	三顧頻煩天下計，兩朝開濟老臣心。出師未捷身先死，長使英雄淚滿襟	品德功勛的評贊	封建臣子	○	012

古柏行	樂府	扶持自是神明力，正直原因造化功。志士幽人莫怨嗟，古來材大難爲用	君臣遇合的議論	千古神明	○	013
謁先主廟	五古	復漢留長策，中原仗老臣。應天才不小，得士契無鄰	君臣遇合的議論	封建臣子	○	014
諸葛廟	五排	君臣當共濟，賢聖亦同時。翊戴歸先主，並吞更出師	君臣遇合的議論	封建臣子	○	015
八陣圖	五絕	功蓋三分國，名存八陣圖。江流石不轉，遺恨失吞吳	遺蹟憑弔的感懷	一代英雄	○	016
武侯廟	五絕	遺廟丹青古，空山草木長。猶聞辭後主，不復臥南陽	品德功勛的評贊	千古神明	○	017
夔州歌十絕句（之九）	七絕	武侯祠堂不可忘，中有松柏參天長。干戈滿地客愁破，雲日如火炎天涼	遺蹟憑弔的感懷	千古神明	○	018
上卿翁請修武侯廟遺像缺落時崔卿權夔州	七絕	大賢爲政即多聞，刺史眞符不必分。尙有西郊諸葛廟，臥龍無首對江濆	遺蹟憑弔的感懷	千古神明	○	019
詠懷古跡五首（之四）	七律	武侯祠屋常鄰近，一體君臣祭祀同	品德功勛的評贊	千古神明	○	020
詠懷古跡五首（之五）	七律	諸葛大名垂宇宙，宗臣遺像肅清高。伯仲之間見伊呂，指揮若定失蕭曹	品德功勛的評贊	一代英雄	○	021
登樓	七律	錦江春水來天地，玉壘浮雲變古今。可憐後主還辭廟，日暮聊爲梁甫吟	遺蹟憑弔的感懷	封建臣子	○	022
赤霄行	樂府	老翁愼莫怪少年，葛亮貴和書有篇。丈夫垂名動萬年，記憶細故非高賢	品德功勛的評贊	一代英雄	○	023
承聞故房相公靈櫬自閬州啓殯歸葬東都有作二首（之一）	五律	孔明多故事，安石竟崇班。他日嘉陵涕，仍沾楚水還	品德功勛的評贊	其　他	○	024
八哀詩（贈左僕射鄭國公嚴公武）	五古	諸葛蜀人愛，文翁儒化成	品德功勛的評贊	封建臣子	○	025

			閤夜	七律	歲暮陰陽催短景，天涯霜雪霽寒宵。臥龍躍馬終黃土，人事依依漫寂寥	遺蹟憑弔的感懷	封建臣子	—	026
			晚登瀼上堂	五古	淒其望呂葛，不復夢周孔。濟世數嚮時，斯人各枯冢	品德功勛的評贊	千古神明	○	027
009	錢　起	（約 710～782）	晚出青門望終南別業	五古	更憐歸鳥去，宛到臥龍居	品德功勛的評贊	封建臣子	○	028
010	岑　參	（715～770）	先主武侯廟	五古	感通君臣分，義激魚水契。遺廟空蕭然，英靈貫千歲	君臣遇合的議論	千古神明	○	029
011	李　華	（約 715～774）	詠史十一首（之九）	五古	蜀主相諸葛，功高名亦尊。驅馳千萬眾，怒目瞰中原。勿言君臣合，可以濟黎元	君臣遇合的議論	封建臣子	○	030
	王泠然	（？～？）	詠八陣圖送人	七？	陳兵劍閣山將動，飲馬珠江水不流	品德功勛的評贊	一代英雄	○	
012	韓　翃	（？～785）	家兄自山南罷歸獻詩敘事	五古	池餘騎馬處，宅似臥龍邊	品德功勛的評贊	封建臣子	○	031
013	盧　綸	（約 739～799）	奉和戶曹叔夏夜寓直寄呈同曹諸公並見示	五律	龍臥人寧識，鵬摶鴳豈知	品德功勛的評贊	一代英雄	○	032
014	戎　昱	（744～800）	上湖南崔中丞	七律	舉世盡嫌良馬瘦，唯君不棄臥龍貧	君臣遇合的議論	封建臣子	○	033
015	李　翰	（？～？）	臥龍岡謁武侯祠	七律	海岳同雲起臥龍，出師二表見孤忠。草廬遺址多年後，贏得知音作閟宮	品德功勛的評贊	封建臣子	○	034
016	竇　常	（749～825）	謁諸葛武侯廟	七律	永安宮外有祠堂，魚水恩深祚不長	君臣遇合的議論	封建臣子	—	035
017	竇　庠	（約 766～828）	醉中贈符載	七絕	時人莫小池中水，淺處無妨有臥龍	品德功勛的評贊	封建臣子	○	036
018	白居易	（772～846）	詠諸葛	七律	魚到南陽方得水，龍飛天漢便爲霖。托孤既盡殷勤禮，報國還傾忠義心	君臣遇合的議論	封建臣子	○	037
			得微之到官後書備知通州之事悵然有感因成回章	七律	傷鳥有弦驚未定，臥龍無水動應難	君臣遇合的議論	封建臣子	○	038
019	劉禹錫	（772～842）	觀八陣圖	五律	軒皇傳上略，蜀相運神機	品德功勛的評贊	千古神明	○	039

			蜀先主廟	五律	得相能開國，生兒不像賢	君臣遇合的議論	一代英雄	○	040
			洛中送楊處厚入關便游蜀	七律	早識臥龍應有分，不妨從此躡丹梯	遺蹟憑弔的感懷	一代英雄	○	041
			和楊侍郎初至郴州紀事書情題郡齋八韻	五排	一吟梁甫曲，知是臥龍才	品德功勛的評贊	封建臣子	○	042
020	元　稹	（779～831）	贊孔明	五律	英才過管樂，妙策勝孫吳。如公全盛德，應嘆古今無	品德功勛的評贊	一代英雄	○	043
021	李德裕	（787～849）	憶金門舊游奉寄江西沈大夫	七律	已悲泉下雙琪樹，又悲天邊一臥龍	遺蹟憑弔的感懷	封建臣子	○	044
022	杜　牧	（803～852）	和野人殷潛之題籌筆驛十四韻	五古	永安宮受詔，籌筆驛沈思。畫地乾坤在，濡毫勝負知	品德功勛的評贊	一代英雄	○	045
			赤壁	七絕	折戟沈沙鐵未銷，自將磨洗認前朝。東風不與周郎便，銅雀春深鎖二喬	遺蹟憑弔的感懷	一代英雄	○	046
			川守大夫劉公早歲寓居敦行里肆有題壁十韻今之置第乃獲舊居洛下大僚因有唱和嘆詠不足輒獻此詩	五排	龍臥池猶在，鶯遷谷尚存。百年明素志，三顧起新恩	君臣遇合的議論	封建臣子	○	047
023	殷潛之	（？～？）	題籌筆驛	五古	沈慮經謀際，揮毫決勝時。山秀扶英氣，川流入妙思。算成功在彀，運去事終虧	品德功勛的評贊	一代英雄	○	048
024	張　儼	（？～？）	貞元八年十二月謁先主廟絕句（三首之一）	五絕	得股肱賢明，能以奇用兵。何事傷客情，何人歸帝京	品德功勛的評贊	一代英雄	○	049
025	王仲舒	（？～？）	寄李十員外	七絕	百丈懸泉舊臥龍，欲將肝膽佐時雍。惟愁又入烟霞去，知在廬峰第幾重	品德功勛的評贊	一代英雄	○	050
026	武少儀	（？～？）	諸葛丞相廟	七律	執簡焚香入廟門，武侯神像儼如存。因機定蜀延衰漢，以計連吳振弱孫欲盡智能傾僭盜，善持忠節輔庸昏。宣王請戰遺巾幗，始見才吞氣亦吞	品德功勛的評贊	一代英雄	○	051

027	劉　叉	（？～？）	入蜀	七律	孔明深有意，鍾會亦何才！信此非人事，悲歌付一杯	遺蹟憑弔的感懷	千古神明	○	052
028	楊嗣復	（？～？）	丁巳歲八月祭武侯祠堂因題臨淮公舊碑	五排	謀猷期作聖，風俗奉為神。酹酒成坳澤，持兵列偶人	品德功勛的評贊	千古神明	○	053
			題李處士山居	七絕	臥龍決起為時君，寂寞匡廬惟白雲。今日仲容修故業，草堂焉敢更移文	品德功勛的評贊	封建臣子	○	054
029	楊汝士	（？～？）	和宗人尚書嗣復祠祭武侯畢題臨淮公舊碑	五排	一過榮異代，三顧盛當時。功德流何遠，馨香薦未衰。敬名探國志，飾像慰甿思	品德功勛的評贊	千古神明	○	055
030	章孝標	（？～？）	諸葛武侯廟	七絕	木牛零落陣圖殘，山姥燒錢古柏寒。七縱七擒何處在，茅花櫪葉蓋神壇	遺蹟憑弔的感懷	千古神明	－	056
031	雍　陶	（805～？）	武侯廟古柏	七絕	此中疑有精靈在，為見盤根似臥龍	品德功勛的評贊	千古神明	○	057
			蜀中戰後感事	五排	蜀道英靈地，山重水又回。臥龍同駭浪，躍馬比浮埃	遺蹟憑弔的感懷	千古神明	○	058
032	溫庭筠	（812～866）	過五丈原	七律	天清殺氣屯關右，夜半妖星照渭濱。下國臥龍空寤主，中原逐鹿不由人	遺蹟憑弔的感懷	千古神明	－	059
033	李商隱	（812～858）	武侯廟古柏	五排	蜀相階前柏，龍蛇捧閟宮。玉壘經綸運，金刀歷數終。誰將出師表，一為問昭融	品德功勛的評贊	千古神明	－	060
			籌筆驛	七律	猿鳥猶疑畏簡書，風雲常為護儲胥。徒令上將揮神筆，終見降王走傳車，管樂有才真不忝，梁父吟成恨有餘	品德功勛的評贊	千古神明	○	061
034	許　渾	（？～？）	南陽道中	七律	荒草連天風動地，不知誰學武侯耕	遺蹟憑弔的感懷	封建臣子	○	062
035	汪　遵	（？～？）	南陽	七絕	若非先主垂三顧，誰識草廬一臥龍	君臣遇合的議論	封建臣子	－	063
036	薛　逢	（約806～876）	題籌筆驛	七律	天地三分魏蜀吳，武侯崛起贊紆謨。身依豪傑傾心術，目對雲山演陣圖。出師表上留遺意，猶自千年激壯夫	品德功勛的評贊	一代英雄	○	064

	趙　嘏	（806～854）	述懷上令孤相公	七？	池上昔游夫子鳳，雲間初起武侯龍	品德功勳的評贊	千古神明	○	
037	薛　能	（約 817～880）	籌筆驛	七律	葛相終宜馬革還，未開天意便開山。當初若欲酬三顧，何不無爲似有鰥	品德功勳的評贊	封建臣子	X	065
			遊嘉州後溪	七絕	當時諸葛成何事？只合終身作臥龍	品德功勳的評贊	封建臣子	X	066
			早春書事	七律	焚卻蜀書宜不讀，武侯無可律余身	品德功勳的評贊	封建臣子	X	067
038	陸龜蒙	（？～881）	讀襄陽耆舊傳因作詩五百言寄皮襲美	五古	孔明臥龍者，潛伏躬耕耨。忽遭玄德雲，遂起鱗角斗	君臣遇合的議論	封建臣子	○	068
039	李　頻	（818～876）	送友人遊蜀	五律	鼓吹青林下，時聞祭武侯	遺蹟憑弔的感懷	千古神明	○	069
040	胡　曾	（839～？）	詠史詩三首（南陽）	七絕	蜀王不自垂三顧，爭得先生出草廬	君臣遇合的議論	封建臣子	○	070
			詠史詩三首（五丈原）	七絕	蜀相西驅十萬來，秋風原下久裴回。長星不爲英雄住，半夜流光落九垓	遺蹟憑弔的感懷	一代英雄	○	071
			詠史詩三首（瀘水）	七絕	誓將雄略酬三顧，豈憚征蠻七縱勞	品德功勳的評贊	封建臣子	○	072
041	羅　隱	（833～909）	籌筆驛	七律	拋擲南陽爲主憂，北征東討盡良籌。時來天地皆同力，運去英雄不自由	品德功勳的評贊	封建臣子	○	073
			淮南送李司空朝覲	七律	聖君宵旰望時雍，丹詔西來雨露濃。宣父道高休歎鳳，武侯才大本吟龍。	品德功勳的評贊	千古神明	○	
042	李山甫	（？～？）	代孔明哭先主	七律	憶昔南陽顧草廬，便乘雷電捧乘輿。九疑山下頻惆悵，曾許微臣水共魚	君臣遇合的議論	千古神明	○	074
			又代孔明哭先主	七律	鯨鬣翻騰四海波，始將天意用干戈。盡驅神鬼隨鞭策，全罩英雄入網羅	品德功勳的評贊	千古神明	○	075
			蜀中寓懷	七律	蛙似公孫雖不守，龍如諸葛亦須休	遺蹟憑弔的感懷	一代英雄	○	076
043	李咸用	（？～？）	題陳將軍別墅	七律	高虎壯言知鬼伏，葛龍閑臥待時來	品德功勳的評贊	封建臣子	○	077
044	吳　融	（？～903）	和寄座主尙書	七絕	偶逢戎旅戰爭日，豈是明時放逐臣。不用裁詩苦惆悵，風雷看起臥龍身	品德功勳的評贊	一代英雄	○	078

045	靈　一	（？～？）	靜林精舍	五律	無數煙霞色，空聞昔臥龍	遺蹟憑弔的感懷	封建臣子	—	079
046	韋　莊	（863～910）	喻東軍	七律	獨把一樽和淚酒，隔雲遙奠武侯祠	遺蹟憑弔的感懷	千古神明	○	080
			聞官軍繼至未睹凱旋	七律	已有孔明傳將略，更聞王導得神機	品德功勳的評贊	一代英雄	○	
047	徐　夤	（？～？）	蜀	七律	雖依關張敵萬夫，豈勝恩信作良圖？能均漢祚三分業，不負荊州六尺孤	品德功勳的評贊	封建臣子	○	081
048	周　曇	（？～？）	蜀先主（之一）	七絕	不是卑詞三訪謁，誰令玄德主巴邛	君臣遇合的議論	封建臣子	○	082
			蜀先主（之二）	七絕	定有伊姜爲輔佐，忍教鴻雁各乾坤	品德功勳的評贊	一代英雄	○	083
049	崔道融	（？～？）	過隆中	七絕	玄德蒼黃起臥龍，鼎分天下一言中	品德功勳的評贊	一代英雄	○	084

※ 計有47人82首詩：詩體爲「五古」者有15首，「樂府」者有3首，「五絕」者有3首，「七絕」者有17首，「五律」者有8首，「七律」者有27首，「五排」者有8首；內涵旨趣爲「品德功勳的評贊」者有42首，「君臣遇合的議論」者有18首，「遺蹟憑弔的感懷」者有21首，「其他」者有1首；人物形象爲「一代英雄」者有20首，「封建臣子」者有38首，「千古神明」者有22首，「其他」者有2首；○評價者有71首，X評價者有3首，—評價者有8首。

兩宋時期

編碼	作　者	年　代	題　目	詩體	關　鍵　詩　句	內涵旨趣	人物形象	評價	文碼
050	李九齡	五代	讀《三國志》	七絕	有國由來在得賢，莫言興廢是循環。武侯星落周瑜死，平蜀降吳似等閑	品德功勳的評贊	一代英雄	○	085
051	李　中	南唐（926～？）	讀《蜀志》	五律	魚水從相得，山河遂有歸。任賢無間忌，報國盡神機	君臣遇合的議論	千古神明	○	086
052	錢惟演	北宋（962～1034）	成都	七律	武侯千載有遺靈，盤石刀痕尚未平。知有忠臣能叱馭，不論雲棧更崢嶸	品德功勳的評贊	千古神明	○	087
053	楊　億	（974～1021）	成都	七律	漫傳西漢祠神馬，已見南陽起臥龍	遺蹟憑弔的感懷	其他	—	088
054	石延年	（994～1041）	籌筆驛	五排	虎奔咸逐逐，臥龍獨冥冥。遲留慕英氣，沈嘆撫青萍	遺蹟憑弔的感懷	一代英雄	○	089

055	宋　庠	（996～1066）	孔明	五古	武侯霸王器，隆中事耕殖。士爲知己用，陳辭薄霄極。大節淪金石	品德功勛的評贊	封建臣子	○	090
056	宋　祁	（998～1061）	孔明書臺	七古	臥龍來起蜀天遠，茅廬日日空南陽	遺蹟憑弔的感懷	一代英雄	—	091
057	文彥博	（1006～1097）	題籌筆驛	七絕	臥龍才起扶衰世，料敵謀攻後出師。幃幄既持先聖術，肯來山驛旋沈思	遺蹟憑弔的感懷	一代英雄	—	092
058	張方平	（1007～1091）	籌筆驛	七絕	本規一舉定乾坤，遽見長星墜壘門。公在必無生仲達，師昭何業得中原	遺蹟憑弔的感懷	一代英雄	○	093
059	范　鎮	（1008～1089）	武侯廟柏	五律	英靈自有風，蔭蔚長如雨。可憐青青姿，不知人事古	遺蹟憑弔的感懷	千古神明	○	094
060	李　覯	（1009～1059）	忠武侯	七律	指畫二州收漢燼，安排八陣與天期。才高命短雖無奈，猶勝隆中世不知	君臣遇合的議論	一代英雄	○	095
061	邵　雍	（1011～1077）	觀三國吟	七律	論兵狠石寧無意，飲馬黃河徒有心。雖曰天時亦人事，誰知慮外失良金	遺蹟憑弔的感懷	一代英雄	—	096
	張　俞	（？～？）	謁白帝廟	五古	長驅百萬眾，日門天下師。天運雖有在，聖賢豈無爲。昭皇攬英傑，襲軌奄垂基。威神竟不沒，萬里震南夷	品德功勛的評贊	千古神明	○	
062	曾　鞏	（1019～1079）	隆中	五古	志士固有待，顯默非苟然。人材品目異，自得豈虛傳	君臣遇合的議論	封建臣子	○	097
			孔明	七絕	稱吳稱魏已紛紛，渭水西邊獨漢臣。平日將軍不三顧，尋常田裡帶經人	君臣遇合的議論	封建臣子	—	098
063	王安石	（1021～1086）	諸葛武侯	五古	邂逅得所從，幅巾起南陽。惜哉淪中路，怨者爲悲傷	君臣遇合的議論	封建臣子	○	099
			諸葛武侯	七絕	慟哭楊顒爲一言，餘風今日更誰傳？區區庸蜀支吳魏，不是虛心豈得賢	品德功勛的評贊	封建臣子	○	100

064	馮　山	（？～？）	八陣磧	七古	斯人管蕭豈足道，身在巴東心漢室。從容所遇皆法制，洸蕩胸中萬分一陰機暗與天地合，壯氣曾將鬼神役。豈徒豪傑重嗟賞，應有神靈長護惜	品德功勛的評贊	千古神明	○	101
			武侯廟	五排	顧托情尤重，君臣義可褒。壽史徒譏議，裴碑自固牢	君臣遇合的議論	封建臣子	○	102
065	王　令	（1032～1059）	武侯	七絕	三顧雖然志意深，出非由道處何心？平生胸腹能多少，且與群兒梁甫吟	君臣遇合的議論	封建臣子	○	103
066	錢　勰	（1034～1097）	成都詩〔註 5〕	七律	武侯千載有餘靈，磐石刀痕尚未平。知有忠臣能叱馭，不論雲棧更崢嶸	品德功勛的評贊	千古神明	○	104
067	蘇　軾	（1037～1101）	八陣磧	五古	孔明死已久，誰復辨行列。孔明最後起，意欲掃群孽。惟餘八陣圖，千古壯夔峽	遺蹟憑弔的感懷	一代英雄	○	105
			諸葛鹽井	五古	人心固難足，物理偶相逞	遺蹟憑弔的感懷	其　他	–	106
			隆中	五古	武侯來西國，千年愛未衰。今朝遊故里，蜀客不勝悲	遺蹟憑弔的感懷	封建臣子	○	107
			懷賢閣	五古	顧瞻三輔間，勢如風卷沙。一朝長星墜，竟使蜀婦髽	遺蹟憑弔的感懷	一代英雄	○	108
068	蘇　轍	（1039～1112）	八陣磧	五古	世稱諸葛公，用眾有法度。	品德功勛的評贊	一代英雄	○	109
			讀史（之一）	五絕	桓文服荊楚，安取破國都？孔明不料敵，一世空馳驅	品德功勛的評贊	封建臣子	X	110
069	黃庭堅	（1045～1105）	詠史呈徐仲車	五古	諸葛見益州，釋耒答三顧。借問諸葛公，何如迎主簿	品德功勛的評贊	封建臣子	X	111

〔註 5〕〈成都詩〉的作者，《諸葛亮研究集成》錄自明嘉靖刊本《西昆酬唱集》卷上，題爲錢惟演；而《三國演義資料匯編》則轉錄自《古今圖書集成・方輿匯編・職方典》第五九六卷成都府部藝文三，題爲錢勰。各有出處，未知何者爲是，今姑一併收編。

			夜觀《蜀志》	七律	霸主三分割天下，宗臣十倍勝曹丕。寒爐夜發塵書讀，似覆輸籌一局棋	品德功勛的評贊	一代英雄	X	112
070	華　鎮	（1051～？）	詠古（十六首錄一）	五古	雄才臥南陽，盤桓寄雲壑。宿昔何所侔？夷吾暨燕樂	品德功勛的評贊	一代英雄	○	113
071	李　復	（1052～？）	題武侯廟（之一）	七律	久蟠丘壑雖龍臥，默計江山已鼎分。雜耕初動明星落，千古英雄泣渭濱	遺蹟憑弔的感懷	封建臣子	○	114
			題武侯廟（之二）	七律	常見英風吹草木，尚存精魄動雲雷。西南遺愛無時歇，不逐長江去不回	遺蹟憑弔的感懷	千古神明	○	115
072	賀　鑄	（1052～1125）	題諸葛谼田家壁	五律	晚度孔明谼，林間訪老農。無多遊宦興，卜隱幸相容	遺蹟憑弔的感懷	封建臣子	－	116
073	張　耒	（1054～1114）	梁父吟	樂府	永安受詔堪垂涕，手掣庸兒是天意。渭上空張復漢旗，蜀民已哭歸師至	遺蹟憑弔的感懷	封建臣子	⊕	117
074	李　廌	（1059～1109）	諸葛菜（并序）	七古	會向渭原驚仲達，尚應江磧感桓玄	遺蹟憑弔的感懷	一代英雄	○	118
			題廟	五古	古來王佐才，中間千載空。之人輔玄德，眞有宰相風	品德功勛的評贊	一代英雄	○	119
075	鄒　浩	（1060～1111）	次韻和簽判靳慎微奉議謁武侯祠有作	五古	臥龍得風霆，天宇不難肅。廟食凜平生，光靈走川陸	品德功勛的評贊	千古神明	○	120
			謁武侯道中（四首錄一）	七絕	先生龍臥此山丘，宇宙曾經幾運籌。一自英雄三顧後，至今車馬不曾休	品德功勛的評贊	封建臣子	○	121
076	李　新	（1062～？）	籌筆驛	七古	筆端隱語飛英略，潛拉秦原老鯢角。天心不肯續金刀，渭橋水急妖星落	遺蹟憑弔的感懷	千古神明	○	122
			題籌筆驛	七律	流馬飛糧下蜀都，臥龍曾此寫雄圖。當年若盡毫端計，魏狗還羞不令無	遺蹟憑弔的感懷	一代英雄	○	123
077	陳　慥	（？～？）	詠諸葛孔明（之一）	七絕	古今深忌忿爲兵，及溜師臣要力爭。白帝敗歸思孝直，端知難抗魏玄成	其　他	封建臣子	X	124

			詠諸葛孔明（之二）	七絕	搴蜀寧轡走阿瞞，功名繼此坐天慳。平生囊括彝華界，畏虎才教見一斑	品德功勛的評贊	一代英雄	⊕	125
078	陳　薦	（？～？）	武侯祠	七古	仲達雖走漢終失，人謀不可違天時。精魂埋沒已千歲，奈無英傑齊高規手植勁柏尚蒼翠，疑有神靈潛護持。晬容昏剝堂廡陋，龍祠神廟窮珍奇	品德功勛的評贊	千古神明	○	126
079	葛勝仲	南宋（1072～1144）	蒙維心示謝必先尚書餉筆佳什時維心方刊正《三國史》輒依韻攀和	七古	已刪臥龍無將略，過實仍刊諸葛瞻	其　他	一代英雄	○	127
080	胡安國	（1074～1138）	赤壁	七絕	莫言諸葛成何事，萬古忠言第一流	品德功勛的評贊	封建臣子	○	128
081	喻汝礪	（？～？）	謁諸葛廟	五古	饑鼯墮蒼瓦，澹薄公所憩。靜然想英姿，孤懷亦差尉	遺蹟憑弔的感懷	封建臣子	○	129
082	程　俱	（1078～1144）	北固懷古	七古	幄中況有南陽客，布衣躬耕無甔石。當時鼎足計未成，聊此一奇空赤壁	遺蹟憑弔的感懷	封建臣子	—	130
083	陳與義	（1090～1138）	次南陽	五古	臥龍今何之，有塚今半摧	遺蹟憑弔的感懷	其　他	—	131
084	蘇　泂	（？～？）	八陣圖	七絕	儼然雲轉與風回，故國人看但石堆。猶有鬼神供職守，不移行列待將來	遺蹟憑弔的感懷	千古神明	○	132
085	劉子翬	（1101～1147）	建康六感（錄一首・吳）	五古	臥龍昔來遊，萬古懷清塵	遺蹟憑弔的感懷	一代英雄	○	133
086	王剛中	（1103～1165）	灘石八陣圖行	樂府	我想孔明賢，巍然伊呂配。奇謀勇略號雄師，大節英風蓋當代	品德功勛的評贊	一代英雄	○	134
			彌牟鎮八陣圖詩	五古	細思作者意，孔明有深策。再歌遂成篇，應有智者識	遺蹟憑弔的感懷	一代英雄	○	135
087	李　石	（？～？）	武侯祠	七絕	風弄波濤鼓角喧，蜀江猶有陣圖存。綸巾羽扇人何在？眼看群兒戲棘門	遺蹟憑弔的感懷	一代英雄	—	136
088	晁公遡	（？～？）	題先主廟	五古	劃然成三分，正爾扼兩雄。武侯抱遺恨，秦隴竟莫通	遺蹟憑弔的感懷	封建臣子	—	137

089	王十朋	（1112～1171）	夢觀八陣圖	五古	奇才蓋三國，壯志吞兩都。惜哉功不遂，英雄爲欷噓。	品德功勛的評贊	一代英雄	○	138
			題諸葛武侯祠	七律	功成豈止三分漢，才大非惟十倍丕。渭上忽傳司馬走，蜀中長起臥龍思	品德功勛的評贊	一代英雄	○	139
			武侯新祠	七律	堪嘆草廬誰復顧，凄然香火卻依僧	遺蹟憑弔的感懷	千古神明	–	140
			臥龍山武侯祠用前韻	七律	面留沙磧懷諸葛，詩頌江漬憶少陵	遺蹟憑弔的感懷	千古神明	○	141
			諸葛武侯	五絕	臥龍起南陽，不爲鼎一足。托名蜀丞相，相漢非相蜀	品德功勛的評贊	封建臣子	○	142
			臥龍	五絕	非長陳壽贊，無首杜陵詩。廟貌並公論，如今勝昔時	品德功勛的評贊	千古神明	○	143
			八陣圖	七絕	一家天下裂三都，忠憤塡胸八陣圖。千載相知惟白水，此心元不爲吞吳	遺蹟憑弔的感懷	封建臣子	○	144
090	查　籥	（？～？）	臥龍山謁武侯祠次前韻	七律	山巓祠貌儼丹青，千載懷人爲一登。人事天機古難料，詩成試語定中僧	遺蹟憑弔的感懷	千古神明	○	145
			武侯祠	七律	臣主羈孤終意氣，干戈經濟尚從容。邊關那得傳流馬，古廟猶疑隱臥龍	品德功勛的評贊	千古神明	○	146
091	張　震	（？～？）	臥龍山謁武侯祠次前韻	七律	顧廬可是依玄德，持釣何妨屈子陵。力挽狂瀾休轉石，功虧累土不成層	遺蹟憑弔的感懷	封建臣子	X	147
092	項安世	（？～？）	隆中次吳襄陽韻（之一）	五古	輕身托人主，歲晚那得保。所以劉葛交，終焉契魚藻	君臣遇合的議論	封建臣子	X	148
			隆中次吳襄陽韻（之二）	五古	阿琦去梯策，尙識智士功。誰云豚犬愚，頗復勝乃翁	品德功勛的評贊	一代英雄	○	149
093	陸　游	（1125～1210）	籌筆驛	七絕	運籌陳迹故依然，想見旌旗駐道邊。一等人間管城子，不堪譙叟作降箋	遺蹟憑弔的感懷	封建臣子	○	150

			謁諸葛丞相廟	七古	公雖已沒有神靈，猶假賊手誅鍾鄧。潔齋請作送迎詩，精忠大義神其聽	品德功勛的評贊	千古神明	○	151
			遊諸葛武侯書臺	七古	出師一表千載無，遠比管樂蓋有餘	品德功勛的評贊	一代英雄	○	152
			謁漢昭烈惠陵及諸葛公祠宇	五古	劉葛固雄傑，閱世均一夢。論高常近迂，才大本難用	君臣遇合的議論	一代英雄	○	153
			書憤	七律	出師一表眞名世，千載誰堪伯仲間	品德功勛的評贊	一代英雄	○	154
			排悶	七絕	丈夫結髮志功名，大事眞當以死爭。我昔駐車籌筆驛，孔明千載尙如生	遺蹟憑弔的感懷	千古神明	○	155
			感昔（二首錄一）	七律	長安之西過萬里，北斗以南惟一人。腰間白扇凋零盡，卻照清溪整角巾	遺蹟憑弔的感懷	一代英雄	○	156
			感舊（六首之五）	五律	凜凜隆中相，臨戎遂不還。壯氣河潼外，雄名管樂間	品德功勛的評贊	一代英雄	○	157
			諸葛書臺	七律	丞相名垂汗簡青，書臺猶在復誰登	品德功勛的評贊	一代英雄	○	158
094	姜特立	（1125～？）	諸葛孔明	五絕	臨發漢中時，精誠見表辭。此心誰盡了？死後有天知	品德功勛的評贊	封建臣子	○	159
095	張　縯	（？～1207）	陪安撫大卿登八陣臺覽觀諸葛公遺像偶成長句	七古	巍然王佐三代前，信矣名言照千古	品德功勛的評贊	一代英雄	○	160
			巨野李沈謁丞相祠登開濟堂俯八陣圖睹新帥張卿與侍郎林公舊題唱和皆慨想當時英烈嘆誦久之惟瀼東流嚙城入江且爲民病願以不能轉石者一轉茲水輒借韻賦之	七古	人言忠孝不磨滅，神物護持以終古。常使夔人知感公，踏磧年年弔千古	遺蹟憑弔的感懷	千古神明	○	161
			題沔州諸葛武侯廟	五律	皇王空禮樂，江漢閟英靈	遺蹟憑弔的感懷	千古神明	○	162
			武侯墓		勛業伊周亞，千載仰英賢				

096	王　質	（1127～1189）	過隆中村	五律	有客吟梁甫，何人表出師？姓龐名蘊者，應笑臥龍兒	遺蹟憑弔的感懷	封建臣子	X	163
097	朱　熹	（1130～1200）	臥龍庵武侯祠	五古	空山臥龍處，蒼峭神所盤。永念千載人，丹心豈今昨。抱膝一長吟，神交付冥漠	遺蹟憑弔的感懷	千古神明	○	164
			齋居感興（二十首錄一）	五古	伏龍一奮躍，鳳雛亦飛翔。祀漢配彼天，出師驚四方	品德功勛的評贊	一代英雄	○	165
098	陳　淳	（1159～1223）	題武侯像	七絕	國勢三分陣磧空，卻將輕素寫遺容。漢中晏駕英雄老，世上何人識臥龍	遺蹟憑弔的感懷	其他	X	166
099	陳　謙	（？～？）	八陣圖	七古	武侯陣法洞萬古，所至累石傳岷嶓。	品德功勛的評贊	一代英雄	○	167
100	葉　適	（1150～1223）	梁父吟（并序）	樂府	夫天運之適合兮，雖聖其猶莫知。雖伊周之輔世兮，曾何足以自喜	品德功勛的評贊	一代英雄	○	168
101	柯　甲	（？～？）	題臥龍武侯廟	七律	欲說孔明千古恨，令人勇跨玉驄鞍	遺蹟憑弔的感懷	一代英雄	○	169
102	朱　煥	（？～？）	題臥龍武侯廟	七排	武侯向日三分國，大士今朝一脈泉。休泥遺編論往事，且將此水滌眞田	品德功勛的評贊	千古神明	○	170
103	程公許	（1182～？）	臥龍亭	五古	廢興渠有命，忠直理難奪。出處士所重，羞死荀文若	品德功勛的評贊	封建臣子	○	171
104	李曾伯	（1198～？）	和劉清叔襄陽草廬韻（之一）	七絕	風雲未合星先隕，輸與江東日月寬	遺蹟憑弔的感懷	封建臣子	－	172
			和劉清叔襄陽草廬韻（之二）	七絕	而今肯爲蒼生起，何止編方蜀顧寬	遺蹟憑弔的感懷	封建臣子	○	173
			題孔明白帝祠（并序）	七律	草廬龍去存吳恨，陛戟蛙狂遺漢羞	品德功勛的評贊	一代英雄	○	174
			以勸分出伏龍因謁武侯廟	七律	初心何只三分漢？偉略徒夸十倍丕	品德功勛的評贊	一代英雄	○	175
105	王　柏	（？～？）	武侯畫像	七絕	隆中高臥非無情，鼎峙規模豈素心。自是將軍三顧晚，坐看世變轉移深	君臣遇合的議論	封建臣子	○	176
106	陳文蔚	（？～？）	武侯像	五古	堂堂千載人，遺像凜如生。欲喚臥龍起，四海盲聾驚	品德功勛的評贊	千古神明	○	177

107	宋　京	（？～？）	諸葛孔明讀書臺	七古	臥龍未起蜀天遠，茅廬日日空南陽。十倍奇才安用書？此臺昔時知有無	君臣遇合的議論	一代英雄	○	178
108	文天祥	（1236～1283）	懷孔明	五古	至今出師表，讀之淚沾胸。漢賊明大義，赤心貫蒼穹	品德功勛的評贊	封建臣子	○	179
			和中齋韻	七律	功業飄零五丈原，如今局促傍誰轅？江流千古英雄恨，蘭作行舟柳作樊	遺蹟憑弔的感懷	封建臣子	○	180
109	鄭思肖	（1241～1318）	孔明《出師表》圖	七絕	一身英氣射光芒，北定中原事轉長。落得兩篇出師表，至今只是漢文章	遺蹟憑弔的感懷	一代英雄	○	181
			孔明成都八陣圖	七絕	孔明抱義恥偏安，不道中興事業難。賴有石頭知落處，任從人換八門看	遺蹟憑弔的感懷	一代英雄	○	182
110	裴士禹	（？～？）	蜀先主廟古柏	五古	觀柏又慘然，念侯功業熾。功業亘無窮，與柏共蒼翠	品德功勛的評贊	千古神明	○	183
111	衛宗武	（1209～1289）	孔明	五古	龍臥而長吟，胸次抱奇偉。倘使先十年，營星未殞墜。中原安有魏	品德功勛的評贊	一代英雄	○	184
112	釋道璨	（？～？）	和臥龍招隱吟	五古	武侯與晦翁，千載兩名流。各以一壁力，能鎮百世浮	品德功勛的評贊	千古神明	○	185
113	徐　鈞	（？～？）	孔明	七絕	草廬初志漢重興，向洛趨秦擬策勛。芒角一星如未墜，不應天下只三分	品德功勛的評贊	一代英雄	○	186
114	陳　古	（？～？）	過武侯廟	七律	材并管蕭非亞匹，氣吞曹馬直庸奴。天欲鼎分終割據，可憐憂國竟捐軀	品德功勛的評贊	一代英雄	○	187
115	胡明善	（？～？）	祁山堡	五律	星落干戈死，山空雲鳥存。愁讀出師表，淒淒傷我魂	遺蹟憑弔的感懷	封建臣子	○	188
116	李興宗	（？～？）	觀八陣圖有感	七古	想見當年諸葛公，綸巾羽扇揮愁風。令嚴部伍寂如水，出沒變化機無窮	遺蹟憑弔的感懷	一代英雄	○	189
117	趙孟若	（？～？）	書《漢丞相諸葛武侯傳》後（四首之一）	七絕	寰海生民等釜魚，先生高臥意何如？當時不是劉玄德，三顧何因出草廬	君臣遇合的議論	封建臣子	○	190

			書《漢丞相諸葛武侯傳》後（四首之二）	七絕	魚水相歡分最深，肯因生死負初心？鞠躬盡力王師老，一片忠忱貫古今	君臣遇合的議論	封建臣子	○	191
			書《漢丞相諸葛武侯傳》後（四首之三）	七絕	街亭匆遽兵初敗，箕谷倉皇戰未休。漢解巴亡天莫助，千年掩卷淚如流	遺蹟憑弔的感懷	封建臣子	○	192
			書《漢丞相諸葛武侯傳》後（四首之四）	七絕	當時三顧起隆中，自許匡時志略同。萬古君臣一魚水，死生不變見英雄	君臣遇合的議論	封建臣子	○	193

※ 計有68人109首詩：詩體爲「五古」者有29首，「七古」者有14首，「樂府」者有3首，「五絕」者有4首，「七絕」者有26首，「五律」者有7首，「七律」者有23首，「五排」者有2首，「七排」者有1首；內涵旨趣爲「品德功勛的評贊」者有45首，「君臣遇合的議論」者有14首，「遺蹟憑弔的感懷」者有48首，「其他」者有2首；人物形象爲「一代英雄」者有44首，「封建臣子」者有37首，「千古神明」者有24首，「其他」者有4首；○評價者有86首，X評價者有8首，⊕評價者有2首，一評價者有13首。

金元時期

編碼	作者	年代	題目	詩體	關鍵詩句	內涵旨趣	人物形象	評價	文碼
118	趙秉文	金	涿郡先主廟（二首錄一）	五古	緬懷車蓋翁，三顧隆中老。乾坤一草廬，鼎足事已了	君臣遇合的議論	一代英雄	○	194
119	李俊民	（1176～1260）	三顧門	七絕	將軍命駕出門西，想見門從向日題。山下臥龍誰說破？賞音元直在檀溪	君臣遇合的議論	封建臣子	○	195
			隆中	七絕	一朝師出震關東，料敵曹吳幾日功。未畢將軍天下計，乾坤容易老英雄	品德功勛的評贊	一代英雄	○	196
120	劉昂	（？～？）	讀《三國志》（二首之一）	七律	虎視鯨吞卒未休，一時人物盡風流。婦翁正得黃承彥，兒子當如孫仲謀	其他	一代英雄	○	197
			讀《三國志》（二首之二）	七律	陳言袞袞令人厭，枉就輸棋覆舊盤	其他	其他	一	198
121	元好問	（1190～1257）	梁父吟扇頭	五絕	盤礴萬古心，塊石入危座。青天一明月，孤唱誰與和	品德功勛的評贊	一代英雄	○	199

			豐山懷古	五古	炎精昔季興，臥龍起隆中。落落出奇策，言言揭孤忠。大義皎日同	品德功勛的評贊	封建臣子	○	200
			鄧州城樓	七古	隆中布衣不復見，浮雲西北空悠悠。自古江山感遊子，今人誰解賦登樓	遺蹟憑弔的感懷	封建臣子	－	201
122	郝居中	（？～？）	題五丈原武侯廟	七律	籌筆無功事可哀，長星飛墜蜀山摧。三分豈是平生志，十倍寧論蓋世才	品德功勛的評贊	一代英雄	○	202
123	張　爽	（？～？）	武侯廟	五律	日月光同烈，青編永不磨	品德功勛的評贊	千古神明	○	203
124	王元粹	（？～？）	武侯廟	七古	天下不可無奇材，千年精爽安在哉	品德功勛的評贊	千古神明	○	204
125	張觀光	元（？～？）	孔明高臥圖	七絕	未用胸中八陣兵，草廬高臥掩柴扃。當時不見劉玄德，誰識先生是將星	君臣遇合的議論	封建臣子	○	205
126	楊　奐	（1186～1255）	讀《通鑒》作	七絕	欲起溫公問書法，武侯入寇寇誰家	其　他	封建臣子	○	206
127	劉秉忠	（1216～1274）	讀《諸葛傳》	七律	聖賢隨時出處同，道存無不計窮通。長才自獻成何用？三顧還酬莫大功	品德功勛的評贊	封建臣子	○	207
128	郝　經	（1223～1275）	蜀亡嘆贈眉山唐仲明	七古	漢家陽九厄再逢，忽焉王氣西南絕。孔明廟前老柏死，四賢堂上英靈滅	遺蹟憑弔的感懷	千古神明	－	208
			羽扇	七絕	天山雪鵠落霜翎，更比冰紈分外輕。五丈原頭兵十萬，縱橫奇計指麾成	品德功勛的評贊	一代英雄	○	209
129	陳　孚	（1240～1303）	武侯	七古	出師兩紙流涕書，三代而下無此語。定知成事繼蒼姬，禮樂光華耀千古	品德功勛的評贊	封建臣子	○	210
130	劉　因	（1249～1293）	和雜詩（十一首錄一）	五古	朝耕隆中田，暮采成都桑。平生淡泊志，醜女同糟糠	品德功勛的評贊	封建臣子	○	211
			梁父吟	七絕	汶上千年英氣在，有人梁父正高歌	品德功勛的評贊	封建臣子	○	212
131	吳　澄	（1249～1333）	諸葛武侯畫像	五絕	含嘯沔陽春，孫曹不敢臣。若無三顧主，何地著斯人	君臣遇合的議論	封建臣子	○	213

			感興詩（二十五首錄一）	五絕	子房爲韓心，孔明興漢事。三代以後人，卓偉表萬世	品德功勛的評贊	一代英雄	○	214
132	宋　无	（1260～1340）	孔明	五絕	有心興漢室，不意托孤兒。帝昔曾三顧，臣今表出師	品德功勛的評贊	封建臣子	○	215
133	張養浩	（1270～1329）	爲孔明解嘲（并序）	七絕	孔明雖與漢爲臣，尺寸無增只舊貧。廊廟草廬初不異，誰言只合臥終身	品德功勛的評贊	一代英雄	○	216
134	揭傒斯	（1274～1344）	謁灟滄武侯祠	五古	八陣通神明，二表貫穹蒼。大星殞渭南，萬古一悲傷	品德功勛的評贊	千古神明	○	217
135	鄭元祐	（1292～1364）	武侯像	七絕	魚水君臣百世師，風雲魚鳥識旌旗。三分天下何經意，恨未中原復本支	君臣遇合的議論	封建臣子	○	218
136	楊維楨	（1296～1370）	梁父吟	五古	吁嗟長嘯翁，相漢起伏龍。上帝棄炎祚，將星墮營中	遺蹟憑弔的感懷	封建臣子	○	219
137	薩都剌	（1300～1348）	回風波弔孔明先生	七古	先生謀略滿懷抱，坐視腥膻不爲掃。先生雖死遺表存，大義晶晶明日月	品德功勛的評贊	封建臣子	○	220
			題忠武侯遺像（集古）	七律	自顧勤勞甘百戰，莫將成敗論三分	遺蹟憑弔的感懷	封建臣子	○	221
138	吳　漳	（？～？）	南陽諸葛廟（二首之一）	七律	王業未安天命改，英雄千載有餘悲	遺蹟憑弔的感懷	封建臣子	○	222
			南陽諸葛廟（二首之二）	七律	正統不慚傳萬古，莫將成敗論三分	遺蹟憑弔的感懷	一代英雄	○	223
139	于介翁	（？～？）	感古引（并序）	七古	草廬一語君臣契，目中久矣無吳魏。堂堂大義凜不磨，靈關劍閣爭嵯峨	品德功勛的評贊	一代英雄	○	224
140	胡　助	（？～？）	孔明草廬圖	七古	人物自是伊呂徒，甘服巾幗遮長驅。草廬入畫想英風，何人不愛諸葛公	品德功勛的評贊	一代英雄	○	225
141	陳自堂	（？～？）	武侯	五律	千載生諸葛，餘才了十丕。豈留文字在，不愧說兼伊	品德功勛的評贊	一代英雄	○	226
142	張　憲	（？～？）	梁父吟（有序）	樂府	伏龍才起帝業新，千古君臣魚水親。遂使眞龍全羽翼，風雲成就二將軍	君臣遇合的議論	一代英雄	○	227

143	唐中立	（？～？）	題諸葛箭	七絕	古樹參雲仰望中，武侯曾此一彎弓。不遺箭鏃經千載，那得蠻夷懼武功	品德功勛的評贊	一代英雄	○	228

※ 計有26人35首詩：詩體爲「五古」者有5首，「七古」者有7首，「樂府」者有1首，「五絕」者有4首，「七絕」者有9首，「五律」者有2首，「七律」者有7首；內涵旨趣爲「品德功勛的評贊」者有20首，「君臣遇合的議論」者有6首，「遺蹟憑弔的感懷」者有6首，「其他」者有3首；人物形象爲「一代英雄」者有14首，「封建臣子」者有16首，「千古神明」者有4首，「其他」者有1首；○評價者有32首，一評價者有3首。

明代時期

編碼	作　者	年　　代	題　　目	詩體	關　　鍵　　詩　　句	內涵旨趣	人物形象	評價	文碼
144	楊　基	（1326～1378）	感懷（三首錄一）	五古	向非昭烈賢，三顧猶未許。君子當識時，守身如處女	君臣遇合的議論	封建臣子	○	229
145	高　啓	（1336～1374）	孔明	七絕	莫恨流星墮渭濱，出師未捷已沾巾。天應留取生司馬，歸作他年取魏人	遺蹟憑弔的感懷	千古神明	—	230
146	錢子義	（？～？）	八陣圖（并序）	七絕	浪激沙傾石不移，神明終古爲扶持。長星不向前營墮，混一中原事可知	遺蹟憑弔的感懷	千古神明	○	231
147	劉　炳	（？～？）	題諸葛武侯廟	七古	君臣氣義出肝膽，千古淚落令人悲。江流不盡潮聲咽，嗚呼遺恨三分國	遺蹟憑弔的感懷	封建臣子	○	232
148	藍　智	（？～？）	赤壁	七古	漢王祠枕碧山隅，諸葛臺荒野鳥呼。千年忠義出師表，萬里江山八陣圖	遺蹟憑弔的感懷	封建臣子	○	233
			過諸葛古城	五律	諸葛舊屯兵，東郊尙古城。山餘駐馬迹，江有臥龍名	遺蹟憑弔的感懷	一代英雄	○	234
149	李　曄	（？～？）	五言古詩（十四首錄一）	五古	恭惟諸葛公，出處實所欽。管樂雖自許，伊呂非難任	品德功勛的評贊	一代英雄	○	235
150	顧　祿	（？～？）	題武侯畫像	七古	南陽隴上躬耕翁，磊落自是人中龍。至今遺像傳人間，凝然不動如丘山	品德功勛的評贊	千古神明	○	236

151	方孝孺	（1357～1420）	蜀相像	七絕	羽扇綸巾一臥龍，誓匡寶祚剪英雄。圖開八陣神機外，國定三分掌握中	品德功勛的評贊	千古神明	○	237
			次金華王仲縉感懷韻十首兼呈張廷璧（十首錄一）	五古	隆中有一士，卓然古天民。寸心如白日，可破萬古昏	品德功勛的評贊	一代英雄	○	238
152	夏元吉	（1366～1430）	題孔明像	七律	昭烈特勤三顧禮，南夷頓服七擒功。只緣佐漢心逾切，竟使吞吳恨莫窮	君臣遇合的議論	封建臣子	○	239
			孔明	七絕	八陣圖成已絕倫，出師二表更忠勤。可憐五丈星宵殞，後主含酸入魏軍	品德功勛的評贊	封建臣子	○	240
153	解　縉	（1369～1415）	題諸葛武侯臥龍岡三顧圖	七古	三回鞭轡入柴扉，主賓顏色皆英偉。開心見誠兩不疑，指掌經綸見尚遲	君臣遇合的議論	封建臣子	○	241
154	俞士吉	（？～1435）	隆中草堂	七律	山靈尙護龍虎陣，松韻如聞梁甫吟。管樂才名同寂寞，劉曹王霸總銷沈	遺蹟憑弔的感懷	千古神明	○	242
155	薛　瑄	（1389～1464）	望諸葛草廬	五古	高神千古人，管樂自儔匹。浩浩一壤間，奇才難再得	品德功勛的評贊	千古神明	○	243
			諸葛武侯廟（十首之一）	七律	只緣忠義無今古，不泯邦人百世思	品德功勛的評贊	封建臣子	○	244
			諸葛武侯廟（十首之二）	七律	文武才猷天下少，君臣契合古來稀	品德功勛的評贊	一代英雄	○	245
			諸葛武侯廟（十首之三）	七律	萬古英名天地在，叢祠長近錦江濱	品德功勛的評贊	千古神明	○	246
			諸葛武侯廟（十首之四）	七律	王佐雄才久已聞，成敗難將往事論	品德功勛的評贊	一代英雄	○	247
			諸葛武侯廟（十首之五）	七律	歷數雖窮遺廟在，大名長與歲時新	品德功勛的評贊	千古神明	○	248
			諸葛武侯廟（十首之六）	七律	一時雨水風雲會，千載君臣祭祀同	君臣遇合的議論	千古神明	○	249
			諸葛武侯廟（十首之七）	七律	出師表在垂天地，八陣圖存概古今	品德功勛的評贊	封建臣子	○	250
			諸葛武侯廟（十首之八）	七律	伐功未就皆天數，錦里英風古廟秋	品德功勛的評贊	千古神明	○	251
			諸葛武侯廟（十首之九）	七律	英論已知分鼎勢，長才欲試補天工	品德功勛的評贊	一代英雄	○	252

			諸葛武侯廟（十首之十）	七律	管樂規模難并駕，伊周事業可相親	品德功勛的評贊	一代英雄	○	253
			諸葛武侯塚	七律	中原未復星先墜，長使英雄慨古今	遺蹟憑弔的感懷	封建臣子	○	254
			諸葛武侯廟	七律	義感居人猶致祭，名聞過客亦停驂	遺蹟憑弔的感懷	千古神明	○	255
156	黎充輝	（？～？）	南陽三顧圖	七絕	英雄鼎足三分勢，只在茅廬一語中	品德功勛的評贊	一代英雄	○	256
157	羅汝敬	（？～？）	五丈原	七律	不有忠誠干日月，安能香火祀春秋！天何弗永炎劉祚，空使英靈萬古愁	遺蹟憑弔的感懷	千古神明	○	257
158	陳正倫	（？～？）	臥龍岡	七律	君臣一語交投厚，宇宙三分割據雄	君臣遇合的議論	一代英雄	○	258
159	高　信	（？～？）	臥龍岡	七律	君臣際遇餘千載，遺踪鍾靈在異鄉	君臣遇合的議論	千古神明	○	259
160	唐文鳳	（？～？）	諸葛孔明	五古	大廈窘風雨，一木誠難支。千年八陣磧，長江漾寒漪	品德功勛的評贊	封建臣子	○	260
161	李　賢	（1407～1466）	題臥龍圖	七古	英雄千載空惆悵，商周人物能多讓。世間成敗不足憑，臥龍遺址人爭訪	品德功勛的評贊	一代英雄	○	261
			武侯祠	七律	江上陣圖猶布列，蜀中相業有輝光。莫因成敗論高下，三代英才信可方	品德功勛的評贊	一代英雄	○	262
162	黃　溥	（？～？）	武侯祠（二首之一）	七律	仗義噓炎復漢朝，孤忠大業著雲霄。襟懷自足吞曹馬，才略誰云亞管蕭	品德功勛的評贊	一代英雄	○	263
			武侯祠（二首之二）	七律	當世人龍孰與儔？文全武備望伊周	品德功勛的評贊	一代英雄	○	264
163	吳　綬	（？～？）	隆中十景詩（三顧堂）	五律	賢人隱岩穴，帝子再三尋。千載稱魚水，高風冠古今	君臣遇合的議論	封建臣子	○	265
			隆中十景詩（六角井）	五律	用潔廚中物，靈通地低泉。良夜涵明月，光澄六角天	遺蹟憑弔的感懷	千古神明	○	266
			隆中十景詩（古柏亭）	五律	古柏陰森處，先生結草亭。地底龍蛇蟄，祠前翠葆靈	遺蹟憑弔的感懷	千古神明	○	267

			隆中十景詩（躬耕田）	五律	東作思無逸，西成望有年。後來推此術，霸業富西川	遺蹟憑弔的感懷	一代英雄	○	268
			隆中十景詩（梁甫岩）	五律	半山岩室好，梁甫昔時吟。雲埋萬丈地，德著百年心	遺蹟憑弔的感懷	一代英雄	○	269
			隆中十景詩（抱膝石）	五律	躬耕田上石，一片綠生苔。長得風雲護，曾延將相來	遺蹟憑弔的感懷	封建臣子	○	270
			隆中十景詩（老龍洞）	五律	泉深岩穴古，時有老龍眠。欲覓英雄迹，高風尚宛然	遺蹟憑弔的感懷	一代英雄	○	271
			隆中十景詩（小虹橋）	五律	溪水流祠下，橋橫一丈餘。曲通樵子徑，榮過帝王車	遺蹟憑弔的感懷	封建臣子	○	272
			隆中十景詩（半月溪）	五律	淮陰空把釣，尚父漫垂鈎。靈物此中有，難將香餌投	遺蹟憑弔的感懷	千古神明	○	273
			隆中十景詩（野雲庵）	五律	英雄千古宅，僧舍靜相依。行客祠前過，如瞻羽扇揮	遺蹟憑弔的感懷	千古神明	○	274
164	王　越	（1423～1498） （1426～1498）	隆中十景詩（六角井）	七絕	一脈深澄起臥龍，風雲未遂濟時功。古今多少英雄淚，盡在先生此井中	遺蹟憑弔的感懷	封建臣子	○	275
			隆中十景詩（古柏亭）	七絕	錦官城外柏森森，幾度曾歌杜甫吟。今日亭前見顏色，風霜不改歲寒心	遺蹟憑弔的感懷	封建臣子	○	276
			隆中十景詩（躬耕田）	七絕	春草離離鎖暮烟，英雄人去幾千年。自從伊尹耕莘後，只有隆中一片田	品德功勛的評贊	一代英雄	○	277
			隆中十景詩（梁父岩）	七絕	寂寂雲岩草樹深，不求聞達自長吟。先生此去無遺響，更有誰知晏子心	遺蹟憑弔的感懷	封建臣子	○	278
			隆中十景詩（抱膝石）	七絕	慨想先生抱膝時，滿懷幽意有誰知？於今一片蒼苔石，勝似當年墮淚碑	遺蹟憑弔的感懷	封建臣子	○	279
			隆中十景詩（老龍洞）	七絕	海門風水水聲寒，天巧潛通石眼寬。說與世人渾不信，臥龍猶在此中蟠	遺蹟憑弔的感懷	千古神明	○	280

			隆中十景詩（小虹橋）	七絕	黃水溪流若掌平，一弘放出水雲清。有時躍馬思玄德，曾上小虹橋上行	遺蹟憑弔的感懷	封建臣子	–	281
			隆中十景詩（半月溪）	七絕	一曲溪流幾許深？三分事業已消沈。水光依舊清如鏡，照見武侯忠義心	品德功勛的評贊	封建臣子	○	282
			隆中十景詩（野雲庵）	七絕	萬疊雲深掃不開，半星無處著深埃。就中結個茅庵子，只許清風明月來	遺蹟憑弔的感懷	封建臣子	–	283
			隆中十景詩（三顧堂）	七絕	蜀王虛勞枉顧心，中原未復大星沈。老夫記得少陵句，長使英雄淚沾襟	遺蹟憑弔的感懷	封建臣子	–	284
165	童　軒	（1425～1498）	感遇（六十八首錄一）	五古	何如南陽臥，謳吟梁父餘。終然致三顧，可使大名垂	品德功勛的評贊	封建臣子	○	285
			諸葛武侯祠	七律	抱膝長吟志有餘，出師勛業竟何如？請看當日隆中路，猶自清風一草廬	遺蹟憑弔的感懷	封建臣子	○	286
166	謝士元	（1425～1494）	諸葛興漢	五古	君臣際會間，恩義契魚水。二表誓出師，忠誠泣神鬼	君臣遇合的議論	封建臣子	○	287
			題諸葛孔明遺像	七律	一時魚水歡三顧，兩漢山河得幾分？五丈原頭雲暗淡，長星無計掃妖氣	君臣遇合的議論	千古神明	X	288
167	沈　周	（1427～1509）	讀《出師表》	七古	兩篇忠告慷慨辭，字字中間有涕洟。天下二歸心屬呂，隆中三顧道存伊	品德功勛的評贊	一代英雄	○	289
168	羅　倫	（？～？）	南陽臥龍圖	七律	海內風塵皆羿莽，眼中魚水是湯伊。未除漢賊身先死，便絕江流恨不移	君臣遇合的議論	一代英雄	○	290
			謁草廬先生祠	七律	道契山中訪有初，草廬祠下掃寒蕪。補天功課誰能就？密錄玄精倚太虛	其　他	千古神明	○	291
169	胡居仁	（1434～1484）	遊臥龍庵	七古	長吟抱膝南陽廬，此時未展胸中奇。三駕不顧龍不起，山河宰割誰能爲	君臣遇合的議論	一代英雄	○	292
170	吳　寬	（1436～1484）	八陣懷古	五律	遺壘不可數，神謀亦壯哉！誰言愧將略？敵自服奇才	遺蹟憑弔的感懷	千古神明	○	293

171	洪　鍾	（1443～1523）	謁武侯祠（二首之一）	七律	千古勛名垂宇宙，一時魚水會君臣。欲征弗率慚無技，願假威靈啓後人	品德功勛的評贊	千古神明	○	294
			謁武侯祠（二首之二）	七律	諸葛大名垂宇宙，南川此舉豈尋常？祀典肅將眞不朽，人心仰賴永無忘	品德功勛的評贊	千古神明	○	295
172	林　光	（？～？）	謁武侯祠（次洪總制韻）	七律	軍師出將曾何忝，王佐論才尚未忘。百代能逢幾知己？聖花岩谷望清香	品德功勛的評贊	一代英雄	○	296
173	程敏政	（1445～？）	諸葛春耕圖	七古	布衣未接隆中聘，誰識當年開濟心	君臣遇合的議論	封建臣子	－	297
			詠史（十四首錄一）	五古	孔明討漢賊，凜凜三代師。嗟哉古烈士，萬世同一時	品德功勛的評贊	一代英雄	○	298
			武侯祠	七律	營中不是星先隕，禮樂終須望中興	品德功勛的評贊	一代英雄	○	299
174	吳　坤	（？～？）	武侯祠次程篁墩先生韻	七律	才稱王佐眞無忝，志復中原豈不能！營星底事催公速？長使英雄感廢興	品德功勛的評贊	一代英雄	○	300
175	無名氏	（？～？）	武侯祠次程篁墩先生韻	七律	伊周伯仲才難得，漢賊分明見獨能。蒼天不永炎劉祚，千載令人感慨興	品德功勛的評贊	一代英雄	○	301
176	顧　福	（？～？）	臥龍岡	七律	國據三分誰死誓？名高二表若生存	品德功勛的評贊	一代英雄	○	302
177	張　維	（？～？）	諸葛祠次韻	七律	赫赫威聲曾顯著，堂堂遺像儼生存。漢業未興人去久，一天風日自朝昏	品德功勛的評贊	千古神明	○	303
178	朱見深	（1447～1487）	諸葛武侯（二首之一）	七絕	漢家神器逼奸雄，帝胄恢宏起臥龍。不是營星中道隕，定教吳魏盡朝宗	品德功勛的評贊	一代英雄	○	304
			諸葛武侯（二首之二）	七絕	勸君屈己接孫吳，畫策常排八陣圖。忠爲盡能恢漢室，老天無意復東都	品德功勛的評贊	一代英雄	○	305
179	李東陽	（1477～1516）	五丈原	七古	將星墮空化爲土，煉石心勞竟何補！侯歸上天多舊伍，關爲前驅張後拒	品德功勛的評贊	千古神明	○	306
180	陳　雍	（1451～1543）	隆中武侯祠	七律	才堪王佐扶炎祚，學有淵源主靜功。將星不向營中隕，大業安知不有終	品德功勛的評贊	一代英雄	○	307

181	林　俊	（1452～1527）	謁武侯祠（次洪總制韻二首之一）	七律	三方割據關時運，二表宣傳泣鬼神。聞達不求安亂世，忠貞無改自誠臣	品德功勛的評贊	封建臣子	○	308
			謁武侯祠（次洪總制韻二首之二）	七律	竊方管樂微言外，別領伊周古義傍。妥靈祝帛神如在，祠廟陰風柏葉香	品德功勛的評贊	千古神明	○	309
182	朱瓊炟	（？～？）	九日登臥龍岡	七律	智略未應儔管樂，英雄畢竟服關張。臨風不用論成敗，二表忠肝萬古香	品德功勛的評贊	一代英雄	○	310
183	朱芝址	（？～1485）	遊臥龍岡	七律	三顧當時成底事，千年遺迹使人愁。先生滿抱匡時策，其奈英雄不自由	遺蹟憑弔的感懷	一代英雄	○	311
184	朱芝垝	（1458～1511）	謁武侯祠	七律	魏吳未滅星先隕，天地昭臨節尙存。二表已深爲國計，一心誠切報君恩	品德功勛的評贊	封建臣子	○	312
185	朱芝垠	（？～？）	春日遊臥龍岡有感	七律	三分割據才非短，一木難支廈已毀	遺蹟憑弔的感懷	一代英雄	○	313
186	朱彌鍗	（？～？）	拜武侯祠（有序）	七律	光岳有靈頻我夢，山河無語肅神宮	遺蹟憑弔的感懷	千古神明	○	314
187	趙　坤	（？～？）	謁諸葛武侯草廬（二首之一）	七律	壯年大隱樂耕鋤，一臥南陽遂有廬。魚水偶爲蜀國相，經綸長載漢時書	君臣遇合的議論	封建臣子	○	315
			謁諸葛武侯草廬（二首之二）	七律	草廬豈特來三顧，藻鑒還推第一流。莫怨當年興廢事，彼蒼應已厭扶劉	君臣遇合的議論	封建臣子	○	316
			臥龍岡懷古	五古	天若噓炎燼，功成亦手唾。正誼與明道，乾坤永鑒賀	品德功勛的評贊	一代英雄	○	317
188	何宗賢	（？～？）	謁武侯祠（次洪總制韻）	七律	將星千古日爭光，廟食年來紀太常。文能泣鬼忠猶在，業欲圖王義未忘	品德功勛的評贊	千古神明	○	318
189	王鴻儒	（？～1519）	拜諸葛武侯祠	七律	師出當年威可想，名傳絕徼古誰同？風俗變華知有事，遺容終古配猶龍	品德功勛的評贊	千古神明	○	319
190	任　漢	（？～？）	謁隆中武侯祠（次洪總制韻）	七律	三代君臣歸蜀漢，一方廟祀仰豐神	品德功勛的評贊	千古神明	○	320
191	周　鼎	（？～？）	武侯《出師表》	五絕	王業偏安日，文章爾獨醇。諄諄似伊訓，初志亦耕莘	品德功勛的評贊	一代英雄	○	321

192	毛　澄	（1460～1523）	拜諸葛武侯祠	七律	漢家天下誰當有？王佐規模自不同。要知成敗難先睹，莫把三分笑伏龍	品德功勛的評贊	一代英雄	○	322
193	李充嗣	（1462～1498）	拜諸葛武侯祠	七律	炎燼重噓氣概雄，池中雲雨化蛇龍。一行上表千行涕，三代遺才異代逢	品德功勛的評贊	千古神明	○	323
194	王雲鳳	（1465～1517）	謁孔明祠	七古	青天白日神長在，宋碣唐碑字欲磨。寂寞荒臺儼遺像，行人臨去復蹉跎	品德功勛的評贊	千古神明	○	324
195	秦　金	（1467～1544）	拜諸葛武侯祠	七律	天下奇才出統軍，陣圖龍虎際風雲。轅門昨夜瞻星隕，回首西山日已曛	品德功勛的評贊	一代英雄	○	325
196	李　重	（1469～1548）	登臥龍樓	七律	臥龍岡上野雲橫，宇宙千秋煥大名。出師久擬殲吳魏，走敵眞堪笑死生	品德功勛的評贊	一代英雄	○	326
197	唐　寅	（1470～1523）	題自畫三顧草廬	七絕	草廬三顧屈英雄，慷慨南陽起臥龍。鼎足未安星又隕，陣圖留與浪濤春	君臣遇合的議論	封建臣子	—	327
198	王　旭	（？～？）	題諸葛武侯帖	五古	堂堂臥龍公，人物冠千古。誰云儕管樂，自可配伊呂	品德功勛的評贊	一代英雄	○	328
199	惠　隆	（？～？）	謁武侯祠	五古	沔陽遺像在，羽扇復綸巾。曠代誰其匹？奇才見此人	品德功勛的評贊	一代英雄	○	329
200	王守仁	（1472～1528）	龍岡漫興（二首錄一）	七律	臥龍一去忘消息，千古龍岡漫有名。草屋何人方管樂？桑間無耳聽咸英	遺蹟憑弔的感懷	一代英雄	○	330
			謁武侯祠	七律	殊方通道是誰功？漢相威靈望眼中。千載孤貞獨凜烈，口碑時聽蜀山翁	品德功勛的評贊	千古神明	○	331
			武侯祠	七律	頻來不用勞僧榻，已借汀鷗一席沙	遺蹟憑弔的感懷	其　他	—	332
201	李夢陽	（1472～1527）	三忠祠	五古	憶昔漢諸葛，龍起答三顧。志決竟星隕，嘔血爲軍務	品德功勛的評贊	封建臣子	○	333
202	唐　錦	（？～？）	楚雄拜武侯祠	七律	堂堂兩表扶忠義，日月光高泰華低	品德功勛的評贊	封建臣子	○	334

203	陳洪謨	（1476～1569）	望臥龍岡	七律	湯文若遇心期內，管樂何人自比同？兩表精誠眞不昧，可憐天運忌成功	品德功勛的評贊	一代英雄	○	335
204	陳鳳梧	（？～？）	謁武侯祠	七律	三分漢業已模糊，誰識南陽有丈夫？魚水一時眞慶會，經綸千載尚雄圖	君臣遇合的議論	千古神明	○	336
205	張文明	（？～？）	隆中謁忠武侯祠用杜韻	七律	三顧雄圖餘指畫，千秋空谷幾蛩音。一自永安龍氣遠，拊膺天地合沾襟	遺蹟憑弔的感懷	封建臣子	○	337
206	陸　深	（1477～1544）	謁諸葛廟	七律	自信英雄終有氣，風雲常護舊山川	遺蹟憑弔的感懷	千古神明	○	338
			臥龍謠	樂府	定軍山中龍骨藏，龍光夜夜拂咸陽	品德功勛的評贊	千古神明	○	339
			謁武侯祠	七律	時隨運去終應爾，事與心違獨奈何	遺蹟憑弔的感懷	封建臣子	○	340
207	王尙絅	（？～？）	題武侯祠	七律	功成詎止三分策，師出誰知二表情？筆底天威操復縱，帳前生氣死猶驚	品德功勛的評贊	千古神明	○	341
208	彭　澤	（？～？）	拜諸葛武侯祠	七律	丞相祠堂盛楚西，千年香火重雕題。威到七擒無僰緬，圖開八陣走鯨鯢	品德功勛的評贊	千古神明	○	342
209	吳　潛	（？～？）	武侯陣圖	五古	蜀漢非閏位，我侯亦伊周。況此陣圖在，分明幾千秋	品德功勛的評贊	一代英雄	○	343
			龍岡矗秀	五古	若人身南陽，擇主至此岡。蜿蜒見神異，棲息非遁藏	遺蹟憑弔的感懷	封建臣子	○	344
210	陳　珂	（？～？）	臥龍祠	七律	扶持漢室傾心力，成敗由天豈自由。霸業一匡眞不易，遺才三代向誰求	遺蹟憑弔的感懷	一代英雄	○	345
211	胡希顏	（？～？）	題諸葛祠	七律	忠節已昭蜀社稷，才名猶紀漢文章	品德功勛的評贊	封建臣子	○	346
212	王崇文	（？～？）	白帝城	七律	屈指古今黃土迹，只留圖陣著奇才	遺蹟憑弔的感懷	一代英雄	○	347
			八陣圖	七律	遺編曾仰臥龍賢，八陣江頭尙宛然。秭歸勢挫悲炎帝，秦嶺謀奇失魏延	遺蹟憑弔的感懷	一代英雄	⊕	348
213	馮　志	（？～？）	諸葛武侯草廬	五律	臥龍人去遠，此地尙名岡。老臣猶有像，炎漢已無光	遺蹟憑弔的感懷	千古神明	○	349

214	李　堅	（？～？）	題孔明《出師表》圖	七古	留傳人世勸忠藎，呵護時有神威靈。英雄無命古如此，大節堂堂映青史	品德功勛的評贊	千古神明	○	350
215	蕭鳴鳳	（1480～1534）	謁諸葛武侯祠	七律	山連嵩岳來天地，名與人龍并古今。誰將清世調元手？會取三分創業心	品德功勛的評贊	一代英雄	○	351
216	孫承恩	（1481～1561）	諸葛武侯	五古	堂堂諸葛公，道本伊呂匹。公神在天壤，萬古終不沒	品德功勛的評贊	千古神明	○	352
217	何景明	（1483～1521）	登五丈原謁武侯廟	五律	星落營空在，雲橫陣已沈。千秋一瞻眺，梁甫爲誰吟	遺蹟憑弔的感懷	千古神明	－	353
			兵書峽	五絕	空岩一卷書，綠苔字應滅。志決功不成，千秋有餘烈	品德功勛的評贊	千古神明	○	354
218	楊　慎	（1488～1559）	過相公嶺	五律	九折刺史坂，七擒孟獲橋。我行再經此，感慨一長謠	遺蹟憑弔的感懷	封建臣子	－	355
			春興（八首錄一）	七律	諸葛提兵大渡津，河流禹鑿迥如新。彩雲城郭那無迹，黑水波濤亦有神	品德功勛的評贊	千古神明	○	356
219	楊　爵	（1493～1549）	謁孔明廟	七絕	連結茅廬野水濱，幾翻風雨秀荊榛。敝門晝掩高千古，愧我青巾多路塵	遺蹟憑弔的感懷	封建臣子	○	357
220	王世貞	（1526～1590）	泰山梁甫吟	五古	闕里困書裳，千秋麗河漢。亦有抱膝人，居然恬貧賤	品德功勛的評贊	封建臣子	－	358
221	黃　卿	（？～？）	三顧圖	五古	驅馳許致身，魚水歡莫逆。成敗論豪傑，鉛鐵愈圭璧	君臣遇合的議論	封建臣子	○	359
222	丁致祥	（？～？）	武侯祠	五律	歷代經綸手，千秋將相身。忠垂前後表，聲動魏吳人	品德功勛的評贊	一代英雄	○	360
223	路　迎	（？～？）	謁武侯祠	七律	也知炎祚難恢復，無奈丹心尚可爲。天運去來原不定，英雄成敗本無期	遺蹟憑弔的感懷	封建臣子	○	361
224	劉淵甫	（？～？）	三顧圖	五古	披圖想枉顧，先主三曲躬。不然孔明輩，輕舍草廬中	君臣遇合的議論	封建臣子	○	362

225	汪玄錫	（？～？）	拜諸葛武侯祠	七律	圖開八陣無遺算，業正三分未竟功。地下主臣如覿面，雄飛還共鼎湖龍	遺蹟憑弔的感懷	封建臣子	○	363
226	楊應奎	（？～？）	秋日遊臥龍岡	七律	臥龍出處等非熊，軍務勞神自鞠躬。羽扇綸巾談笑裡，謀王圖霸指揮中	品德功勛的評贊	一代英雄	○	364
227	牛　鳳	（？～？）	過拜武侯祠	七律	熟讀雄文識指歸，忠臣肝膽照晴暉。天下奇才能見幾？論功擬德伊周侶	品德功勛的評贊	一代英雄	○	365
228	簡　霄	（？～？）	謁武侯祠	七律	龍岡終古勛名在，魚水當年意氣投。大運終移難獨復，雲霄杳杳望伊周	品德功勛的評贊	一代英雄	○	366
229	唐　皋	（？～？）	拜諸葛武侯祠	七律	誰復扶將漢業西？曹瞞墓石不堪題。草廬永固龍方臥，銅雀才荒馬尙嘶	品德功勛的評贊	封建臣子	○	367
230	劉　漳	（？～？）	謁諸葛祠重有所感	七律	英雄兩漢誰高下？籌策三分定有無。天意不然人可奈，至今遺恨噎眞儒	遺蹟憑弔的感懷	一代英雄	○	368
231	葉桂章	（？～？）	拜武侯草廬	七律	秦關數出星先墮，漢業三分志未酬。獨取英雄走司馬，卻憐成敗系炎劉	遺蹟憑弔的感懷	封建臣子	○	369
232	童承敘	（？～？）	登博望山亭次韻	七律	臥龍寂寞丘原在，惟有春農帶雨耕	遺蹟憑弔的感懷	封建臣子	－	370
233	朱彌鉗	（？～？）	武侯祠	七律	三顧草廬知節操，兩封師表見精忠。當時若遇初升日，應使張韓立下風	品德功勛的評贊	封建臣子	○	371
234	熊一漢	（？～？）	武侯祠	七律	英賢事業皆名世，何處安攘示羽華	品德功勛的評贊	一代英雄	○	372
235	樊　鵬	（？～？）	五丈原	五律	英雄久已矣，霸迹至今存。爲惜三分國，愁看五丈原	遺蹟憑弔的感懷	一代英雄	○	373
236	陶欽夔	（？～？）	登樓	七律	蜀漢望迷王氣歇，草廬名在將星沈	遺蹟憑弔的感懷	封建臣子	－	374
237	尹　台	（？～？）	隆中	五古	惟昔賢傑人，匡濟偃窮居。時哉不我與，逍遙樂只且	遺蹟憑弔的感懷	一代英雄	○	375
238	劉太直	（？～？）	武侯祠	七律	伊呂謨猷將相業，誠心公道更吾師	品德功勛的評贊	一代英雄	○	376

239	趙貞吉	（1508～1576）	沔縣武侯祠	七古	時平不動蛟龍氣，野曠空令鳥鵲馴。白馬綸巾墜清漢，星光夜入銀河爛	遺蹟憑弔的感懷	千古神明	○	377
240	陳以勤	（1511～1586）	拜武侯墓	七律	丞相忠魂何處求？定軍山北鎖松楸。翠華消歇無人顧，勛業淒涼盡此丘	遺蹟憑弔的感懷	千古神明	—	378
241	徐學模	（？～？）	北上書所見（四首錄一）	七絕	青山相掩隔隆中，萬古雲霄起臥龍。今日中原無一事，短衣空躍五花驄	遺蹟憑弔的感懷	封建臣子	—	379
242	張佳胤	（1527～1588）	宿夔門懷孔明子美	七律	踏迹難忘諸葛陣，野田曾爲杜陵耕。事業文章看二子，風流無限古今情	遺蹟憑弔的感懷	封建臣子	○	380
243	沈應乾	（？～？）	南陽弔諸葛武侯二十韻	五古	精誠還日月，浩氣亦江河。天造有成算，人謀竟泯磨	遺蹟憑弔的感懷	千古神明	○	381
244	劉存義	（？～？）	襄陽道望隆中	五律	三分非失計，二表見孤忠	品德功勛的評贊	封建臣子	○	382
245	萬　浩	（？～？）	冊封禮完同渭川張總戎謁武侯祠	七律	三分漢業終難濟，十倍丕才半未成。天定自知人莫勝，堂堂大義仗人明	品德功勛的評贊	封建臣子	○	383
246	顏　鯨	（？～？）	謁南陽草廬	七律	若評出處君臣意，遠邁蕭曹管樂前	君臣遇合的議論	一代英雄	○	384
247	盧仲佃	（？～？）	桂林諸葛亭	七律	當年魚水君臣重，此日蘋蘩天地悠。把酒風中宗像肅，放歌月下客心愁	君臣遇合的議論	封建臣子	○	385
248	范惟一	（？～？）	題臥龍岡武侯祠	七律	耕擬有莘符曠代，聘同殷後侈當年。君臣會合行藏繫，社稷安危生死懸	君臣遇合的議論	封建臣子	○	386
249	穆文熙	（？～？）	和部參知龍岡遇雨（二首之一）	七律	兩川小據岷峨險，八陣遙呑江漢渠。二表中原遺恨在，何能千載不躊躇	遺蹟憑弔的感懷	封建臣子	—	387
			和部參知龍岡遇雨（二首之二）	七律	梁父當年賦已成，卻憑白羽赴霓旌。立談霸業三分定，一笑樓船萬炬明	遺蹟憑弔的感懷	一代英雄	—	388
250	陳文燭	（？～？）	武侯祠	七律	出處龍岡誰得似？君臣魚水古來無。伊呂蕭曹君莫定，漢家遺統賴君扶	君臣遇合的議論	一代英雄	○	389

251	管大勛	（？～？）	石鼓書院懷諸葛武侯	五古	絕代有臥龍，長嘯南陽曲。傷哉伊呂儔，王業竟鼎足	品德功勛的評贊	一代英雄	○	390
252	馬繼龍	（？～？）	滄江懷古	七律	象馬何年歸貢賦，土人猶說武侯功	品德功勛的評贊	一代英雄	○	391
253	黃　中	（？～？）	打牛坪	七絕	春曉驅牛獨抱犂，綠蓑烟雨鵓鳩啼。分明一片隆中地，移向天南作稼畦	品德功勛的評贊	封建臣子	○	392
254	王體復	（？～？）	謁武侯祠	七律	臥龍一去已千載，此地隆然尚有岡。廟食不隨炎祚冷，隴耕猶認草廬芳	遺蹟憑弔的感懷	千古神明	○	393
255	鄭國仕	（？～？）	題祁山武侯祠	七律	斜日沈沈古廟幽，武侯烟祀幾千秋。老天何事不延漢？五丈原頭星夜流	遺蹟憑弔的感懷	千古神明	○	394
256	郭子章	（1542～1618）	銅鼓山	七律	岩谷深藏銅鼓在，天河一洗甲兵空。峰蟠羽翼三分烈，棠芾風霜百代雄	品德功勛的評贊	千古神明	○	395
			武侯祠	七律	銅鼓風雲藏陣略，祠壇草木識天威。鼎足未酬伊呂志，千秋有恨鵑南飛	品德功勛的評贊	一代英雄	○	396
257	陳于陛	（1545～1597）	謁武侯祠	七律	白日高懸宇宙名，青山祠廟倚孤城。臥龍抱膝吟何事？漢水潺潺恨未平	品德功勛的評贊	千古神明	○	397
258	袁宏道	（1568～1610）	隆中偶述	七古	五丈原頭石輾塵，烟霜蔽卻白綸巾。始知伊呂蕭曹輩，不及餐雲臥石人	品德功勛的評贊	一代英雄	○	398
			隆中	五律	頑石虛龍臥，春花上觡丘。誰將日高睡，易彼鼎分愁	遺蹟憑弔的感懷	封建臣子	－	399
259	袁中道	（1570～1623）	隆中分得從字同於野於林中郎兄賦（二首之一）	五律	雲中來饁婦，花裡見耕農。何客偏饒舌，呼人作臥龍	遺蹟憑弔的感懷	封建臣子	－	400
			隆中分得從字同於野於林中郎兄賦（二首之二）	五律	火井催人出，魚梁罷客來。惟余抱膝處，冷石繡蒼苔	遺蹟憑弔的感懷	封建臣子	－	401
260	曹學佺	（1574～1646）	武侯八陣圖一在夔府一在新都彌牟鎮	七律	人日尚傳來踏磧，將星遙映在行宮。自愧書生行部日，得知丞相苦心無	品德功勛的評贊	千古神明	○	402

261	范　涞	（？～？）	晚過白帝城	七古	鼎足三分漢祚新，風雲會合瞻丰采。天生臥龍伊傅儔，草廬應運歡相投	品德功勛的評贊	一代英雄	○	403
262	任甲第	（？～？）	朝天嶺因懷孔明從此出師感賦	七律	朝天嶺上翠霞稠，多少關山自壠頭。卻憶漢師虛六出，至今烟雨使人愁	遺蹟憑弔的感懷	封建臣子	–	404
263	周夢暘	（？～？）	南陽諸葛武侯祠（二首之一）	七律	二表至今餘氣色，三分終古見行藏。共君不盡英雄恨，醉向東風問彼蒼	遺蹟憑弔的感懷	封建臣子	○	405
			南陽諸葛武侯祠（二首之二）	七律	將星忽自營中隕，王業空歸表後間。弔古漫尋祠下路，依稀猶似定軍山	遺蹟憑弔的感懷	千古神明	–	406
264	鄧啓愚	（？～？）	謁諸葛祠	七律	屯雲似擁人臥龍，去鳥猶驚帝子來。南荒此日偏多事，誰是天威七縱才	遺蹟憑弔的感懷	千古神明	○	407
			望臥龍岡	七律	霸業已隨龍去盡，草廬無主野烟多	遺蹟憑弔的感懷	封建臣子	–	408
			謁武侯祠	五律	星隕轅門暗，軿飛渭水寒。我來歌楚些，猶作臥龍看	遺蹟憑弔的感懷	千古神明	–	409
265	薛繼茂	（？～？）	謁武侯祠（二首之一）	七律	開濟三分成鼎業，精忠二表出祁師。羽扇綸巾原不俗，相看還似草廬時	品德功勛的評贊	一代英雄	○	410
			謁武侯祠（二首之二）	七律	龍岡人物遺三代，魚水君臣自一時。	品德功勛的評贊	一代英雄	○	411
266	黃　輝	（？～？）	襄陽隆中四十四韻	五古	王略無偏正，天威有縱擒。雄圖文武集，密計鬼神臨	品德功勛的評贊	千古神明	○	412
			武侯祠（二首之一）	七律	千秋信史猶生氣，數尺寒碑自暝烟。棧閣驚殘流馬路，干戈愁絕臥龍年	遺蹟憑弔的感懷	千古神明	–	413
			武侯祠（二首之二）	七律	祁山細雨蔓菁地，沔水微風羽扇天。巾幗生看曹馬盡，陣圖密付鬼神傳	遺蹟憑弔的感懷	千古神明	○	414
			臥龍草廬	七律	偶爾遭逢成報主，不然踪迹竟逃虛。君看沃野桑田意，猶是長吟抱膝初	遺蹟憑弔的感懷	封建臣子	○	415
			臥龍岡感懷	七律	水村故識眞人里，山宇誰留帝子車。玉壘霜寒王氣盡，龍岡楓老翠華虛	遺蹟憑弔的感懷	封建臣子	–	416

267	李仙品	（？～？）	武侯祠	七律	海內鼎分孤鵠遁，隆中雲臥一龍吟。鞠躬死後猶餘恨，翠柏黃鸝自古今	遺蹟憑弔的感懷	封建臣子	—	417
268	徐應驊	（？～？）	題諸葛武侯祠	七律	伊周事業成三顧，巴蜀偏安跨九州。忠貫丹心昭日月，義扶漢冑爲炎劉	品德功勛的評贊	一代英雄	○	418
269	毛　堪	（？～？）	蘭津謁武侯祠	七律	丞相南巡曾幾月，天威遠播自千年。鐵索蘭津通鳥道，旗臺小海靖蠻烟	品德功勛的評贊	千古神明	○	419
270	葉秉敬	（？～？）	臥龍岡	七律	出廬整頓千秋事，彈指髡鉗兩國奴。故自斷鰲四撐極，何殊赤帝撫雄圖	遺蹟憑弔的感懷	封建臣子	○	420
271	鄭以偉	（？～1633）	讀《三國志》	五古	世無朱考亭，陳壽乃良史	其　他	封建臣子	—	421
272	吳之皡	（？～？）	謁武侯祠（四首之一）	五律	魚水隆中意，風雲渭北愁	君臣遇合的議論	封建臣子	—	422
			謁武侯祠（四首之二）	五律	蜀民常永嘆，丞相不來還	品德功勛的評贊	封建臣子	○	423
			謁武侯祠（四首之三）	五律	談兵無敵手，立政有奇思	品德功勛的評贊	一代英雄	○	424
			謁武侯祠（四首之四）	五律	戰伐事已往，英雄氣尚生	遺蹟憑弔的感懷	千古神明	○	425
273	傅振商	（1573～1640）	謁武侯墓	五排	漢祚當垂盡，天開第一流。豈云比管樂，允自并伊周	品德功勛的評贊	一代英雄	○	426
			籌筆驛	五律	炎精欲消歇，龍起費調停。分鼎方籌筆，摧心竟隕星	遺蹟憑弔的感懷	封建臣子	○	427
			祁山武侯壘	七古	天不祚漢將星殞，空悲伊呂藏籌策。王佐奇才生氣存，那個男兒不巾幗	品德功勛的評贊	一代英雄	○	428
274	杜應芳	（？～？）	白帝城懷古	五律	空城久寂寞，弔古幾踟躕。連營三義重，托幼一忠孤	遺蹟憑弔的感懷	封建臣子	○	429
275	曹　遇	（？～？）	諸葛營	七絕	孟獲生擒雍闓平，永平南下一屯營。僰人也解前朝事，立向斜陽說孔明	品德功勛的評贊	一代英雄	○	430
276	無名氏	（？～？）	五龍歌	樂府	君不見南陽臥龍臥隆中，魚水萬古君臣同	君臣遇合的議論	封建臣子	○	431
277	李宗本	（？～？）	臥龍岡	七律	臥龍岡謁武侯祠，殊絕人懷百代思	遺蹟憑弔的感懷	千古神明	○	432

278	黃景昉	（1596～1656）	南陽東七里爲臥龍岡諸葛忠武侯草廬在焉遺像巋然慨題二十韻	五古	恭謁清高像，襄南兩度看。膝可終朝抱，書惟大略觀	遺蹟憑弔的感懷	千古神明	○	433
279	魏學洢	（1596～1625）	讀史（三首錄一）	五古	南陽雖子房，誰爲酇與韓？將相兼簿書，心中多苦酸	品德功勛的評贊	一代英雄	○	434
280	申佳胤	（1602～1644）	臥龍	七絕	吳魏分爭漢室秋，長吟抱膝定奇謀。南陽假使龍終臥，西蜀誰延一線劉	品德功勛的評贊	一代英雄	○	435
281	萬元吉	（1603～1646）	謁草廬祠	五律	白水餘眞氣，高人此結廬。綸巾風骨在，瞻對幾停車	品德功勛的評贊	千古神明	○	436
282	石鳳台	（？～？）	五丈原懷古	七律	天教魏晉縱橫起，肯使炎劉局面翻？從來世事違心願，幾度秋風欲斷魂	遺蹟憑弔的感懷	封建臣子	－	437
283	張　瑤	（？～？）	謁武侯草廬南陽城八里	五律	寂寥千載後，誰問臥龍居？日暮吟梁甫，中心何所如	遺蹟憑弔的感懷	封建臣子	－	438
284	楊廷麟	（？～？）	諸葛武侯祠	五律	才爲王者佐，學與古人期。中原仍帝魏，遺恨史臣辭	品德功勛的評贊	一代英雄	○	439
285	郭鼎藩	（？～？）	武侯祠	七律	一自秋風迎五丈，遂令漢業定三分。報國曾云惟有死，至今血淚動千軍	遺蹟憑弔的感懷	封建臣子	－	440
286	樊克己	（？～？）	謁武侯祠墓	七律	漢江盤護定軍山，漢相英靈此借攢。千載祠林俱北向，分明遺憾蕩中原	遺蹟憑弔的感懷	千古神明	○	441
287	李　沛	（？～？）	詠史	五古	炎漢當末造，偉哉隆中人。寧靜以致遠，至言當書紳	品德功勛的評贊	一代英雄	○	442
288	劉　相	（？～？）	拜諸葛武侯草廬	七律	自言管樂堪前并，信視曹吳亦下風。三顧屈身勤帝胄，一心許國失奸雄	品德功勛的評贊	一代英雄	○	443
289	邱雲霄	（？～？）	龍臥	四古	鼎勢已成，既明且將。鞠躬盡瘁，賫志揚揚	品德功勛的評贊	封建臣子	○	444
290	蘆中人	（？～？）	隆中	五古	夢到小虹橋，我拜武侯起。星不隕營中，三分止如此？	遺蹟憑弔的感懷	千古神明	○	445

291	楊　暢	（？～？）	昭烈祠	七律	應憶呑吳丞相恨，不堪弔古少陵詩。翠華想像人何在？伏臘於今感歲時	遺蹟憑弔的感懷	千古神明	—	446
292	王知人	（？～？）	八陣圖	七律	報主不遺生活計，丹忠猶下死工夫。浩魄不磨英氣在，空林婉轉亂啼鳥	遺蹟憑弔的感懷	封建臣子	○	447
293	高文林	（？～？）	懷葛樓	七律	千載精忠說武侯，每於政暇一登樓。懷思未遂恢弘業，不盡長江晝夜流	遺蹟憑弔的感懷	封建臣子	○	448
294	汪汝弼	（？～？）	武侯祠	七律	兩表出師光日月，千年籌筆護風雲。須知天下奇才語，絕勝巴西著作文	品德功勛的評贊	封建臣子	○	449
295	劉希尹	（？～？）	先主武侯祠次楊瑞虹司馬韻	五律	群雄當問鼎，帝胄此承基。魚水千載義，雲龍五月師	君臣遇合的議論	封建臣子	○	450
296	王　阜	（？～？）	題劉先主三顧草廬圖	七古	南陽臥龍天下無，枉駕三顧風雲趨。出師二表八陣圖，耿耿孤忠照千古	君臣遇合的議論	封建臣子	○	451
297	邢　氏	（？～？）	讀《三國志・諸葛公傳》	七絕	抱膝長吟道自尊，一時魚水感深恩。當年若隱隆中臥，不到秋風五丈原	君臣遇合的議論	封建臣子	○	452
298	賈　泳	（？～？）	過南陽謁忠武侯祠	七律	大名宇宙垂芳久，忠武丹青照冊香。百年禮樂應誰待？三代人才信足當	品德功勛的評贊	一代英雄	○	453
299	高世彥	（？～？）	過五丈原	七律	群雄鼎峙三分國，諸葛屯兵五丈原。日落西南星早墜，英雄成敗向誰論	遺蹟憑弔的感懷	一代英雄	○	454
			臥龍岡	七絕	出師二表忠堪頌，鼎祚三分國可傷。流馬木牛俱逝水，居人指點臥龍岡	品德功勛的評贊	封建臣子	○	455
300	劉廷詔	（？～？）	謁武侯祠二十韻	五排	雅志當頹運，奇才屬妙齡。古柏圍三徑，崇岡護百靈	品德功勛的評贊	千古神明	○	456

※ 計有157人228首詩：詩體爲「四古」者有1首，「五古」者有27首，「七古」者有16首，「樂府」者有2首，「五絕」者有2首，「七絕」者有25首，「五律」者有32首，「七律」者有121首，「五排」者有2首；內涵旨趣爲「品德功勛的評贊」者有109首，「君臣遇合的議論」者有27首，「遺蹟憑弔的感懷」者有90首，「其他」者有2首；人物形象爲「一代英雄」者有77首，「封建臣子」者有83首，「千古神明」者有67首，「其他」者有1首；○評價者有194首，X評價者有1首，⊕評價者有1首，一評價者有32首。

清代時期									
編碼	作者	年代	題目	詩體	關鍵詩句	內涵旨趣	人物形象	評價	文碼
301	閻爾梅	清（1603～1679）	定軍山謁諸葛丞相墓	七律	賊指操丕眞有見，功兼伊霍迥無儔。試看兵火千餘載，誰敢樵蘇傍壠頭	品德功勛的評贊	一代英雄	○	457
			題昭烈廟	七律	諸葛死忠堪死孝，當時悔不斬譙周	遺蹟憑弔的感懷	封建臣子	○	458
302	黨崇雅	（？～1666）	弔臥龍岡諸葛武侯	五排	師表已塵迹，陣圖列壁餘。抱膝心無兢，盈階草未除	遺蹟憑弔的感懷	封建臣子	－	459
303	劉承纓	（？～？）	先主三顧處	七絕	莫道王孫無大略，只茲頻顧眼如箕。相逢便了英雄案，白帝城宮悔更遲	君臣遇合的議論	封建臣子	－	460
304	江天淯	（？～？）	題臥龍岡	五律	吟深智勇寂，臥隱淡寧居。使非臣主契，終向隴頭鋤	君臣遇合的議論	封建臣子	－	461
305	戴明銳	（？～？）	臥龍岡	七古	不昝星殞昝荊州，英雄豈可成敗測？于嗟乎！王佐已矣王道息	品德功勛的評贊	一代英雄	○	462
306	吳　殳	（1611～1695）	蜀漢	七律	三交城下波聲急，五丈原頭日色微	遺蹟憑弔的感懷	封建臣子	－	463
307	顧炎武	（1613～1681）	諸葛丞相渡瀘	五排	七擒依算略，一戰定蠻苗。信洽炎荒永，恩宣益都遙	品德功勛的評贊	一代英雄	○	464
308	王光承	（？～？）	懷古（二首錄一）	七律	羽扇千年留八陣，巴江終日走三吳。可堪仙掌悲零雨，銅雀於今定有無	遺蹟憑弔的感懷	封建臣子	－	465
309	李　柏	（？～？）	定軍山謁武侯	七律	奉天討賊春秋義，定鼎尊王孔孟心。羽扇揮天搖海月，陣雲滿地抱江岑	品德功勛的評贊	千古神明	○	466
			題武侯祠	七絕	星隕營中漢隕天，赤精灰冷斷殘烟。惟將尼父尊王義，力盡炎劉四百年	品德功勛的評贊	千古神明	○	467
			五丈原弔忠武侯	七律	君臣德比唐虞際，將相才兼伊呂奇。當日天心重祚漢，治功應比沛公時	品德功勛的評贊	一代英雄	○	468

310	于成龍	（1617～1684）	赤壁懷古	五律	至今傳二賦，不復說三分。名士惟諸葛，英雄獨使君	品德功勛的評贊	一代英雄	○	469
311	尤　侗	（1618～1704）	代古詠諸葛孔明述懷	五古	撥身羈旅中，勛業照奕世	品德功勛的評贊	一代英雄	○	470
312	董　說	（1620～1686）	諸葛菜	七古	王壘愁雲鵑血紫，花落幾回桐鳳死。蕪菁一握雁門秋，葛山打鼓祠武侯	遺蹟憑弔的感懷	千古神明	－	471
313	魏際瑞	（1620～1677）	諸葛公墓	七律	定軍山下柏蒙茸，曠古精誠在此中。孫曹未滅成何世？天地無知喪此公	遺蹟憑弔的感懷	千古神明	○	472
			五丈原	七律	司馬但能拼急走，臥龍到此竟長眠。至今原上秋風色，二月長如八月天	遺蹟憑弔的感懷	封建臣子	○	473
			沔縣謁武侯祠	七律	鞠躬有像眞王佐，寧靜如神實帝師	品德功勛的評贊	千古神明	○	474
314	李因篤	（1631～？）	早秋謁忠武公廟承茹明府陪遊懷古詩（八首之一）	七律	憑弔遺祠托乘游，臥龍龍臥已千秋	遺蹟憑弔的感懷	千古神明	－	475
			早秋謁忠武公廟承茹明府陪遊懷古詩（八首之二）	七律	羽扇潛揮南向淚，雲山長守北征魂	遺蹟憑弔的感懷	千古神明	－	476
			早秋謁忠武公廟承茹明府陪遊懷古詩（八首之三）	七律	天限西南那老蜀，地懸江海正愁吳	遺蹟憑弔的感懷	封建臣子	－	477
			早秋謁忠武公廟承茹明府陪遊懷古詩（八首之四）	七律	三垣列宿哀長夜，萬古難尋此一星	遺蹟憑弔的感懷	千古神明	○	478
			早秋謁忠武公廟承茹明府陪遊懷古詩（八首之五）	七律	遺廟丹青長好在，故山樵木不相侵	遺蹟憑弔的感懷	千古神明	○	479
			早秋謁忠武公廟承茹明府陪遊懷古詩（八首之六）	七律	壁壓旗門剷賊壕，經年丞相獨憂勞	遺蹟憑弔的感懷	封建臣子	○	480
			早秋謁忠武公廟承茹明府陪遊懷古詩（八首之七）	七律	王業悠悠出處津，鞠躬荼瘁一傷神	遺蹟憑弔的感懷	封建臣子	○	481
			早秋謁忠武公廟承茹明府陪遊懷古詩（八首之八）	七律	草木猶垂雲鳥迹，衣裳不改卦圖風	遺蹟憑弔的感懷	千古神明	○	482

315	茹儀鳳	（？～？）	謁武丈原武侯祠（三首之一）	七律	宗臣遺恨知何處，古柏哀吟渭水濤	遺蹟憑弔的感懷	封建臣子	○	483
			謁武丈原武侯祠（三首之二）	七律	曾揮羽扇坐臨戎，六出丹心對碧空	遺蹟憑弔的感懷	封建臣子	○	484
			謁武丈原武侯祠（三首之三）	七律	壘在猶呑秦塞月，師還不動蜀關塵	遺蹟憑弔的感懷	千古神明	○	485
316	陳恭尹	（1631～1700）	蜀中	七律	諸葛威靈存八陣，漢朝終始在三巴	遺蹟憑弔的感懷	千古神明	○	486
317	王士禎	（1634～1711）	定軍山諸葛公墓下作	五古	堂堂諸葛公，魚水托心膂。二表匹謨訓，一德追伊呂	品德功勛的評贊	一代英雄	○	487
			詠史小樂府（二十四首錄一）	五絕	龍鳳全歸漢，三分指掌中。惜哉雒城戰，失此半英雄	其　他	一代英雄	○	488
			詠史小樂府（二十四首錄二）	五絕	大義辨國賊，吾欽趙順平。寧須法孝直，方可制東征	其　他	封建臣子	－	489
			詠史小樂府（二十四首錄三）	五絕	吳漢分龍虎，終憐石子岡。何如綿竹戰，父子死堂堂	品德功勛的評贊	封建臣子	○	490
			臥龍岡	五絕	五丈原頭望，秋風落大星。空留高臥處，古柏日冥冥	遺蹟憑弔的感懷	封建臣子	－	491
			籌筆驛	七絕	當年神筆走群靈，千載風雲護驛亭。今日重過弔陳迹，只餘愁外舊山青	遺蹟憑弔的感懷	千古神明	○	492
			晚登夔府東城樓望八陣圖	七律	城上風雲猶護蜀，江間波浪失呑吳	遺蹟憑弔的感懷	千古神明	○	493
			彌牟道中望八陣圖遺址	五律	臥龍虛故迹，駐馬惜降王	遺蹟憑弔的感懷	封建臣子	－	494
			沔縣謁諸葛忠武侯祠	七律	遺民衢路還私祭，不獨英雄血淚斑	遺蹟憑弔的感懷	千古神明	○	495
			武侯琴室	五律	至今籌筆地，猶見出師心。千秋弦指外，仿佛遇高深	遺蹟憑弔的感懷	封建臣子	○	496
			白帝城謁昭烈武侯廟	七律	當日君臣眞灑落，至今祠廟有輝光	君臣遇合的議論	千古神明	○	497
			隆中	五律	地傳龍臥久，山接鹿門深。遺憾留關隴，高風激漢陰	遺蹟憑弔的感懷	封建臣子	○	498

			南陽	七律	炎精十世飛雄雉，鼎足三分起臥龍。惆悵銅駝經幾度，西風博望一聲鐘	遺蹟憑弔的感懷	一代英雄	—	499
318	唐孫華	（1634～1723）	諸葛武侯祠	五排	管蕭才豈匹，伊呂望應同	品德功勛的評贊	一代英雄	○	500
319	田　雯	（？～？）	謁武鄉侯廟	七古	僰卒一隊擁前後，乞憐丞相相許之。功成配享英風在，手招群鬼搖靈旗	品德功勛的評贊	千古神明	○	501
			南陽武侯草廬	五排	管樂才堪并，孫曹恨不禁	品德功勛的評贊	一代英雄	○	502
320	李天馥	（1637～1699）	樓桑村懷古	七律	國士風流曾據蜀，宗臣魚水失吞吳	君臣遇合的議論	封建臣子	○	503
321	王又旦	（1639～1689）	銅鼓詩與孫立山垣長	五古	征蠻憶漢年，深入天南陲。從容御巾扇，談笑輕凶危	品德功勛的評贊	一代英雄	○	504
			臥龍岡	五律	丞相幽棲處，岡巒晚曉明。他時懷古意，今日謁先生	遺蹟憑弔的感懷	封建臣子	—	505
			武侯拜風臺	五律	北渚鳴霜角，南天急羽書。東風今正便，一鼓破衡廬	遺蹟憑弔的感懷	一代英雄	—	506
322	樊王僑	（？～？）	謁武侯祠（三首之一）	七律	千秋王業想英風，此日登臨一拜公。乾坤鼎足胸先立，魚水君臣志竟同	君臣遇合的議論	千古神明	○	507
			謁武侯祠（三首之二）	七律	三顧從容何信篤，天令徐庶表英華	君臣遇合的議論	封建臣子	○	508
			謁武侯祠（三首之三）	七律	匡濟興王第一流，天分世運限伊周。百代英雄師出處，兩封遺表照春秋	品德功勛的評贊	一代英雄	○	509
323	胡延年	（？～？）	過武侯躬耕處	七律	擇地有心如擇主，謀人無計勝謀天	遺蹟憑弔的感懷	封建臣子	○	510
324	劉起劍	（？～？）	臥龍岡草廬	七律	人隨漢室三分去，心在天中一氣氳。伊呂勛名赫若昨，蕭曹事業淡如雲	品德功勛的評贊	一代英雄	○	511
325	官如皋	（？～？）	隆中詞	五古	豈但管樂儔，逼眞伊望侶。一心竭忠瘁，兩表勤師旅	品德功勛的評贊	一代英雄	○	512
326	白足長	（？～？）	謁龍岡草廬	七古	不拜自比管樂能，不拜八陣圖奇怪。爲拜先生出處醇，漢祚已移心不懈	品德功勛的評贊	封建臣子	○	513

327	何之竝	（？～？）	臥龍岡	五律	五丁扶漢鼎，七縱伏雄酋。子瞻猶知己，可恨薛能謳	品德功勛的評贊	一代英雄	○	514
328	王支藼	（？～？）	三謁臥龍岡	七律	瞰日長懸君膽赤，野花應笑我頭皤	遺蹟憑弔的感懷	封建臣子	○	515
329	李及秀	（？～？）	謁武侯祠	七絕	討賊書傳萬古香，當時誰識漢綱常？沈埋國史經千祀，賴有知心紫陽	品德功勛的評贊	封建臣子	○	516
330	杜　溇	（？～？）	賦得「山光深小夢」	七古	今古詞人屬浣花，錦官祠宇動長嗟。低徊摹寫詩中苦，千載令人哭忠武	遺蹟憑弔的感懷	千古神明	○	517
331	張弘祚	（？～？）	謁武侯祠	七古	抱膝長吟比管樂，胸羅星斗善行藏。萬目并隨大綱舉，綸巾羽扇壓群雄	品德功勛的評贊	一代英雄	○	518
332	陸求可	（？～？）	武侯祠	七古	誰料垂成星遽隕，孤忠長繫古今愁	品德功勛的評贊	封建臣子	○	519
333	田種玉	（？～？）	武侯墓	七律	乾坤事業三分鼎，今古文章二表詞。滿目淒淒何所見？後人惟頌杜陵詩	遺蹟憑弔的感懷	一代英雄	○	520
334	戴上遴	（？～？）	謁武侯祠	七律	隆中莘野皆三顧，渭水磻溪第一師	君臣遇合的議論	封建臣子	○	521
335	鄭日奎	（？～？）	八陣圖	五律	漢沔陣圖在，英雄將略存。賞奇眞不易，今古一桓溫	遺蹟憑弔的感懷	一代英雄	○	522
			五丈原（二首之一）	五律	三代後人物，惟君第一流，雄才卑管樂，大節比伊周	品德功勛的評贊	一代英雄	○	523
			五丈原（二首之二）	五律	五丈原頭路，傷心落大星。忽驚風雨合，蕭颯見英靈	遺蹟憑弔的感懷	千古神明	○	524
336	潘之彪	（？～？）	謁武侯祠	五律	草廬籌計熟，羽扇指麾奇。試看遺像處，生氣颯鬚眉	品德功勛的評贊	千古神明	○	525
337	簡　上	（？～？）	八陣圖	五律	雷霆司石壘，神鬼護烟灘。抱恨無須辨，遺孤在永安	遺蹟憑弔的感懷	千古神明	○	526
338	李　瑨	（？～？）	過沔縣謁武侯廟	七律	宗臣遺像千秋在，入廟愀然睹瘁躬。呂伊伯仲眞何忝，管樂才名漫許同	品德功勛的評贊	千古神明	○	527

339	李本澤	（？～？）	謁武侯祠（三首之一）	七律	半隴丘原存漢迹，十年燈火件殘碑。拜罷先生殊悵望，傷今弔古有餘思	遺蹟憑弔的感懷	千古神明	—	528
			謁武侯祠（三首之二）	七律	臥龍尙識躬耕地，瓦口難尋畫卦書。興亡自昔無良算，宛水蜀江兩恕如	遺蹟憑弔的感懷	千古神明	—	529
			謁武侯祠（三首之三）	七律	功名那得留香火，事業何人解讀書？多少子臣曾過此，黃昏風雨漫躊躇	遺蹟憑弔的感懷	千古神明	—	530
340	劉漢客	（？～？）	臥龍岡（四首之一）	五律	不知丞相重，猶作布衣觀	遺蹟憑弔的感懷	一代英雄	—	531
			臥龍岡（四首之二）	五律	城闕已丘荒，遺塵獨此岡	遺蹟憑弔的感懷	封建臣子	—	532
			臥龍岡（四首之三）	五律	三分終未定，一臥有南陽	遺蹟憑弔的感懷	千古神明	—	533
			臥龍岡（四首之四）	五律	感君殘局裡，辛苦表王猷	遺蹟憑弔的感懷	封建臣子	○	534
341	陳廷敬	（？～？）	題運翁先生《忠武志》後	七古	三回枉駕同魚水，萬古雲霄一羽毛。古來宗臣誰可比？三代以後焉足齒	品德功勛的評贊	封建臣子	○	535
342	汪懋麟	（1640～1688）	銅鼓歌爲樹百給事作	樂府	金鐵精靈帶兵氣，巧匠烹煎作軍鼓。渡瀘附會諸葛事，考之載紀無流傳	遺蹟憑弔的感懷	千古神明	—	536
343	沈受宏	（1644～？）	南陽吟	五古	諸葛布衣日，躬耕南陽田。縱無君王顧，畎畝亦陶然	品德功勛的評贊	封建臣子	○	537
344	王蒼璧	（？～？）	詠古	五古	孔明人中龍，君臣實心膂。三分定荊益，一德并伊呂	品德功勛的評贊	一代英雄	○	538
345	劉獻廷	（1648～1695）	詠史（三首錄一）	五絕	治國與治軍，臥龍豈兩事？陳壽亦何知，還問司馬懿	品德功勛的評贊	一代英雄	○	539
346	馮廷櫆	（1649～1700）	謁諸葛公祠	七律	坏垣欹徑野花幽，肅肅靈祠祀武侯。太息高麾遊渭上，誰教天末大星流	遺蹟憑弔的感懷	千古神明	○	540
347	張鵬翮	（1649～1725）	南陽武侯祠	七絕	宗臣俎豆有餘香，想像當年道德光。澹遠心傳洙泗訣，千秋生氣尙堂堂	品德功勛的評贊	千古神明	○	541

			祭風臺武侯祠	七律	千年古柏傳心事，兩表出師老歲華。誰謂伊周難比擬？煌煌正統即天家	品德功勛的評贊	一代英雄	○	542
348	查愼行	（1650～1727）	諸葛武侯祠	五律	割據人才出，眞從運數爭。苦心扶季漢，餘力到南征	品德功勛的評贊	封建臣子	○	543
			赤壁	五律	一戰三分定，英雄洵有神。古今才不偶，天地局長新	品德功勛的評贊	千古神明	○	544
			左翼山武侯祠	七絕	舊來忠節祠何處？丞相新堂獨改營。若是此中多序爵，故應無地置淵明	遺蹟憑弔的感懷	千古神明	－	545
349	張　潮	（1650～？）	武侯廟	七律	據鼎三分非本計，出師二表見初心。獨憐星隕荒祠廟，千古忠懷激素襟	遺蹟憑弔的感懷	千古神明	○	546
350	朱昆田	（1652～1699）	諸葛武侯銅鼓歌爲家中丞賦	樂府	丞相仍服儒者服，綸巾羽扇升輕輪。設奇制勝賴丞相，鞭扶六甲驅六丁。從來王佐有神授，此術出自陰符經。丞相制作極天巧，行軍甑釜摶新型	品德功勛的評贊	千古神明	○	547
351	馮　景	（1652～1715）	題諸葛武侯畫像	五絕	管蕭眞不忝，伊呂豈虛稱！誰料英雄主，終同劉景升	品德功勛的評贊	一代英雄	○	548
352	納蘭性德	（1654～1685）	詠史（八首錄一）	七絕	諸葛垂名各古今，三分鼎足勢浸淫。蜀龍吳虎眞無愧，誰解公休事魏心	品德功勛的評贊	一代英雄	○	549
			詠史（八首錄二）	七絕	勞苦西南事可哀，也知劉禪本庸才。永安遺命分明在，誰禁先生自取來	品德功勛的評贊	封建臣子	○	550
353	李來章	（1654～1721）	遊臥龍岡	七律	三農終老平生志，二表爭光絕代才	遺蹟憑弔的感懷	一代英雄	○	551
354	顧圖河	（1655～1706）	諸葛銅鼓	七古	君不聞定軍山下陰雨中，山鳴雷動聲隆隆。埋鼓鎮蠻功未畢，反旗走敵恨無窮	遺蹟憑弔的感懷	一代英雄	－	552
355	金　儁	（？～？）	武侯祠（四首之一）	七律	田叟盡能詳出處，牧童閑許拜綸纓。方袍素履飄華蓋，露下當年捧表行	遺蹟憑弔的感懷	千古神明	○	553

			武侯祠（四首之二）	七律	桓桓干櫓向群雄，挾策眞能魚水同。一代堂帘留正朔，千秋俎豆表純忠	遺蹟憑弔的感懷	千古神明	○	554
			武侯祠（四首之三）	七律	干旄指顧追莘野，詩史評衡有杜陵。柏影蕭蕭垂故址，高風流共錦江澄	遺蹟憑弔的感懷	封建臣子	○	555
			武侯祠（四首之四）	七律	豪傑從龍應篤生，由來天意較難明。秋星化後衷恒熱，雲漢時聞嘯一聲	遺蹟憑弔的感懷	千古神明	–	556
356	卓爾堪	（？～？）	駐馬坡懷古	五古	聲勢壓江東，將士互憂懼。先生何從容，決勝搖白羽	遺蹟憑弔的感懷	一代英雄	○	557
			臥龍岡	五律	長吟看擾攘，三顧起潛藏。克復中原事，身存未可量	遺蹟憑弔的感懷	封建臣子	○	558
357	愛新覺羅・允禮	（1697～1738）	沔陽謁諸葛武侯祠	七律	遭逢魚水自南陽，將相才兼管樂長	品德功勛的評贊	一代英雄	○	559
358	愛新覺羅・屯珠	（？～1718）	三忠祠	五古	往嘗讀遺傳，三公事如一。茅廬三顧恩，鞠躬許漢室	品德功勛的評贊	封建臣子	○	560
359	段維袞	（？～？）	武侯墓	七律	欲認伊周眞事業，淡寧亭下拜芳標	遺蹟憑弔的感懷	一代英雄	○	561
360	方殿元	（1654～1661）	褒斜道	七古	諸葛艱難數出師，大星夜落三軍哭。英雄成敗且有數，況乃區區一狐兔	遺蹟憑弔的感懷	一代英雄	○	562
361	柯　鐸	（？～？）	臥龍岡謁武侯祠（二首之一）	七律	三分在昔籌先定，二表於今墨未乾。大節如公眞不忝，英雄莫復怨衰殘	品德功勛的評贊	一代英雄	○	563
			臥龍岡謁武侯祠（二首之二）	七律	唾手風雲劍閣平，艱難王業已垂成。失吞吳魏千秋恨，不愧伊周萬古名	品德功勛的評贊	一代英雄	○	564
362	許孫荃	（？～？）	五丈原次大復韻	五律	五丈空留迹，三分不死心。薄暮秋風急，如聞梁甫吟	遺蹟憑弔的感懷	封建臣子	–	565
363	周邦寧	（？～？）	茅廬弔古	七古	謾將成敗論英雄，英雄大節在命世。生則偏安能制人，死則掃境受人制	遺蹟憑弔的感懷	一代英雄	○	566

364	呂耀曾	（？～？）	臥龍岡懷古同箕陳	七古	齋戒沐浴拜階前，伊呂而外誰可擬！臥龍岡上三顧堂，廟貌常新歷終古	品德功勛的評贊	千古神明	○	567
365	徐嘉炎	（？～？）	臥龍岡（二首之一）	七律	梁父歌吟誰解得，龐公品藻竟何如？留連白水眞人地，仿佛桐江隱士居	遺蹟憑弔的感懷	封建臣子	○	568
			臥龍岡（二首之二）	七律	羈棲元直愧同儔，邂逅逢君第一流。事業迥堪追管樂，才名寧屑傲應劉	品德功勛的評贊	一代英雄	○	569
366	柯　彩	（？～？）	謁諸葛武侯草廬	七律	千載遺踪擁膝居，仰瞻籩豆肅庭除。底今崗上風雲氣，尙繞先生舊草廬	遺蹟憑弔的感懷	千古神明	○	570
367	紀之健	（？～？）	謁諸葛草廬（二首之一）	五律	山繞靈無盡，江流恨不窮。懸知漢日月，終古揭纛叢	遺蹟憑弔的感懷	千古神明	－	571
			謁諸葛草廬（二首之二）	五律	龍臥非藏用，梁吟豈負才。儼然崇俎豆，弔古奠椒杯	遺蹟憑弔的感懷	千古神明	○	572
368	朱　璘	（？～？）	草廬	七絕	百里長岡一草堂，高吟梁父此行藏。來遊惟有徐元直，相對無言自激昂	遺蹟憑弔的感懷	封建臣子	－	573
			諸葛井	七絕	臥龍岡下井淵淵，飲水常思諸葛賢。石上汲痕無數在，轆轤何處問炊烟	遺蹟憑弔的感懷	封建臣子	○	574
			重訂《諸葛丞相集》	七律	出師表著君臣義，戒子書傳天地心。斯道在人今未墜，不教聲價重儒林	品德功勛的評贊	封建臣子	○	575
369	馬曰璐	（？～？）	銅鼓歌	樂府	當年桂陽本要荒，武侯鎮服軍威揚。冶銅鑄鼓施用良，百酋效順安箐篁	品德功勛的評贊	一代英雄	○	576
370	趙執信	（1662～1744）	諸葛菜	七律	千古英雄羡名士，異時仇敵嘆奇才。星沈陣石闌江列，春聚營花匝地開	遺蹟憑弔的感懷	一代英雄	○	577
			諸葛銅鼓歌	樂府	當時龍起南陽臥，震動天地如子房。三分籌策指顧定，手揮漢日提天綱	品德功勛的評贊	一代英雄	○	578
371	屈　復	（1668～？）	題武侯隆中抱膝吟《梁父吟》圖	七古	誰知已具王佐才，是時先主未三顧。神龍雖少風雷雨，梧桐自有鳳凰樹	品德功勛的評贊	千古神明	○	579

			詠武侯	五古	天縱王佐質，時隔宣聖堂。功業有烜赫，出處何荒唐	品德功勛的評贊	一代英雄	○	580
372	沈德潛	（1673～1769）	同京口余文圻登蒜山憩清寧道院時春盡日	七律	運籌羽扇懷王佐，破敵長刀數霸功。事業銷沈山色在，底須吾輩別雌雄	品德功勛的評贊	一代英雄	○	581
373	張清夜	（1676～1763）	次答迮耕石問武侯仙列何班	七律	臥龍心迹伊周契，不在仙班在聖班	品德功勛的評贊	千古神明	○	582
374	任蘭枝	（1677～1746）	武侯祠	七古	五丈原頭將星落，此間終古藏忠魂。我來下馬拜荒丘，三代而還第一流	品德功勛的評贊	千古神明	○	583
			大相嶺	五律	肩輿歷峻坂，力盡得躋攀。舊說南征相，兵戈駐此間	遺蹟憑弔的感懷	一代英雄	－	584
375	朱瑞圖	（？～？）	武侯祠	五古	古來王者師，遭際誠艱難。矯矯龍在天，風雲護神壇	品德功勛的評贊	千古神明	○	585
376	高其位	（？～？）	過南陽謁孔明祠（二首之一）	七絕	秉鉞南來過宛城，臥龍岡上拜先生。不嫌憑弔茅廬下，只爲平生景大名	遺蹟憑弔的感懷	千古神明	○	586
			過南陽謁孔明祠（二首之二）	七絕	鞠躬盡瘁原公志，五丈原頭遺恨深。千古可憑爲臣鏡，願將臣鏡鑒余心	品德功勛的評贊	封建臣子	○	587
377	岳鍾琪	（1686～1754）	武侯祠懷古	七律	萬古孤忠存社稷，三分大義見君臣。草廬崛起雲龍會，陵廟長依魚水親	君臣遇合的議論	千古神明	○	588
378	岳鍾琪	（？～？）	楊太史弔武侯詩有「漢家宮闕銅駝恨不及先生一草廬」之句題此以志其誤	七律	若將高尚稱元老，第恐忠魂不忍居	遺蹟憑弔的感懷	千古神明	○	589
			和尹大司馬武侯祠原韻	五古	道與伊周合，才非管樂流。吉甫吟哦日，如親巾扇風	品德功勛的評贊	一代英雄	○	590
			相嶺武侯祠	七律	峻嶺名稱大相公，千秋人念武侯功。遺像至今崇絕域，鞠躬自昔仰孤忠	品德功勛的評贊	千古神明	○	591
			武侯祠	七律	等閑巾扇策奇勛，伊呂儔非管樂群。魚水君臣兩遺憾，祠堂殘照惠陵雲	君臣遇合的議論	一代英雄	○	592

379	尹會一	（1691～1748）	痛弔諸葛亮（并序）	七律	可憐感激酬三顧，卻是忠臣盡瘁年	君臣遇合的議論	封建臣子	○	593
380	宋在詩	（1695～1777）	謁諸葛武侯廟	五律	古祠森氣象，王佐郁精誠。管樂非同德，程朱有定評	品德功勛的評贊	一代英雄	○	594
381	江朝宗	（？～？）	謁武侯祠	七古	隆中自是伊周爾，王者不興公不起。儒者氣象王佐才，三代以下罕比擬	品德功勛的評贊	一代英雄	○	595
			謁武侯祠	七律	純忠二表傳青史，應屬伊周第一流	品德功勛的評贊	一代英雄	○	596
382	呂履恒	（？～？）	南陽古蹟（五首之二）	七律	顧廬英盼同三聘，拜表孤忠過一匡。吳魏何人堪鼎峙，遺民流涕薦馨香	遺蹟憑弔的感懷	千古神明	○	597
383	宋聚業	（？～？）	題南陽旅壁	七律	眞人白水生文叔，名士青山臥武侯。嘆息興亡千載上，荒村野廟總悠悠	遺蹟憑弔的感懷	千古神明	○	598
384	龍爲霖	（？～？）	謁武侯祠	七律	兩表長懸雙日月，三分早定一乾坤。羽扇綸巾風自古，木牛流馬制空存	品德功勛的評贊	一代英雄	○	599
			謁武侯祠	七律	魚水君臣眞道合，千秋際會風雲高。天心有定誰完節，莫惜身殲空瘁勞	君臣遇合的議論	封建臣子	○	600
385	呂謙恒	（？～？）	遙題臥龍岡	七律	策定數言分鼎足，圖傳八陣識鴻才。聞道少陵詩是史，襟期伊呂許同裁	品德功勛的評贊	一代英雄	○	601
386	羅　景	（？～？）	新修臥龍岡謁忠武祠十六韻	七古	君不見三顧堂中數君子，慷慨孝義爭流芳。千秋俎豆人如在	品德功勛的評贊	千古神明	○	602
			龍岡十景（草廬）	五絕	已托一纏老，安知三顧榮？經綸王者佐，心迹聖人清	品德功勛的評贊	一代英雄	○	603
			龍岡十景（古柏亭）	五絕	負質本堅貞，風霜留勁節。清蔭落琴書，徙倚靜相悅	遺蹟憑弔的感懷	封建臣子	○	604
			龍岡十景（梁父岩）	五絕	梁父爲誰吟？蕩陰望三士。世多疆冶徒，聽歌發堪指	品德功勛的評贊	封建臣子	○	605

			龍岡十景（抱膝石）	五絕	淡泊傲王侯，綸巾揮羽扇。抱膝意何深，願托長貧賤	品德功勛的評贊	封建臣子	○	606
			龍岡十景（伴月臺）	五絕	大業垂千古，純忠許一心。清光浮宛月，顯晦驗升沈	品德功勛的評贊	封建臣子	○	607
			龍岡十景（老龍洞）	五絕	龍臥有時飛，龍飛入雲霧。崆峒天路遙，時作甘霖注	品德功勛的評贊	千古神明	○	608
			龍岡十景（野雲庵）	五絕	一片野雲居，龍蛇走虛壁。山翠有無中，去來從所適	遺蹟憑弔的感懷	封建臣子	○	609
			龍岡十景（諸葛井）	五絕	掘井力何深，泉甘人共汲；源與河洛通，名參天地立	遺蹟憑弔的感懷	千古神明	○	610
			龍岡十景（小虹橋）	五絕	崎嶇一徑斜，烟雲隔林壑。未與塵世通，彩虹天半落	遺蹟憑弔的感懷	封建臣子	－	611
			龍岡十景（躬耕田）	五絕	南陽一布衣，躬耕尙古處。荊棘悲中原，誅鋤非種去	品德功勛的評贊	封建臣子	○	612
387	周位中	（？～？）	龍岡十景步韻（草廬）	五絕	結廬留古意，遁迹不干榮。蘿薜侵衣袂，應知塵世清	品德功勛的評贊	封建臣子	○	613
			龍岡十景步韻（古柏亭）	五絕	亭隅柏森森，孤高挺奇節。同此冰雪心，靜觀自相悅	遺蹟憑弔的感懷	封建臣子	○	614
			龍岡十景步韻（梁父岩）	五絕	石上矢清吟，隆中有高士。時多不平心，梁父遙堪指	品德功勛的評贊	封建臣子	○	615
			龍岡十景步韻（抱膝石）	五絕	黃塵正污人，抱膝且揮扇。片石倚逍遙，那知貧與賤	品德功勛的評贊	封建臣子	○	616
			龍岡十景步韻（伴月臺）	五絕	臨臺月伴我，暗照我丹心。安得天心好，不使忽西沈	遺蹟憑弔的感懷	封建臣子	○	617
			龍岡十景步韻（老龍洞）	五絕	老龍臥此間，洞壑生雲霧；咫尺探靈湫，清流每四注	遺蹟憑弔的感懷	千古神明	○	618

			龍岡十景步韻（野雲庵）	五絕	綺窗自瀟灑，淡雲開絕壁。談笑亦無期，怡然興自適	遺蹟憑弔的感懷	封建臣子	○	619
			龍岡十景步韻（諸葛井）	五絕	古井有龍泉，荒野無人汲。空留諸葛名，徘徊久佇立	遺蹟憑弔的感懷	封建臣子	—	620
			龍岡十景步韻（小虹橋）	五絕	曲水護龍岡，虹橋帶幽壑。尋源有人無，閑花處處落	遺蹟憑弔的感懷	封建臣子	—	621
			龍岡十景步韻（躬耕田）	五絕	躬耕岡上田，山深定何處？莫辭襏襫勞，自來還自去	遺蹟憑弔的感懷	封建臣子	—	622
388	王　鑒	（1598～1677）	和龍岡十詠（草廬）	七絕	癖愛溪山擬卜居，迹隨鹿豕性鳶魚。往還白日開雲竇，卓犖人間一草廬	遺蹟憑弔的感懷	封建臣子	○	623
			和龍岡十詠（古柏亭）	七絕	高枝拂日俯欹雲，地僻宜招鸛雀群。山色最憐新雨過，名亭積翠兩氤氳	遺蹟憑弔的感懷	封建臣子	—	624
			和龍岡十詠（梁父岩）	七絕	梁父遙吟意若何？片雲長鎖石嵯峨。松間獨鶴來清嘯，遮莫千秋起恨歌	遺蹟憑弔的感懷	封建臣子	—	625
			和龍岡十詠（抱膝石）	七絕	看雲坐石興遲遲，想見當年抱膝時。心迹許隨伊呂後，隆中卻怪少人知	品德功勛的評贊	一代英雄	○	626
			和龍岡十詠（伴月臺）	七絕	體驗升沈力轉旋，純明千古一嬋娟。龍岡近日無人臥，滿地清光照澗泉	遺蹟憑弔的感懷	千古神明	○	627
			和龍岡十詠（老龍洞）	七絕	倒壁盤渦一線縈，爐錘斧鑿自天成。探靈咫尺迷雲霧，不敢高聲問戰爭	遺蹟憑弔的感懷	千古神明	—	628
			和龍岡十詠（野雲庵）	七絕	棲雲架石谷仍愚，野色山光半有無。料想紅塵飛不到，此間安樂勝蓬壺	遺蹟憑弔的感懷	封建臣子	—	629
			和龍岡十詠（諸葛井）	七絕	諸葛名垂宇宙奇，空山玉殿望中迷。天留古井鐘靈秀，一片蘼蕪千載思	品德功勛的評贊	千古神明	○	630
			和龍岡十詠（小虹橋）	七絕	谷口飛花傍小橋，山村車馬絕塵囂。尋源有客頻三顧，魚水欣逢渡海潮	君臣遇合的議論	封建臣子	○	631

			和龍岡十詠（躬耕田）	七絕	風歌十畝意閑閑，課雨鋤雲力食艱。將相兩朝分出處，指揮原定臥龍山	遺蹟憑弔的感懷	封建臣子	○	632
			新修臥龍岡紀遊十六韻	五古	名驅伊呂間，管樂特臂使。千載仰高風，長揖漢天子	品德功勛的評贊	一代英雄	○	633
389	羅　鈉	（？～？）	臥龍岡懷古	七古	吁嗟先生王佐才，遭逢漢季惜非遇。自比管樂毋乃謙，功業易地等伊傅	品德功勛的評贊	一代英雄	○	634
390	袁虞尊	（？～？）	弔臥龍岡	七律	輟耕隴上風雲起，抱膝廬中日月長。惟有經權眞學問，自能出處不尋常	品德功勛的評贊	封建臣子	○	635
391	凌如煥	（？～？）	題隆中草廬	五古	伊呂良可追，管樂詎足擬？緬懷三代下，誰許齊一揆	品德功勛的評贊	一代英雄	○	636
392	馬維翰	（1693～1740）	諸葛武侯祠	七律	祠廟巍然出綠蕪，森森古柏總全枯。州平已往難爲友，仲達何人欲并驅	遺蹟憑弔的感懷	千古神明	－	637
393	俞　卿	（？～？）	謁武侯草廬	七律	白水茫茫灌百川，先生隱幾自囂然。殷勤三顧非無意，驚起臥龍上蜀天	遺蹟憑弔的感懷	封建臣子	○	638
394	傳作楫	（？～？）	永安宮	七律	嗣子不才君可取，老臣如此罪當誅。艱難力盡三分鼎，終始恩酬六尺孤	品德功勛的評贊	封建臣子	○	639
395	岳　禮	（？～？）	武侯祠有感	五律	先主難爲繼，宗臣竟不還。誰知今古淚？漢沔水潺潺	遺蹟憑弔的感懷	封建臣子	○	640
396	紀邁宜	（？～？）	詠史（五首錄一）	五古	二表匹謨訓，用酬三顧勞。托孤凜數語，大義千古昭	品德功勛的評贊	封建臣子	○	641
397	魯之裕	（？～？）	祀葺隆中述志	五古	神兮眷榱桷，卓爾臨徽柔。夙志遂延佇，暮日翻車留	遺蹟憑弔的感懷	千古神明	○	642
398	劉師恕	（？～1756）	臥龍岡武侯祠	七律	祠堂舊是棲遲地，門外曾停三顧車。自信君臣并魚水，不教莘渭擅耕漁	君臣遇合的議論	封建臣子	○	643
399	王　轂	（？～？）	謁五丈原祠	七律	列陣功高渭水濱，中星夜落泣孤臣。可憐劍閣難回首，風起西原帶恨新	遺蹟憑弔的感懷	封建臣子	○	644

400	趙宏恩	（？～1758）	隆中諸葛草廬詩	七律	泣鬼文成何有魏，隕星人去失吞吳。劫灰不冷英雄氣，襄水忠魂曉夜呼	遺蹟憑弔的感懷	千古神明	○	645
401	陳中榮	（？～？）	南陽諸葛廬（五首之一）	七律	炎精四百漸塵蒙，天挺人龍岱岳東。禮樂才歸謹慎蘊，兵農學裕淡寧中	品德功勛的評贊	千古神明	○	646
			南陽諸葛廬（五首之二）	七律	知己禮隆宜報稱，匡王義重許馳驅。策籌荊益和戎後，大振聲靈復故都	君臣遇合的議論	封建臣子	○	647
			南陽諸葛廬（五首之三）	七律	器使賢能官祿舊，嚴明賞罰政圖新。大儒氣象興王佐，千古迢迢共幾人	品德功勛的評贊	一代英雄	○	648
			南陽諸葛廬（五首之四）	七律	開布公誠忠慮集，丁寧宮府至言腴。引領還京興禮樂，明農仍返舊廬夫	品德功勛的評贊	封建臣子	○	649
			南陽諸葛廬（五首之五）	七律	千載淒傳五丈原，憑高遠眺爲招魂。士女謳思瞻竹柏，春秋祭祀潔蘋蘩	遺蹟憑弔的感懷	千古神明	○	650
402	葛峻起	（？～？）	謁諸葛武侯祠	七律	蕭曹事業成千古，魚水君臣共一堂。二表平生抒義烈，大星中夜墮光芒	品德功勛的評贊	一代英雄	○	651
403	彭端淑	（1697～1777）	武侯祠	五律	一德君臣近，千秋俎豆傳。入座瞻遺像，綸巾仰大賢	品德功勛的評贊	千古神明	○	652
404	沈紹姬	（？～？）	司馬懿故居	七律	王業偏安蜀道難，奸雄寧獨數曹瞞？抓鬚西指蠶叢路，丞相祠堂尚錦官	遺蹟憑弔的感懷	一代英雄	—	653
405	盛　錦	（？～？）	白帝城謁昭烈武侯廟	七律	永安宮殿峽江頭，一體君臣祀武侯。瞻尙死忠諶死孝，千秋配食重詒謀	品德功勛的評贊	千古神明	○	654
406	李　寅	（？～？）	書《武侯傳》	七律	寤想宗臣握帝圖，盟心無地不艱虞。可知空谷龍蟠日，莘野躬耕道自符	遺蹟憑弔的感懷	封建臣子	○	655
407	劉　震	（？～？）	峴山	七絕	當途典午事紛紜，西蜀山川付暮雲。我到峴山無淚灑，秋風曾拜臥龍墳	遺蹟憑弔的感懷	千古神明	—	656
408	翁　荃	（？～？）	讀《武侯靖節合集》	五古	武侯與靖節，述作稱完人。還蘄志顏尹，望古情彌敦	品德功勛的評贊	一代英雄	○	657

409	尹嘉銓	（？～？）	隆中懷古	七古	俊傑擁書觀大略，致遠襟懷安淡泊。三代而還共傳語：伯仲之間見伊呂	品德功勛的評贊	一代英雄	○	658
410	錢　載	（1708～1793）	謁漢惠陵	七古	直須廟廡先諸葛，增配關張趙馬黃	品德功勛的評贊	千古神明	○	659
411	愛新覺羅・弘曆	（1711～1799）	讀《諸葛武侯傳》	七律	隴中已走生司馬，地下何慚鬼董狐。錦官城外森森柏，丞相祠堂尙有無	品德功勛的評贊	一代英雄	－	660
			五賢祠（并序）	五絕	王祥王覽能全孝，眞卿杲卿均致身。所遇由來殊出處，要推諸葛是全人	品德功勛的評贊	一代英雄	○	661
412	袁枚	（1716～1798）	兵書峽（有序）	七絕	誰把金箱置碧虛？相傳諸葛有兵書。擬呼羊侃横行上，取獻熙朝補石渠	遺蹟憑弔的感懷	一代英雄	○	662
413	彭遵泗	（？～？）	過惠陵（二首之一）	七律	千年風雨園陵閉，一代君臣祀事長。自是吞吳遺恨失，不勝幽怨滿江湘	遺蹟憑弔的感懷	千古神明	－	663
			過惠陵（二首之二）	七律	摩天險閣劍關存，一旅潛驅至國門。頻過昔時孤憤處，古陵風雨易黃昏	遺蹟憑弔的感懷	千古神明	－	664
			過武侯祠	七律	碧草黃鸝空此地，綸巾羽扇憶當時。日暮蕭蕭南浦上，靈風猶似載征旗	遺蹟憑弔的感懷	千古神明	－	665
414	趙　翼	（1727～1814）	定軍山	七律	將星夜落蜀山雲，丹旐歸來葬定軍。志決身殲遺憾在，至今忍誦出師文	遺蹟憑弔的感懷	封建臣子	○	666
			石刻漢諸葛忠武侯像歌	樂府	諸葛大名垂宇宙，豈須絲把平原繡。宰相威儀儒者氣，至今回憶儼鬚眉	品德功勛的評贊	一代英雄	○	667
415	吳省欽	（1726～1803）	隆中諸葛廬	五排	綸巾王佐像，纁幣帝臣媒。蕭曹慚淡泊，沮溺鄙淪洄	品德功勛的評贊	一代英雄	○	668
			武侯祠	七律	閟宮長配武鄉侯，遺像清高竹柏幽。弟兄豈分歸吳魏，臣子何心比伊周	品德功勛的評贊	一代英雄	○	669
416	顧光旭	（1731～1797）	諸葛銅鼓歌	樂府	人間豈有眞天神？鼓聲動地不知所。至今往往出深山，一鼓猶能靖百蠻	品德功勛的評贊	千古神明	○	670

			謁諸葛武侯祠	七律	魚水君臣萬古思，錦官城外拜公祠。太息有才過管樂，如何無夢葉龍彲	君臣遇合的議論	千古神明	○	671
417	李調元	（1734～1803）	武侯祠	七律	南陽原是一名儒，魚水君臣萬古無。心悲王業三分鼎，力盡偏安六尺孤	君臣遇合的議論	封建臣子	○	672
			八陣圖歌	樂府	蚩尤殲戮著奇功，千載獨傳諸葛公。五行操算由天授，六花變幻非人工	品德功勛的評贊	千古神明	○	673
			籌筆驛	七律	憶昔興師討賊曹，深山獨坐運籌勞。六韜氣壓貔貅靜，八陣雲屯虎豹號	遺蹟憑弔的感懷	一代英雄	○	674
			落鳳坡謁龍鳳祠	七古	伏龍鳳雛士無雙，并駕齊驅竟誰伍！二公并祠誠有哉，當年應喚雙忠府	品德功勛的評贊	一代英雄	○	675
			謁諸葛雙忠祠	七絕	武侯三世爲劉死，陳壽私懷髡父仇。如此雙忠猶曲筆，又將何罪問譙周	品德功勛的評贊	封建臣子	○	676
			謁武侯祠	五排	管樂前朝出，伊姜後漢逢。兩朝成帝業，二表見儒宗	品德功勛的評贊	一代英雄	○	677
418	張邦伸	（1737～1804）	彌牟鎮觀八陣圖	七古	從來王佐本天授，神悟類不關傳書。我公精氣貫日月，遺迹在世神護扶	品德功勛的評贊	千古神明	○	678
			武侯祠（四首之一）	七律	君臣魚水征潛契，出處伊周共夙心。中原遺老還私祭，不獨英雄淚滿襟	君臣遇合的議論	千古神明	○	679
			武侯祠（四首之二）	七律	漢鼎憑將赤手扶，晚朝事業到公無。綸巾不愧眞名士，顧命還推大丈夫	品德功勛的評贊	一代英雄	○	680
			武侯祠（四首之三）	七律	自方管樂眞無忝，人信蕭曹遠莫當。獨怪史家多曲筆，蜉蝣撼樹不知量	品德功勛的評贊	一代英雄	○	681
			武侯祠（四首之四）	七律	矯矯人龍迥不群，隆中數語定三分。繼世雙忠懸日月，出師兩表壯風雲	品德功勛的評贊	一代英雄	○	682
419	安洪德	（？～？）	諸葛忠武侯	五絕	管樂何堪比，蕭曹未足侔。堂堂二表在，謨訓媲伊周	品德功勛的評贊	一代英雄	○	683

420	洪成鼎	（？～？）	謁武侯祠	七絕	三顧草廬湯尹遇，鞠躬盡瘁召周民。拜瞻祠墓詞難贊，唯有長歌杜老吟	君臣遇合的議論	千古神明	○	684
			石琴	五絕	石琴成太古，冷然戛鳴玉。千秋寧靜懷，誰領無弦曲	遺蹟憑弔的感懷	千古神明	○	685
421	顧敏恒	（約 1743～1807）	成都樹	七古	成都有桑八百株，相臣沒後無贏餘。子孫之賢繼父祖，何須飽作西川農	品德功勛的評贊	一代英雄	○	686
			和晴沙叔謁惠陵韻（二首之一）	七律	地辟蠶鳧開帝業，人分龍虎動星文。老臣籌筆終何補？奸黨燃薪只自焚	遺蹟憑弔的感懷	封建臣子	－	687
			和晴沙叔謁惠陵韻（二首之二）	七律	大書正統終歸蜀，細數英雄不到吳。可惜相臣心力盡，關張逝後將星孤	遺蹟憑弔的感懷	封建臣子	－	688
422	吳錫麒	（1746～1818）	樓桑村	七律	至今草木通靈氣，終古英雄屬使君。羽葆神風歸萬里，草廬天意識三分	品德功勛的評贊	千古神明	○	689
423	石韞玉	（1756～1837）	詠史	五古	孫武兵法祖，繼者有武侯。當其隆中臥，早定三分謀	品德功勛的評贊	一代英雄	○	690
424	嚴如熤	（1759～1826）	謁武侯祠	七律	王業偏安痛不支，宗臣抗表鞠躬時。草廬規畫三分業，斜谷艱難六出師	品德功勛的評贊	封建臣子	○	691
425	嚴如焜	（？～？）	定軍山謁諸葛忠武侯墓	七律	雄圖四百此開疆，剩有高墳沔水旁。韻流寒石琴聲古，翠滴空庭柏葉香	遺蹟憑弔的感懷	千古神明	○	692
426	溫承恭	（1763～1820）	謁武鄉侯祠	七律	三分據蜀識先機，策定隆中聽指揮。死木可驅流馬役，生天不許臥龍飛	品德功勛的評贊	一代英雄	○	693
427	張問陶	（1764～1814）	武侯石琴同亥白作	五古	名士眞英雄，人琴盡無兩。弦外知音難，淵然眾山響	遺蹟憑弔的感懷	一代英雄	○	694
			武侯坡	五古	隆中歸夢絕，終老三巴路。英雄不可爲，臨風淚如注	遺蹟憑弔的感懷	封建臣子	－	695
			沔縣謁武侯祠	五古	莫援殘局嘆三分，正朔居然補帝勛。一笑西陵荒草合，墓門誰寫漢將軍	遺蹟憑弔的感懷	封建臣子	○	696

			神宣驛	五律	古驛風雲積，陰崖秘鬼神。荒祠啼望帝，遺像肅宗臣	遺蹟憑弔的感懷	千古神明	○	697
428	舒　位	（1765～1815）	臥龍岡作（四首之一）	七律	平生交有崔徐在，王佐才非管樂當。抱膝終成名士累，鞠躬始感受恩長	品德功勛的評贊	一代英雄	○	698
			臥龍岡作（四首之二）	七律	談笑巾韝想定軍，茫茫玉壘變浮雲。其間王者有名世，天下英雄惟使君	品德功勛的評贊	一代英雄	○	699
			臥龍岡作（四首之三）	七律	一面東風掃舳艫，荊襄形勝控成都。不堪白帝城邊語：付與先生六尺孤	品德功勛的評贊	封建臣子	−	700
			臥龍岡作（四首之四）	七律	兩表涕零前出塞，一公安樂老稱藩。祠官香火三間屋，大將星辰五丈原	遺蹟憑弔的感懷	千古神明	−	701
			甲秀樓諸葛武侯祠	七古	侯豈眞無應變才？黃雀螳螂顧其後。侯才勝曹寧十倍，侯祠留黔自千古	品德功勛的評贊	千古神明	○	702
			銅鼓詩	七古	渡瀘五月濟火從，功成畀錫羅甸封。請留此鼓鎭邊墉，笋業丹臒懸維樅	遺蹟憑弔的感懷	一代英雄	○	703
429	李化楠	（？～？）	八陣圖	七律	天下奇才有人嘆，古來儒者似君無	遺蹟憑弔的感懷	一代英雄	○	704
			謁武侯祠	七絕	五丈原頭草木曛，定軍山下水沄沄。英雄不了心中事，浩氣猶生墓上雲	遺蹟憑弔的感懷	千古神明	○	705
430	茹敦和	（1720～1791）	過隆中	七律	龍臥荀陳後，鷹揚吳魏初。鞠躬存正統，抱膝謝群儒	品德功勛的評贊	一代英雄	○	706
431	仲鶴慶	（？～？）	武侯祠	五律	星落秋風冷，祠荒社火明。遐陬試服久，猶自說南征	品德功勛的評贊	千古神明	○	707
432	寧　楷	（1712～1801）	題祭風臺（二首之一）	七絕	檣櫓飛灰江水愁，綸巾羽扇舊風流。分明一片東吳土，千古高臺屬武侯	品德功勛的評贊	一代英雄	○	708
			題祭風臺（二首之二）	七絕	曹兵百萬化爲烟，十八風姨不少憐。堪笑屢刪孫武策，未曾全讀火攻篇	品德功勛的評贊	一代英雄	○	709

433	童鳳三	（？～？）	讀《出師表》	七律	事煩肯惜身將瘁，師出誰云計或疏？二表心期懸日月，正名莘渭較何如	品德功勛的評贊	封建臣子	○	710
434	崔龍見	（？～？）	謁武侯祠	七律	難挽天心終四百，敢輕將略限三分。石琴猶抱當年膝，羽扇能揮萬古雲	品德功勛的評贊	一代英雄	○	711
			再謁武侯祠用放翁遊諸葛書臺韻	七古	正統一線寄梁益，忠義萬古凜出師。三代以降斯人無，指揮蕭曹特緒餘	品德功勛的評贊	一代英雄	○	712
435	錢孟鈿	（？～？）	讀史偶成	五古	讀史弗窮理，泥古辭易謬。堂堂司馬公，乃書亮入寇	其他	封建臣子	○	713
436	陳大文	（？～1815）	隆中諸葛草廬	五排	志業超三史，英靈動七哀。高山安可仰，翹首望崔巍	品德功勛的評贊	千古神明	○	714
			謁武侯祠	五律	瞻拜祠堂下，英風撲滿襟。定軍光萬丈，夜夜射碑陰	遺蹟憑弔的感懷	千古神明	○	715
437	李　嫯	（？～？）	仲冬獨出城南謁武侯祠用徐玉崖寄懷原韻	七絕	廟前老柏暮雲平，野徑蕭蕭落木聲。古迹巋然留漢祚，主臣相對坐談兵	遺蹟憑弔的感懷	千古神明	○	716
438	周厚轅	（？～？）	謁忠武侯祠	七律	終擎正統歸先帝，首結知音獨少陵。後有紫陽綱目在，出師丞相語崚嶒	遺蹟憑弔的感懷	封建臣子	○	717
439	李驤元	（1755～1799）	銅鼓行	樂府	陰陽炭熾天地爐，一氣陶熔壽千古。或云諸葛行軍時，麾下酋長盡貔虎	遺蹟憑弔的感懷	一代英雄	○	718
440	祝　曾	（？～？）	謁武侯墓（四首之一）	七律	伊呂功名管樂襟，茅廬抱膝寄孤吟。留將一曲傳千古，夜夜清風響石琴	品德功勛的評贊	一代英雄	○	719
			謁武侯墓（四首之二）	七律	漢家炎運竟誰支？丞相艱難數出師。羽扇綸巾遺像在，雲端彷彿閃靈旗	品德功勛的評贊	千古神明	○	720
			謁武侯墓（四首之三）	七律	江山吳魏人何在？俎豆春秋祀久崇。渝歌巴舞紛迎賽，祠屋年年走杜翁	遺蹟憑弔的感懷	千古神明	○	721
			謁武侯墓（四首之四）	七律	大星芒掩哭聲聞，忠魄千秋閟定軍。嘆息惠陵王氣斷，一般喬木掛斜曛	遺蹟憑弔的感懷	千古神明	○	722

441	元　時	（？～？）	武侯祠	七律	忠貞功蓋三分國，謹慎心餘八陣圖。未滅曹瞞星已落，炎劉一線倩誰扶	品德功勛的評贊	封建臣子	○	723
442	倪本毅	（？～？）	諸葛洞	七古	崔巍古廟覆蒼苔，居人爭伺溪洞開。嗚呼諸葛何時來	遺蹟憑弔的感懷	千古神明	○	724
443	潘元音	（？～？）	落鳳坡謁龐靖侯祠	五古	大星不可留，窮寇來相逼。嗣子眞不才，亮也殊心惻	品德功勛的評贊	封建臣子	○	725
			諸葛忠武侯	七律	先生學業眞醇正，不似後儒標異同。千載紫陽懸直筆，不教成敗論英雄	品德功勛的評贊	一代英雄	○	726
444	趙希璜	（？～1795）	謁武侯祠（四首之一）	七律	檜柏森森玉露濃，綸巾羽扇仰雍容。建興二表酬三顧，褒谷孤雲出九重	品德功勛的評贊	封建臣子	○	727
			謁武侯祠（四首之二）	七律	鍾鄧爭功誰得算？老奴遺策又何如！隆中雅契昭魚水，天下奇才出草廬	君臣遇合的議論	一代英雄	○	728
			謁武侯祠（四首之三）	七律	偏安畢竟非臣魏，正朔都知不帝秦。太息斯民存直道，此公遺貌至今新	品德功勛的評贊	千古神明	○	729
			謁武侯祠（四首之四）	七律	早羨天懷同管樂，要憑人力轉乾坤。治國治軍原一事，千秋史筆仰龍門	品德功勛的評贊	一代英雄	○	730
445	黃　鍇	（？～？）	望五丈原	五律	殘照接黃昏，蒼茫五丈原。英雄垂淚處，清渭至今渾	遺蹟憑弔的感懷	封建臣子	○	731
446	李　苞	（？～？）	惠陵	七律	天下英雄惟使君，偏安正統限三分。出師丞相歸何處？祠墓千秋峙定軍	品德功勛的評贊	千古神明	○	732
447	張人龍	（？～？）	丞相祠	七律	一代勛臣像欲仙，扇巾丰度想當年。才堪王佐三分限，志在中原二表傳	品德功勛的評贊	一代英雄	○	733
448	張肇瑛	（？～？）	伏龍吟	樂府	龍起大澤中，橫空風雨飛。風雨未及時，臥吟滄海湄	品德功勛的評贊	千古神明	○	734
449	程尚濂	（？～？）	武侯祠	五律	龍臥空千古，蠶叢竟一隅。天心知莫挽，聊以報區區	品德功勛的評贊	封建臣子	○	735

450	馬允剛	（？～？）	謁武侯墓（四首之一）	七律	豪傑那堪成敗論，聖賢從識古今同。才齊管樂聊謙比，二表原追伊旦風	品德功勛的評贊	一代英雄	○	736
			謁武侯墓（四首之二）	七律	西蜀從龍名獨正，中原爭鹿氣無前。兩朝忠義成家學，三代君臣仰後賢	品德功勛的評贊	封建臣子	○	737
			謁武侯墓（四首之三）	七律	諸葛大名爭仰止，江山勝迹數登臨。隔河遙望征西墓，一代忠良共古今	品德功勛的評贊	封建臣子	○	738
			謁武侯墓（四首之四）	七律	遺像端嚴仍羽扇，清風縹緲滿靈旐。多少遺民兢祭賽，一抔何處問譙周	遺蹟憑弔的感懷	千古神明	○	739
			又謁武侯祠	七律	當日君臣眞磊落，抗懷三代結知音。豈容鼎足分吳魏，自有臣心竭帝天	君臣遇合的議論	封建臣子	○	740
451	李復心	（？～？）	石琴遺響	五律	武侯餘手澤，敲石尚留音。緬彼隆中對，如聞梁甫吟	遺蹟憑弔的感懷	千古神明	○	741
452	曹三選	（？～？）	武侯祠	七律	赤伏重興火德炎，臥龍從此不終潛。一時魚水君臣遇，千古風雲將相兼	君臣遇合的議論	封建臣子	○	742
453	李　維	（？～？）	武侯祠	五律	顧廬恩不世，抱膝志非常。孫子皆千古，君臣共一堂	品德功勛的評贊	封建臣子	○	743
454	徐念高	（？～？）	武侯祠	七律	天下才原稱十倍，隆中計早定三分。當時將佐皆忠國，後世兒孫亦報君	品德功勛的評贊	封建臣子	○	744
455	方　積	（？～？）	丞相祠堂	七律	不如伊呂惟公命，盡數偏裨亦我師。干櫓城池裴相碣，鬼神風雨杜陵詩	遺蹟憑弔的感懷	一代英雄	○	745
456	趙德懋	（？～？）	畫卦臺懷古	五律	上下乾坤定，陰陽日月開。指揮通八陣，遺迹沒蒼苔	遺蹟憑弔的感懷	千古神明	–	746
457	張　澍	（1776～1835）	芥航兄爲余刊《諸葛忠武侯集》用除夕元旦韻志謝	七律	扶漢勛名渺絕塵，遺文何幸棗梨新。平陽相後尋篇目，想見綸巾羽扇人	品德功勛的評贊	一代英雄	○	747
458	程恩澤	（1785～1837）	祗謁武侯祠觀虛白道人所著書作此	七律	尊榮今日伊周并，精力當年蜀漢偏。卻喜羽流能好古，著書燈似大星圓	品德功勛的評贊	一代英雄	○	748

459	吳振棫	（1792～1871）	劍州古柏行	樂府	峰巔一株氣象尊，山中萬木皆兒孫。仙踪尚有留侯山，神物終懷孔明廟	遺蹟憑弔的感懷	千古神明	○	749
460	吳廷燮	（？～？）	沔陽八陣圖	七律	假使功名終八陣，不應天地有三分。指點深山祠廟在，擬持清酒薦夫君	遺蹟憑弔的感懷	千古神明	○	750
461	蘇兆登	（1768～1847）	定軍山謁武侯墓（二首之一）	七律	不掃當塗誓不還，風雲有憾阻秦關。桑田餘蔭寧歸葬？巾幗無才只厚顏	遺蹟憑弔的感懷	一代英雄	○	751
			定軍山謁武侯墓（二首之二）	七律	君才十倍眞無忝，天意三分竟不移。千載忠魂何處覓？沔江斜日冷殘碑	遺蹟憑弔的感懷	千古神明	○	752
462	陳汝秋	（？～？）	丞相祠堂	五排	翼漢分三國，承周第一人。孔顏乃所願，管樂不於倫	品德功勛的評贊	千古神明	○	753
			武侯祠	五排	可惜伊周侶，翻嫌管樂功。誰云非將略，此語屬愚矇	品德功勛的評贊	一代英雄	○	754
463	牛　霆	（？～？）	諸葛廟	五排	盡瘁非虛也，鞠躬有是夫。廟祠遺像肅，百世仰師模	品德功勛的評贊	千古神明	○	755
			武侯祠	五古	儒將著風流，清高昭意象。指畫笑談間，事業雲霄上。偉哉伊呂才	品德功勛的評贊	一代英雄	○	756
464	錢　林	（？～？）	諸葛忠武侯祠	七律	一代文章出師表，千秋魂魄定軍山。聞說遺民有私祭，秋江灑淚送潺湲	遺蹟憑弔的感懷	千古神明	○	757
			籌筆驛	七律	漢朝創業三巴路，蜀相談兵一卷書。合擬蕭曹契魚水，欲回天地臥茅廬	君臣遇合的議論	一代英雄	○	758
			襄陽詠古（四首錄一）	七絕	乘時不復臥南陽，無命空悲將略長。付與斷垣荒井畔，成都舊買百株桑	遺蹟憑弔的感懷	一代英雄	－	759
			彌牟鎮八陣圖歌	樂府	爭奇自具常山勢，據勝非爭背水功。眼前惟見石不朽，誰與此石爭長久	遺蹟憑弔的感懷	一代英雄	○	760
465	王履端	（？～？）	諸葛銅弩	七古	弩之發箭機若神，惜乎後世難再睹。精忠可貫金石心，功業崔巍軍山配	品德功勛的評贊	千古神明	○	761

466	李　惺	（1785～1863）	八陣圖	五排	天地英雄氣，堂堂見此圖。卦老何曾變，棋殘總不枯	遺蹟憑弔的感懷	一代英雄	○	762
467	趙亨鈐	（？～？）	謁武鄉侯祠	七律	三聘就徵莘野侶，千秋知己杜陵詩。功名管樂卑無論，魚水君臣樂可知	君臣遇合的議論	一代英雄	○	763
468	孫　纘	（？～？）	靖侯祠	七律	死應未了三分志，生亦原非百里才。中夜天將星象警，兩朝功等臥龍來	其　他	一代英雄	－	764
			惠陵（六首錄一）	七古	隆中管樂臥南陽，遺詔親承泣數行。嗣子不才君自取，愛公豁達勝高皇	君臣遇合的議論	封建臣子	○	765
469	彭寶姞	（？～？）	武侯祠	七絕	獨將隻手挽狂瀾，垂拱沖人夢亦安。魚水君臣同父子，格心尤比濟時艱	君臣遇合的議論	封建臣子	○	766
470	李　楫	（？～？）	臥龍岡	七絕	臥龍岡畔小徘徊，梁父吟餘相業開。手寫申韓箴後主，先生合是濟時才	品德功勛的評贊	一代英雄	○	767
471	王森長	（？～？）	謁忠武侯墓（二首之一）	七律	即此誠心展墓日，那堪回首隕星時！桂花蔭裡松針密，拂拭碑文一問奇	遺蹟憑弔的感懷	一代英雄	○	768
			謁忠武侯墓（二首之二）	七律	渭原戰罷偃旗還，將士銜因恤淚斑。聞說兵書懸削壁，至今縹緲許誰攀	遺蹟憑弔的感懷	千古神明	－	769
472	馬大恩	（？～？）	武侯讀書臺	七排	恢宏經濟侔伊呂，淡泊襟期印孔回。梁父微吟松柏下，憑高搦管憶全材	品德功勛的評贊	一代英雄	○	770
473	額勒德禮	（？～？）	謁武侯祠	五律	松柏空山裡，先生氣象尊。盡瘁完臣節，偏安與誰論	品德功勛的評贊	封建臣子	○	771
			謁武侯墓	七絕	功隆漢業仰勛名，孺子無知敢論兵？持戟侍親欣駐馬，瓣香稽首拜先生	品德功勛的評贊	千古神明	○	772
474	汪仲洋	（？～？）	謁忠武侯石琴并顯應故事賦長句一章	七古	不知神工鬼斧秘從何處施匠巧，但覺一手扣之鏗然應節聲枯桐	遺蹟憑弔的感懷	千古神明	○	773
475	盧　和	（？～？）	讀諸葛武侯「行軍散」	五古	頃刻轉安危，步法施弓弩。奇豈獨用兵，仁術軒岐祖	品德功勛的評贊	一代英雄	○	774

476	王德馨	（？～？）	重修武鄉侯祠落成（二首之一）	七律	森森翠柏圍封廟，凜凜忠魂照古碑。最是風流今未泯，聖人宵旰動遐思	遺蹟憑弔的感懷	千古神明	○	775
			重修武鄉侯祠落成（二首之二）	七律	廟貌落成祀古賢，炎劉餘燼尚熒然。浩氣仍留芳草外，丹心允照夕陽邊	遺蹟憑弔的感懷	千古神明	○	776
			諸葛公南彝化俗圖	五絕	圖畫尋何處？抽毫運腕工。蠻夷都向化，意在不言中	品德功勛的評贊	一代英雄	○	777
			校《忠武祠墓志》成書後	五古	今復晤諸葛，軼事資綜覽。照耀忠武堂，讀罷齊興感	遺蹟憑弔的感懷	封建臣子	○	778
477	趙燮元	（？～？）	讀《諸葛武侯文集》感賦七言排律八韻即寄沔陽武侯祠道人李復心	七排	才輕管樂非同輩，任重伊周莫毀予。意思安閑神自遠，田蘖澹泊積無餘	品德功勛的評贊	一代英雄	○	779
			沔陽武侯祠懷古	七律	聖賢事業英雄略，山岳精靈日月光	品德功勛的評贊	千古神明	○	780
478	潘時彤	（？～？）	忠武侯祠	七律	十倍才稱天下奇，眞龍起蟄臥龍馳。君臣祭祀同千古，想像隆中坐對時	品德功勛的評贊	千古神明	○	781
			題張介侯明府增輯《諸葛忠武侯集》	七古	草廬枉顧許馳驅，管樂奇才伊呂佐。羽扇綸巾頻想像，木牛流馬空踟躕	品德功勛的評贊	一代英雄	○	782
479	黃合初	（？～？）	諸葛洞	五律	爲收諸葛米，來拜武鄉侯。此間結廬住，補種竹清修	遺蹟憑弔的感懷	千古神明	○	783
480	嚴學淦	（？～？）	益州詠古（八首錄一）	七律	大星郭塢三更滅，九廟神孫一劍孤。辛苦蛟龍得雲雨，不徒遺恨失吞吳	遺蹟憑弔的感懷	千古神明	－	784
481	周　書	（？～？）	謁武侯墓	五律	孤忠雙表在，遺憾一抔存。風流懷往昔，灑淚酹清樽	遺蹟憑弔的感懷	封建臣子	○	785
482	馬光型	（？～？）	惠陵	七律	武擔宮殿莽榛蕪，廟祀猶留血食孤。記向定軍山畔過，宗臣祠墓禁樵蘇	遺蹟憑弔的感懷	千古神明	○	786
483	熊履青	（？～？）	成都謁武侯祠	七古	當年君臣相契深，虎縱窮山魚得水。伊周事業差堪擬，管仲樂毅何足比	君臣遇合的議論	一代英雄	○	787

484	李崧霖	（？～？）	謁武侯祠	七律	三分鼎足無成局，五丈原頭落大星。蜀山定有忠魂在，杜宇聲聲不忍聽	遺蹟憑弔的感懷	千古神明	○	788
485	王夢庚	（？～？）	謁武侯祠	七律	三軍羽扇眞名士，一卷心書古大儒。孱主力匡伊旦業，西川手辟帝王模	品德功勛的評贊	一代英雄	○	789
			石琴	七排	孫曹蒿目非同調，管樂論才足賞音。羽扇綸巾眞雅望，木牛流馬想清襟	遺蹟憑弔的感懷	一代英雄	○	790
486	彭作賓	（？～？）	惠陵	七古	永安宮裡宴車駕，君才十倍伊周亞。嗣子可輔否自爲，心事光明非譎假	品德功勛的評贊	一代英雄	○	791
487	王承志	（？～？）	謁諸葛忠武侯祠	七律	敷陳二表王謨闊，終始三分帝號尊。伐賊誓將延正統，鞠躬非盡感私恩	品德功勛的評贊	封建臣子	○	792
488	柯振岳	（？～？）	讀《三國志》	七古	天下英雄惟使君，武侯眼自高四海	品德功勛的評贊	一代英雄	○	793
489	瞿　頡	（？～？）	謁武侯祠	七律	人品獨高三代下，表文應置六經中。石琴一曲吟梁父，奎藻千年耀閟宮	品德功勛的評贊	千古神明	○	794
490	何人鶴	（？～？）	謁武侯祠	五律	炎漢偏虧日，孤節仗先生。祗爲酬三顧，千秋不盡情	品德功勛的評贊	封建臣子	○	795
			石琴	五絕	昔讀廣陵散，妙而不能傳。有聲卻無譜，此意更天然	遺蹟憑弔的感懷	其　他	○	796
			謁武侯祠	五絕	六次出祁山，不負白帝托。鞠躬盡瘁心，沔水長照灼	品德功勛的評贊	封建臣子	○	797
491	何人麒	（？～？）	謁武侯祠	五律	五丈秋風起，哀傳天地聲。陰謀惟仲達，身後膽還驚	遺蹟憑弔的感懷	一代英雄	○	798
492	張熙載	（？～？）	武侯墓	七律	檜柏枝榮隨日永，詩詞刻續累年增。沔水江邊人競祭，不需銅爵望西陵	遺蹟憑弔的感懷	千古神明	○	799
493	白玉娥	（？～？）	沔陽道中拜武侯祠	七律	大節一生超管樂，雄才十倍并伊周	品德功勛的評贊	一代英雄	○	800
494	魏　源	（1794～1857）	定軍山諸葛武侯祠	五古	後死仰高山，百拜陳薄奠。大運陰陽奔，何時麟鳳旦	品德功勛的評贊	千古神明	○	801

495	莫友芝	（1811～1871）	南陽道中	七律	草廬一片躬耕地，盡與途人說大名	遺蹟憑弔的感懷	一代英雄	○	802
496	完顏崇實	（1820～1876）	同治辛未三月過沔陽武侯祠口占	七律	偏於亂世識君臣，三代而還此一人。尚疑管樂難同論，敢信韋皋是後身	品德功勛的評贊	一代英雄	○	803
497	彭　齡	（？～？）	邑侯莫公重鐫《忠武侯祠墓志》感賦	七古	作文祭侯請民命，要除苛虎拯哀鴻。瓣香稽首祝蒼旻，安得沔陽起臥龍	遺蹟憑弔的感懷	千古神明	○	804
498	譚光祜	（？～？）	詠諸葛武侯	七律	布衣早抱桓靈恨，陣迹猶回灩澦濤。更有吟情淒惋甚，幾篇梁父當離騷	品德功勛的評贊	封建臣子	—	805
499	金玉麟	（1808～？）	成都懷古（七首錄一）	七律	隆中諸葛眞名士，天下英雄屬使君。炎鼎紀綱傳百世，中興事業限三分	遺蹟憑弔的感懷	一代英雄	○	806
500	三　壽	（？～？）	咸豐庚申仲春過沔陽謁武侯祠（二首之一）	七律	王佐才原超管樂，相臣業不忝伊周。圖成八陣奇兵出，鼎峙三分正統留	品德功勛的評贊	一代英雄	○	807
			咸豐庚申仲春過沔陽謁武侯祠（二首之二）	七律	鷹揚尙父傳書秘，虎嘯留侯借箸間。七擒威播蠻荒外，兩表忠垂宇宙間	品德功勛的評贊	一代英雄	○	808
501	黃兆麟	（1887～1945）	諸葛武侯銅蒺藜歌	樂府	芒耀四射形模奇，苔斑變作鱗之而。金刀祚盡哲人萎，此物光芒長不毀	遺蹟憑弔的感懷	千古神明	○	809
502	王懷曾	（？～？）	白帝城懷古	七律	長江不盡千年恨，萬馬風濤直下吳。一代君臣猶合祀，銅臺人散夜啼烏	遺蹟憑弔的感懷	千古神明	—	810
			謁武侯墓（二首之一）	七律	悵望雲霄仰大名，偏安王業力經營。風雨艱難存正統，孔顏用舍見先生	品德功勛的評贊	千古神明	○	811
			謁武侯墓（二首之二）	七律	一日在時終討賊，大星落處不招魂。含笑君臣泉下看，斷頭龍種好兒孫	遺蹟憑弔的感懷	千古神明	○	812
503	何盛斯	（？～？）	夔州（六首錄一）	七絕	麝香山下柳絲絲，正是東屯麥秀時。四月枇杷黃似蠟，野人先薦武侯祠	其　他	千古神明	○	813
504	陳鍾祥	（？～？）	丞相嶺	五古	遺廟仰崇椒，川岳猶效順。非但化彼夷，柔懷裕忠信	遺蹟憑弔的感懷	千古神明	○	814

			古槐行	樂府	神靈風雨總呵護，遂令郁郁長參天。參天遺韻遍邛蜀，祠堂樹作甘棠木	遺蹟憑弔的感懷	千古神明	○	815
505	潘登瀛	（？～？）	武侯祠	七律	王佐才猷氣象儒，草廬三顧許馳驅。閟宮同祀園陵近，魚水千年在蜀都	君臣遇合的議論	千古神明	○	816
506	劉碩輔	（？～？）	武侯祠下作（二首之一）	七律	渭隴馳驅百戰場，綸巾羽扇一身當。闔門忠孝開千古，龍種兒孫壯國殤	品德功勛的評贊	封建臣子	○	817
			武侯祠下作（二首之二）	七律	薦士衰朝延歷數，平蠻異代藉神功。八門旗鼓無成敗，兩世君臣共始終	品德功勛的評贊	千古神明	○	818
507	陸文杰	（？～？）	謁武侯祠（二首之一）	七律	巾扇風流迥絕倫，臥龍遺像錦江濱。是眞名士能千古，如此奇才有幾人	遺蹟憑弔的感懷	千古神明	○	819
			謁武侯祠（二首之二）	七律	豐碑立地多生蘚，古柏參天半入雲。西蜀空勞師六師，南陽早識國三分	遺蹟憑弔的感懷	一代英雄	－	820
			武侯祠雜詠（古柏）	五律	古柏何年植？森森夏日寒。錦官城外望，嘆息大材難	君臣遇合的議論	一代英雄	○	821
			武侯祠雜詠（唐碑）	五律	諸葛功良偉，豐碑百代餘。共成三不朽，憑鑒意何如	品德功勛的評贊	一代英雄	○	822
			武侯祠雜詠（銅鼓）	五律	氣壯瀘江水，聲宏越巂山。至今遺舊制，猶自鎮南蠻	品德功勛的評贊	一代英雄	○	823
			武侯祠雜詠（石琴）	五律	無復臥龍吟，還將石作琴。羽流能仿古，千載有知音	遺蹟憑弔的感懷	封建臣子	○	824
508	張懷溥	（？～？）	銅鼓歌	樂府	羽扇一揮丁甲圍，豈第擒之復縱之。伏波作此南荒陲，不如此鼓神且奇	品德功勛的評贊	千古神明	○	825
509	劉德新	（？～？）	弔諸葛武侯	七律	北征只欲酬三顧，南入先曾試七擒。當日若非魚水契，草廬抱膝老長吟	君臣遇合的議論	封建臣子	○	826
510	陸　炳	（？～？）	武侯祠	七律	王業今猶嗟北伐，武功昔最著南征。威靈未改斯民望，遙恨千秋奠兩楹	遺蹟憑弔的感懷	千古神明	○	827

511	蔡維鎮	（？～？）	丞相祠	七律	志業有碑傳萬古，表忠無柏不千秋。前古後今俊傑，君才十倍果誰儔	品德功勛的評贊	一代英雄	○	828
512	溫瑞柏	（？～？）	謁武侯祠	五律	鞠躬臣盡瘁，創業國偏安。蒼茫魚水地，想像臥龍蟠	遺蹟憑弔的感懷	封建臣子	○	829
513	曹九成	（？～？）	謁忠武侯像（二首之一）	五律	式瞻公道貌，眞是古醇儒。凜然持正議，愧殺建安徒	品德功勛的評贊	千古神明	○	830
			謁忠武侯像（二首之二）	五律	大夏支非易，孤臣遇獨難。煌煌二表在，長作典謨看	品德功勛的評贊	封建臣子	○	831
514	董大椿	（？～？）	武侯祠	五律	策定三分鼎，胸藏十萬師。盡瘁酬先帝，天心詎不知	遺蹟憑弔的感懷	封建臣子	○	832
515	熊象慧	（？～？）	劉後主	七絕	托孤數語堂堂在，魚水君臣感激多。若使像賢同北地，武侯應復舊山河	君臣遇合的議論	封建臣子	○	833
			諸葛武侯	七絕	赤壁功成一炬燃，勢分鼎足定西川。只因三顧頻煩意，漢紀多延四十年	君臣遇合的議論	一代英雄	○	834
516	金伯綸	（？～？）	武侯祠	五律	事業同姬旦，艱難甚子房。莫嘆偏安局，千秋祭祀長	品德功勛的評贊	千古神明	○	835
517	趙桂生	（？～？）	諸葛銅鼓	七排	天威震疊百蠻平，寶器流傳蜀相名。治世何須農具鑄，長留法物鎮邊氓	品德功勛的評贊	千古神明	○	836
518	邵　墩	（？～？）	武侯祠	五排	伊呂追前代，指揮人莫測，籌畫策無策。應偕孫若子，宇宙大名垂	品德功勛的評贊	一代英雄	○	837
519	鄭成基	（？～？）	武侯祠	五律	空庭非漢柏，遺像自綸巾。功業殊前代，英雄慨後人	品德功勛的評贊	一代英雄	○	838
520	徐夢元	（？～？）	武侯	七律	西魏東吳逐戰塵，臥龍臣節最清醇。隆中出處猶三代，漢後功名止一人	品德功勛的評贊	一代英雄	○	839
521	唐　材	（1707～1753）	七星關武侯祠	七律	名垂伊呂身先病，敵遇孫曹勢轉艱。今日風流巾扇盡，英雄下馬淚潸潸	遺蹟憑弔的感懷	一代英雄	○	840

522	徐汝爲	（？～？）	武侯祠	七絕	魚水君臣定蜀都，更誰才智協忠謨？永安顧命無雙士，欲爲先生哭鳳雛	君臣遇合的議論	封建臣子	○	841
523	易佩紳	（1826～1906）	遊隆中山謁諸葛武侯	七古	諸葛祠堂遍宇宙，我遊巴岷最多睹。羅施銅鼓公威靈，我官其處薦籩豆	遺蹟憑弔的感懷	千古神明	○	842
524	張之洞	（1837～1909）	銅鼓歌	樂府	連弩銅牙雖罕覯，此物猶見天威萬古懸雲霄	品德功勛的評贊	千古神明	○	843
525	薛福保	（？～？）	武侯祠堂	七律	陳迹總隨流水逝，空祠獨與大名垂。悠悠已是嬴劉後，一羽雲霄渺可思	遺蹟憑弔的感懷	千古神明	○	844
526	嚴永華	（？～？）	武侯祠	七律	北伐未能恢帝業，南人終古懾天威。當年將略難輕議，長有風雲聽指揮	品德功勛的評贊	一代英雄	○	845
527	雷鍾德	（？～？）	成都雜詩（二首錄一）	七律	森森翠柏錦官春，丞相英靈亙古新。星沈大野天何意，潮轉空江石有神	遺蹟憑弔的感懷	千古神明	○	846
528	丁賚良	（？～？）	讀李式如司馬重修諸葛忠武侯祠墓記盛而有作	七古	世間富貴春夢婆，獨此名垂宇宙終不滅。若論功業婦孺舉可道，無用贅述煩揣摩	品德功勛的評贊	千古神明	○	847
529	李　素	（？～？）	武侯墓	七律	志決殞身天下事，分甘抱膝隴頭吟。東征未捷妨開濟，遺憾江聲哽到今	遺蹟憑弔的感懷	千古神明	○	848
530	胡丙煊	（？～？）	邑侯莫公重刻《武侯祠墓志》成書後	五古	大名垂宇宙，此書不脛走。想像定軍山，吾洒光北斗	品德功勛的評贊	千古神明	○	849
			亂後謁武侯祠墓感賦（二首之一）	七律	大名豈待留祠宇，遺像猶疑望陣圖。人事蹉跎神所怨，征西廟貌亦榛蕪	遺蹟憑弔的感懷	千古神明	○	850
			亂後謁武侯祠墓感賦（二首之二）	七律	千秋俎豆重東川，遺愛難回浩劫天。樵采如聞鍾會禁，敕修猶記習隆賢	遺蹟憑弔的感懷	千古神明	○	851
531	余宗煌	（？～？）	同治辛未仲冬謁武侯祠恭賦	五排	畸人星易隕，遺恨水長流。成敗何堪論，功名孰與儔	遺蹟憑弔的感懷	一代英雄	○	852
532	尹光恬	（？～？）	武侯墓	七律	學定揖顏惟苦孔，志先吞魏且和吳。聖賢出處英雄恨，祠墓荒涼社稷孤	品德功勛的評贊	千古神明	○	853

533	趙敦棣	（？～？）	忠武侯墓	五律	一抔餘漢土，千古拜爺墳。至今寒食節，私祭尚紛紛	遺蹟憑弔的感懷	千古神明	○	854
			石琴	五律	羽扇綸巾度，高山流水心。斯人已不作，古調杳難尋	遺蹟憑弔的感懷	封建臣子	○	855
			九日書臺登高	五律	遺址幾千載，後人時一來。不把茱萸插，池蓮盼數開	遺蹟憑弔的感懷	千古神明	○	856
			謁忠武侯祠	七律	定軍山下武侯祠，遺像清高共仰之。三分鼎足天難勝，五丈原頭數特奇	遺蹟憑弔的感懷	千古神明	○	857
534	韓文煜	（？～？）	讀《忠武侯傳》	五古	大義炳日星，大名垂宇宙。再拜仰先生，一人三代後	品德功勛的評贊	千古神明	○	858
535	羅　寅	（？～？）	謁武侯墓	七律	四圍松栗餘啼鳥，千古河山有臥龍。西安此去無完土，誰似先生善折衝	遺蹟憑弔的感懷	一代英雄	○	859
536	吳隆瑞	（？～？）	黃沙驛	七絕	木牛流馬緣何制？妙法於今竟不傳。只有出師前後表，堂堂正氣薄雲天	遺蹟憑弔的感懷	封建臣子	○	860
			武侯墓（二首之一）	七律	斯才竟限三分國，未死猶存兩漢基。阿瞞疑塚今何在？不及先生土一蔂	遺蹟憑弔的感懷	一代英雄	○	861
			武侯墓（二首之二）	七律	石碣猶書前後表，奇才的是古今無。忠魂時借風雲護，墓道年來祭祀粗	遺蹟憑弔的感懷	千古神明	○	862
537	孫逢辰	（？～？）	武侯墓	七律	都從靜學出功勛，未粹天民孰似君？世上英雄齊俯首，往來酹酒感斜曛	品德功勛的評贊	一代英雄	○	863
538	王鴻翺	（？～？）	謁武侯祠墓	七律	人品高論三代上，天心亂肇六朝前。不教共抱英雄恨，定有重興禮樂年	品德功勛的評贊	一代英雄	○	864
539	余恒裕	（？～？）	謁武侯祠墓并讀《祠墓志》敬賦	七律	二表臣心光日月，一抔漢土莽風烟。功難爭命遺仇敵，學以成才繼聖賢	遺蹟憑弔的感懷	封建臣子	○	865
			武侯墓	七律	千里西川倚定軍，峨峨雲表想忠魂。爭如丞相留祠墓，萬古河山屬漢尊	遺蹟憑弔的感懷	千古神明	○	866

540	李子榮	（？～？）	春夜宿武侯晨起詣青羊宮就李道人覓餐	五古	并呑業未成，精靈欻然聚。一夢覺華胥，無意吟梁甫	遺蹟憑弔的感懷	千古神明	—	867
541	李廷灝	（？～？）	謁諸葛武侯祠墓	七古	先生大名垂宇宙，一人炳炳三代後。將相經綸儒者氣，羽扇綸巾想故侯	品德功勛的評贊	一代英雄	○	868
			武侯祠	七律	七擒神算征蠻策，二表精誠貫日忠。滅魏呑吳臣志決，大星遽爾隕秋風	品德功勛的評贊	封建臣子	○	869
			武侯墓	七律	一生大節存炎鼎，千載孤忠寄定軍。北向中原無限憾，深山萬古護風雲	品德功勛的評贊	千古神明	○	870
542	萬方煦	（？～？）	五丈原謁武侯祠	七古	天定三分漢鼎破，秋風慘暗大星墮。丹旐西歸泣杜宇，蕭蕭故壘臥蓬蒿	遺蹟憑弔的感懷	千古神明	—	871

※ 計有 242 人 415 首詩；詩體爲「五古」者有 30 首，「七古」者有 38 首，「樂府」者有 15 首，「五絕」者有 32 首，「七絕」者有 39 首，「五律」者有 53 首，「七律」者有 191 首，「五排」者有 13 首，「七排」者有 4 首；內涵旨趣爲「品德功勛的評贊」者有 192 首，「君臣遇合的議論」者有 32 首，「遺蹟憑弔的感懷」者有 186 首，「其他」者有 5 首；人物形象爲「一代英雄」者有 141 首，「封建臣子」者有 120 首，「千古神明」者有 153 首，「其他」者有 1 首；○評價者有 356 首，—評價者有 59 首。

※ 總計有 542 人 871 首詩；詩體爲，「四古」者有 1 首，「五古」者有 107 首，「七古」者有 76 首，「樂府」者有 24 首，「五絕」者有 46 首，「七絕」者有 116 首，「五律」者有 102 首，「七律」者有 369 首，「五排」者有 25 首，「七排」者有 5 首；內涵旨趣爲「品德功勛的評贊」者有 409 首，「君臣遇合的議論」者有 97 首，「遺蹟憑弔的感懷」者有 352 首，「其他」者有 13 首；人物形象爲「一代英雄」者有 297 首，「封建臣子」者有 295 首，「千古神明」者有 270 首，「其他」者有 9 首；○評價者有 741 首，X 評價者有 12 首，⊕評價者有 3 首，—評價者有 115 首。

（二）《三國演義》中所引佚名詩人歌詠諸葛亮的詩歌

編碼	題目	詩體	關鍵詩句	內涵旨趣	人物形象	評價	文碼
001	臥龍居處	七絕	柴門半掩閉茅廬，中有高人臥不起。專待春雷驚夢回，一聲長嘯安天下	品德功勛的評贊	封建臣子	○	001
002	風雪訪賢不遇	七絕	一天風雪訪賢良，不遇空回意感傷。回首停鞭遙望處，爛銀堆滿臥龍岡	君臣遇合的議論	封建臣子	○	002
003	指圖論勢	七絕	豫州當日嘆孤窮，何幸南陽有臥龍！欲識他年分鼎處，先生笑指畫圖中	君臣遇合的議論	一代英雄	○	003
004	走馬薦諸葛	七絕	痛恨高賢不再逢，臨岐泣別兩情濃。片言卻似春雷震，能使南陽起臥龍	君臣遇合的議論	封建臣子	○	004

005	感諸葛囑弟言	七絕	身未升騰思退步，功成應憶去時言。只因先主叮嚀後，星落秋風五丈原	品德功勛的評贊	封建臣子	○	005
006	感蔡邕殉董卓	七絕	董卓專權肆不仁，侍中何自竟亡身！當時諸葛隆中臥，安肯輕身事亂臣	品德功勛的評贊	封建臣子	○	006
007	詠史	七絕	南陽臥龍有大志，腹內雄兵分正奇。龍驤虎視安乾坤，萬古千秋名不朽	品德功勛的評贊	一代英雄	○	007
008	博望坡	七絕	博望相持用火攻，指揮如意笑談中。直須驚破曹公膽，初出茅廬第一功	品德功勛的評贊	一代英雄	○	008
009	氣周瑜（二首之一）	七絕	周瑜決策取荊州，諸葛先知第一籌。指望長江香餌穩，不知暗裡釣魚鉤	品德功勛的評贊	一代英雄	○	009
010	氣周瑜（二首之二）	七絕	臥龍南陽睡未醒，又添列曜下舒城。蒼天既已生周瑜，塵世何須出孔明	品德功勛的評贊	一代英雄	○	010
011	南征（二首之一）	七絕	五月驅兵入不毛，月明瀘水瘴烟高。誓將雄略酬三顧，豈憚征蠻七縱勞	品德功勛的評贊	封建臣子	○	011
012	南征（二首之二）	七絕	羽扇綸巾擁碧幢，七擒妙策制蠻王。至今溪洞傳威德，爲選高原立廟堂	品德功勛的評贊	一代英雄	○	012
013	空城計	七絕	瑤琴三尺勝雄師，諸葛西城退敵時。十五萬人回馬處，土人指點到今疑	品德功勛的評贊	一代英雄	○	013
014	揮淚斬謖	七絕	失守街亭罪不輕，堪嗟馬謖枉談兵。轅門斬首嚴軍法，拭淚猶思先帝明	品德功勛的評贊	封建臣子	○	014
015	斬王雙	七絕	孔明妙算勝孫龐，耿若長星照一方。進退行兵神莫測，陳倉道口斬王雙	品德功勛的評贊	一代英雄	○	015
016	射張郃	七絕	伏弩齊飛萬點星，木門道上射雄兵。至今劍閣行人過，猶說軍師舊日名	品德功勛的評贊	一代英雄	○	016
017	木牛流馬	七絕	劍關險峻驅流馬，斜谷崎嶇駕木牛。後世若能行此法，輸將安得使人愁	遺蹟憑弔的感懷	一代英雄	○	017
018	感司馬上方谷脫難	七絕	谷口風沙烈焰飄，何期驟雨降青霄。武侯妙計如能就，安得山河屬晉朝	遺蹟憑弔的感懷	一代英雄	○	018
019	木像驚懿	七絕	長星半夜落天樞，奔走還疑亮未殂。關外至今人冷笑，頭顱猶問有和無	品德功勛的評贊	千古神明	○	019
020	廢營	七絕	陰平峻嶺與天齊，玄鶴徘徊尚怯飛。鄧艾裹毡從此下，誰知諸葛有先機	品德功勛的評贊	千古神明	○	020
021	嘉胤	七絕	不是忠臣獨少謀，蒼天有意絕炎劉。當年諸葛留嘉胤，節義眞堪繼武侯	品德功勛的評贊	封建臣子	○	021

※總計有21首詩（七絕）；內涵旨趣爲「品德功勛的評贊」者有16首，「君臣遇合的議論」者有3首，「遺蹟憑弔的感懷」者有2首，「其他」者有0首；人物形象爲「一代英雄」者有11首，「封建臣子」者有8首，「千古神明」者有2首，「其他」者有0首；○評價者有21首，X評價者有0首，⊕評價者有0首，一評價者有0首。

（三）詞曲

兩宋時期								
編碼	作　者	年　　代	題　　目	關　　鍵　　詩　　句	內涵旨趣	人物形象	評價	文碼
001	辛棄疾	南宋（1140～1207）	〔滿江紅〕賀王宣子平湖南寇	笳鼓歸來，舉鞭問何如諸葛？待刻公勛業到雲霄，浯溪石	品德功勛的評贊	一代英雄	○	001
002	劉克莊	（1187～1269）	〔沁園春〕	這老子高深未易量。但綸巾指授，關河震動，靈旗征討，夷漢賓將	品德功勛的評贊	千古神明	○	002
003	李曾伯	（1198～約 1265）	〔沁園春〕壬寅餞余宣諭入蜀	想馳情忠武，將興王業，撫膺司馬，淨洗甲兵，定使八荒同一雲	品德功勛的評贊	一代英雄	○	003

※ 計有 3 人 3 闋詞曲；內涵旨趣爲「品德功勛的評贊」者有 3 闋；人物形象爲「一代英雄」者有 2 闋，「千古神明」者有 1 闋；○評價者有 3 闋。

金元時期								
編碼	作　者	年　　代	題　　目	關　　鍵　　詩　　句	內涵旨趣	人物形象	評價	文碼
004	元好問	金（1190～1257）	〔摸魚子〕題樓桑廟	滿意龍蟠虎踞，登臨感慨千古。當年諸葛成何事，伯仲果誰伊呂？	遺蹟憑弔的感懷	一代英雄	–	004
005	馬致遠	元（1250～1324）	〔雙調・慶東原〕嘆世（六首錄一）	笑當時諸葛成何計。出師未回，長星墜地，蜀國空悲	君臣遇合的議論	封建臣子	X	005
006	虞　集	（1272～1348）	〔雙調・折桂令〕席上偶談蜀漢事因賦短柱題	鸞輿三顧茅廬。漢祚難扶，日暮桑榆。天數盈虛，造物乘除，早賦歸歟	君臣遇合的議論	封建臣子	–	006
007	鮮于必仁	（？～？）	〔雙調・折桂令〕諸葛武侯（之二）	龍臥南陽。八陣圖成，三分國峙，萬古鷹揚。五丈秋風，落日蒼茫	品德功勛的評贊	一代英雄	○	007

008	阿魯威	（約1280～1350）	〔雙調・蟾蜍曲〕詠史	問人間誰是英雄？更驚起南陽臥龍，便成名八陣中。鼎足三分	品德功勛的評贊	一代英雄	○	008
009	周文質	（？～1334）	〔時新樂〕（失調）	張飛忒煞強，諸葛軍師賽張良。暗想這場，張飛莽撞，大鬧臥龍岡	品德功勛的評贊	一代英雄	○	009
010	王仲元	（？～？）	〔雙調・江兒水〕嘆世	笑他臥龍因甚起，不了終身計。貪甚青史名，棄卻紅塵利	君臣遇合的議論	封建臣子	X	010
011	馮子振	（？～？）	〔正宮・鸚鵡曲〕赤壁懷古（之十五）	茅廬諸葛親曾住，早賺出抱膝梁父。笑談間漢鼎三分，不記得南陽耕雨	遺蹟憑弔的感懷	一代英雄	○	011
012	王舉之	（1290～約1350）	〔雙調・折桂令〕讀史有感	北邙山多少英雄！輔漢室功成臥龍，世事秋蓬。惟有漁樵，跳出樊籠	品德功勛的評贊	封建臣子	—	012
013	查德卿	（？～？）	〔雙調・蟾蜍曲〕懷古	問從來誰是英雄？一個農夫，一個魚翁。八陣圖名成臥龍	品德功勛的評贊	一代英雄	○	013

※ 計有10人10闋詞曲：內涵旨趣爲「品德功勛的評贊」者有5闋，「君臣遇合的議論」者有3闋，「遺蹟憑弔的感懷」者有2闋；人物形象爲「一代英雄」者有6闋，「封建臣子」者有4首；○評價者有5闋，X評價者有2闋，—評價者有3闋。

清代時期

編碼	作　者	年　　代	題　　目	關　　鍵　　詩　　句	內涵旨趣	人物形象	評價	文碼
014	徐　振	清（？～？）	〔滿江紅〕周公瑾墓下作	天若不生諸葛子，君才寧許他人亞	遺蹟憑弔的感懷	一代英雄	○	014

※ 計有1人1闋詞曲：內涵旨趣爲「遺蹟憑弔的感懷」者有1闋；人物形象爲「一代英雄」者有1闋；○評價者有1闋。

※ 總計有14人14闋詞曲：內涵旨趣爲「品德功勛的評贊」者有8闋，「君臣遇合的議論」者有3闋，「遺蹟憑弔的感懷」者有3闋，「其他」者有0闋；人物形象爲「一代英雄」者有9闋，「封建臣子」者有4闋，「千古神明」者有1闋，「其他」者有0闋；○評價者有9闋，X評價者有2闋，⊕評價者有0闋，—評價者有3闋。

（四）辭賦

兩宋時期								
編碼	作者	年代	題目	關鍵詩句	內涵旨趣	人物形象	評價	文碼
001	田錫	北宋（940～1004）	諸葛臥龍賦	觀陣圖者見其規畫，讀國史者想其形儀。信奇士之遇主，誠千載之一時	品德功勛的評贊	一代英雄	○	001
002	蘇轍	（1039～1112）	登眞興寺樓賦（并序）	雖孔明其何益於五丈兮，使無原其忘亮。覽川原而思古兮，怳亡弓之遺韔	遺蹟憑弔的感懷	封建臣子	⊕	002
003	劉望之	（？～？）	八陣臺賦（并序）	自古聖賢，亦行其義。道之不濟，已知之矣！相夫子之所立，固已無窮而不貲	遺蹟憑弔的感懷	千古神明	○	003
004	閻苑	（？～？）	述賢亭賦（并序）	酬三顧而不爽，縱七擒之所長，資一時之談笑，播千載而芬芳。才兼管樂	品德功勛的評贊	一代英雄	○	004
005	羅士琥	（？～？）	八陣圖磧賦（并序）	伯仲間兮呂伊，失蕭曹兮定指揮麾；才十倍兮曹丕，遺巾幗兮懿慚而見揮	遺蹟憑弔的感懷	一代英雄	○	005

※ 計有5人5篇賦：內涵旨趣爲「品德功勛的評贊」者有2篇，「遺蹟憑弔的感懷」者有3篇；人物形象爲「一代英雄」者有3篇，「封建臣子」者有1篇，「千古神明」者有篇；○評價者有4篇，⊕評價者有篇。

金元時期								
編碼	作者	年代	題目	關鍵詩句	內涵旨趣	人物形象	評價	文碼
006	楊維楨	元（1296～1370）	八陣圖賦	允識時之俊傑兮，呑餘子於一空。奇不失於正正兮，怪不越於堂堂	遺蹟憑弔的感懷	一代英雄	○	006

※ 計有1人1篇賦：內涵旨趣爲「遺蹟憑弔的感懷」者有1篇；人物形象爲「一代英雄」者有1篇；○評價者有1篇。

明代時期

編碼	作者	年代	題目	關鍵詩句	內涵旨趣	人物形象	評價	文碼
007	劉基	明（1311～1375）	弔武侯賦	天地閉塞兮聖賢隱淪，大旱焦土兮龍無所用其神。微斯人其孰明	遺蹟憑弔的感懷	千古神明	○	007
008	何景明	（1488～1521）	渡瀘賦	朔風起兮瀘水寒，扣楫中流兮懷昔賢。遇非其時兮良獨艱，嗟嗟	品德功勛的評贊	封建臣子	○	008
009	李宗本	（？～？）	臥龍岡賦	仰先生之高風兮，展一敬於瓣香。謂先生功無成兮，雖孔愼用之東亦何濟	遺蹟憑弔的感懷	千古神明	○	009

※ 計有3人3篇賦：內涵旨趣為「品德功勛的評贊」者有1篇，「遺蹟憑弔的感懷」者有2篇；人物形象為「封建臣子」者有1篇，「千古神明」者有2篇；○評價者有3篇。

清代時期

編碼	作者	年代	題目	關鍵詩句	內涵旨趣	人物形象	評價	文碼
010	羅鈉	清（？～？）	臥龍岡賦	昔有賢人，於茲避世。薄管樂而非儔，仰伊呂而是企。固一世之人龍	品德功勛的評贊	一代英雄	○	010
011	王萬芳	（？～？）	隆中對賦（以「龍臥草廬大局已定」為韻）	實伊周之亞侶，比管樂之襟胸。君得臣而臣得君，三代下一人而己	君臣遇合的議論	一代英雄	○	011

※ 計有2人2篇賦：內涵旨趣為「品德功勛的評贊」者有1篇，「君臣遇合的議論」者有1篇；人物形象為「一代英雄」者有2篇；○評價者有2篇。

※ 總計有11人11篇賦：內涵旨趣為「品德功勛的評贊」者有399首，「君臣遇合的議論」者有93首，「遺蹟憑弔的感懷」者有345首，「其他」者有13首；人物形象為「一代英雄」者有291首，「封建臣子」者有281首，「千古神明」者有269首，「其他」者有9首；○評價者有720首，X評價者有12首，⊕評價者有3首，一評價者有115首。

二、歷代詠懷諸葛亮的詩詞曲賦分類比率圖表

（一）詩歌

1.「詩體方面」的比率圖表

時期	篇數	總比	詩體數																											
			古體詩										近體詩																	
			古詩							樂府詩			絕句						律詩											
			四古〔註1〕	五古	類比1〔註2〕	類比2	七古	類比1	類比2	樂府	類比1	類比2	五絕	類比1	類比2	七絕	類比1	類比2	五律	類比1	類比2	七律	類比1	類比2	五排	類比1	類比2	七排	類比1	類比2
兩晉	1	0.12	0	0	0	0	0	0	0	0	0	0	1	100	2.17	0	0	0	0	0	0	0	0	0	0	0	0	0	0	0
南北朝	1	0.12	0	1	100	0.94	0	0	0	0	0	0	0	0	0	0	0	0	0	0	0	0	0	0	0	0	0	0	0	0
隋唐	82	9.41	0	15	18.29	14.02	1	1.22	1.32	3	3.66	12.50	3	3.66	6.52	17	20.73	14.66	8	9.76	7.84	27	32.93	7.32	8	9.76	32.0	0	0	0
兩宋	109	12.51	0	29	26.61	27.10	14	12.84	18.42	3	2.75	12.50	4	3.67	8.70	26	23.85	22.41	7	6.42	6.86	23	21.10	6.23	2	1.84	8.0	1	0.92	20
金元	35	4.02	0	5	14.29	4.67	7	20.00	9.21	1	2.86	4.17	4	11.43	8.70	9	25.71	7.76	2	5.71	1.96	7	20.00	1.90	0	0	0	0	0	0
明代	228	26.18	1	27	11.84	25.23	16	7.02	21.05	2	0.88	8.33	2	0.88	4.35	25	10.97	21.55	32	14.04	31.37	121	53.07	32.79	2	0.88	8.0	0	0	0
清代	415	47.65	0	30	7.23	28.04	38	9.16	50.00	15	3.61	62.50	32	7.71	69.57	39	9.40	33.62	53	12.77	51.96	191	46.02	51.76	13	3.13	52.0	4	0.96	80
總計	871	100	1	107	12.29	100	76	8.73	100	24	2.76	100	46	5.28	100	116	13.32	100	102	11.71	100	369	42.37	100	25	2.87	100	5	0.57	100

〔註 1〕在 851 首詠諸葛亮的詩歌中，以「四言古體」來表現者，僅有〔明代〕邱雲霄的〈龍臥〉，因屬特例，故此不作細部的統計分析。

〔註 2〕類比 1＝某類詩體數／某時期篇數累計總量的百分比（%）；類比 2＝某時期某類詩體數/歷代某類詩體累計總量的百分比（%）。

※ 以詩體各類的數量來觀照，則在 871 首詠諸葛亮的詩歌中，「古體詩」計有 208 首，佔其總量的 23.88%；「近體詩」計有 663 首，佔其總量的 76.12%。在 208 首的「古體詩」中，「古詩」計有 184 首，佔其總量的 88.46%（四古 0.48%、五古 51.44%、七古 36.54%）；「樂府詩」計有 24 首，佔其總量的 11.54%。在 663 首的「近體詩」中，「絕句」計有 162 首，佔其總量的 24.43%（五絕 6.94%、七絕 17.49%）；「律詩」計有 501 首，佔其總量的 75.57%（五律 15.38%、七律 55.66%、五排 3.77%、七排 0.75%）。在 184 首的「古詩」中，「四古」只有 1 首，佔其總量的 0.54%；「五古」計有 107 首，佔其總量的 58.15%；「七古」計有 76 首，佔其總量的 41.30%。在 162 首的「絕句」中，「五絕」計有 46 首，佔其總量的 28.40%；「七絕」計有 116 首，佔其總量的 71.60%。在 501 首的「律詩」中，「五律」計有 102 首，佔其總量的 20.36%；「七律」計有 369 首，佔其總量的 73.65%；「五排」計有 25 首，佔其總量的 4.99%；「七排」計有 5 首，佔其總量的 1.00%。此外，以詩體各類的語長來觀照，則在 871 首詠諸葛亮的詩歌中，「五言詩」（五古、五絕、五律、五排）計有 280 首，佔其總量的 32.15%；「七言詩」（七古、樂府〔註 3〕、七絕、七律、七排）計有 590 首，佔其總量的 67.74%。在 280 首的「五言詩」中，「古體詩」計有 107 首，佔其總量的 38.21%；「近體詩」計有 173 首，佔其總量的 61.79%（五絕 16.43%、五律 36.43%、五排 8.93%）。在 590 首的「七言詩」中，「古體詩」計有 100 首，佔其總量的 16.95%（七古 12.88%、樂府 4.07%）；「近體詩」計有 490 首，佔其總量的 83.05%（七絕 19.66%、七律 62.54%、七排 0.85%）。

2.「內涵旨趣方面」比率圖表

時期	人數	總比 1〔註 4〕	篇數	總比 2	內涵旨趣數											
					品德功勛的評贊	類比 1	類比 2	君臣遇合的議論	類比 1	類比 2	遺蹟憑弔的感懷	類比 1	類比 2	其他	類比 1	類比 2
兩　晉	1	0.19	1	0.12	0	0	0	0	0	0	1	100	0.28	0	0	0
南北朝	1	0.19	1	0.12	1	100	0.25	0	0	0	0	0	0	0	0	0
隋　唐	47	8.67	82	9.41	39	47.56	9.54	18	21.95	18.56	21	25.61	5.97	1	1.22	7.69
兩　宋	68	12.55	109	12.51	45	41.28	11.00	14	12.84	14.43	48	44.04	13.64	2	1.84	15.39
金　元	26	4.80	35	4.02	20	57.14	4.89	6	17.14	6.19	6	17.14	1.71	3	8.57	23.08
明　代	157	28.97	228	26.18	109	47.81	26.65	27	9.38	27.84	90	39.47	25.57	2	0.88	15.39
清　代	242	44.65	415	47.65	192	46.27	46.94	32	7.71	32.99	186	44.82	52.84	5	1.21	38.46
總　計	542	100	871	100	409	46.96	100	97	11.14	100	352	40.41	100	13	1.49	100

〔註 3〕「樂府詩」雖屬雜言的長短詩，其每句的語長未定，但在 851 首詠諸葛亮的詩歌中，大都是以七言爲主，或糝雜些三、五、六、十言的句子，故此姑且列入七言詩計算。

〔註 4〕總比 1＝某時期作家數／歷代累計作家總量的百分比（%）；總比 2＝某時期詩歌篇數/歷代詩歌累計總量的百分比（%）。

3.「人物形象與評價方面」的比率圖表

時期	人數	總比1	篇數	總比2	人物形象數												評價數											
					一代英雄	類比1	類比2	封建賢臣	類比1	類比2	千古神明	類比1	類比2	其他	類比1	類比2	○	類比1	類比2	X	類比1	類比2	⊕	類比1	類比2	–	類比1	類比2
兩晉	1	0.19	1	0.12	1	100	0.34	0	0	0	0	0	0	0	0	0	1	100	0.14	0	0	0	0	0	0	0	0	0
南北朝	1	0.19	1	0.12	0	0	0	1	100	0.34	0	0	0	0	0	0	1	100	0.14	0	0	0	0	0	0	0	0	0
隋唐	47	8.67	82	9.41	20	24.39	6.73	38	46.34	12.88	22	26.83	8.15	2	2.44	22.22	71	86.59	9.58	3	3.66	25.00	0	0	0	8	9.76	6.96
兩宋	68	12.55	109	12.51	44	40.37	14.82	37	33.95	12.54	24	22.02	8.89	4	3.67	44.44	86	78.90	11.61	8	7.34	66.67	2	1.84	66.67	13	11.93	11.30
金元	26	4.80	35	4.02	14	40	4.71	16	45.71	5.42	4	11.43	1.48	1	2.86	1.11	32	91.43	4.32	0	0	0	0	0	0	3	8.57	2.61
明代	157	28.97	228	26.18	77	33.77	25.93	83	36.40	28.14	67	29.39	24.82	1	0.44	1.11	194	85.09	26.18	1	0.44	8.33	1	0.44	33.33	32	14.04	27.83
清代	242	44.65	415	47.65	141	33.98	47.48	120	28.92	40.68	153	36.87	56.67	1	0.24	1.11	356	85.78	48.04	0	0	0	0	0	0	59	14.22	51.30
總計	542	100	871	100	297	34.10	100	295	33.87	100	270	31.00	100	9	1.03	100	741	85.08	100	12	1.38	100	3	0.34	100	115	13.20	100

（二）《三國演義》中所引佚名詩人歌詠諸葛亮「詩歌」的比率圖表

篇數總計	詩體數		內涵旨趣數								人物形象數								評價數							
	七絕	%	品德功勛的評贊	%	君臣遇合的議論	%	遺蹟憑弔的感懷	%	其他	%	一代英雄	%	封建賢臣	%	千古神明	%	其他	%	○	%	X	%	⊕	%	–	%
21	21	100	16	76.19	3	14.29	2	9.52	0	0	11	52.38	8	38.10	2	9.52	0	0	21	100	0	0	0	0	0	0

（三）詞曲

1.「內涵旨趣方面」的比率圖表

時　期	人數	總比 1	篇數	總比 2	內涵旨趣數											
					品德功勛的評贊	類比 1	類比 2	君臣遇合的議論	類比 1	類比 2	遺蹟憑弔的感懷	類比 1	類比 2	其他	類比 1	類比 2
兩　宋	3	21.43	3	21.43	3	100	37.50	0	0	0	0	0	0	0	0	0
金　元	10	71.43	10	71.43	5	50	62.50	3	30	100	2	20	66.67	0	0	0
清　代	1	7.14	1	7.14	0	0	0	0	0	0	1	100	33.33	0	0	0
總　計	14	100	14	100	8	57.14	100	3	21.43	100	3	21.43	100	0	0	0

2.「人物形象與評價方面」的比率圖表

時　期	人數	總比 1	篇數	總比 2	人物形象數												評價數											
					一代英雄	類比 1	類比 2	封建賢臣	類比 1	類比 2	千古神明	類比 1	類比 2	其他	類比 1	類比 2	○	類比 1	類比 2	X	類比 1	類比 2	⊕	類比 1	類比 2	—	類比 1	類比 2
兩　宋	3	21.43	3	21.43	2	66.67	22.22	0	0	0	1	33.33	100	0	0	0	3	100	33.33	0	0	0	0	0	0	0	0	0
金　元	10	71.43	10	71.43	6	60	66.67	4	40	100	0	0	0	0	0	0	5	50	55.56	2	20	100	0	0	0	3	30	100
清　代	1	7.14	1	7.14	1	100	11.11	0	0	0	0	0	0	0	0	0	1	100	11.11	0	0	0	0	0	0	0	0	0
總　計	14	100	14	100	9	64.29	100	4	28.57	100	1	7.14	100	0	0	0	9	64.29	100	2	14.29	100	0	0	0	3	21.43	100

（四）辭賦

1.「內涵旨趣方面」的比率圖表

時期	人數	總比 1	篇數	總比 2	內涵旨趣數											
					品德功勛的評贊	類比 1	類比 2	君臣遇合的議論	類比 1	類比 2	遺蹟憑弔的感懷	類比 1	類比 2	其他	類比 1	類比 2
兩宋	5	45.46	5	45.46	2	40	50.00	0	0	0	3	60	50.00	0	0	0
金元	1	9.09	1	9.09	0	0	0	0	0	0	1	100	16.67	0	0	0
明代	3	27.27	3	27.27	1	33.33	25.00	0	0	0	2	66.67	33.33	0	0	0
清代	2	18.18	2	18.18	1	50	25.00	1	50	100	0	0	0	0	0	0
總計	11	100	11	100	4	36.36	100	1	9.09	100	6	54.55	100	0	0	0

2.「人物形象與評價方面」的比率圖表

時期	人數	總比 1	篇數	總比 2	人物形象數											
					一代英雄	類比 1	類比 2	封建賢臣	類比 1	類比 2	千古神明	類比 1	類比 2	其他	類比 1	類比 2
兩宋	5	45.46	5	45.46	3	60	50.00	1	20	50.00	1	20	33.33	0	0	0
金元	1	9.09	1	9.09	1	100	16.67	0	0	0	0	0	0	0	0	0
明代	3	27.27	3	27.27	0	0	0	1	33.33	50.00	2	66.67	66.67	0	0	0
清代	2	18.18	2	18.18	2	100	33.33	0	0	0	0	0	0	0	0	0
總計	11	100	11	100	6	54.55	100	2	18.18	100	3	27.27	100	0	0	0

時期	評價數											
	○	類比 1	類比 2	X	類比 1	類比 2	⊕	類比 1	類比 2	—	類比 1	類比 2
兩宋	4	80	40.00	0	0	0	1	20	100	0	0	0
金元	1	100	10.00	0	0	0	0	0	0	0	0	0
明代	3	100	30.00	0	0	0	0	0	0	0	0	0
清代	2	100	20.00	0	0	0	0	0	0	0	0	0
總計	10	90.91	100	0	0	0	1	9.09	100	0	0	0

一、《三國志平話》故事中涉及「諸葛亮情節」者與人物生平事蹟的各階段關係分布總表（37段）

《三國志平話》（台北：文化圖書公司，1997年3月再版）故事內容的橋段題名一覽表（69段）〔註1〕

卷別	段數	題　名	卷別	段數	題　名	卷別	段數	題　名
上	01	漢帝賞春	中	24	漢獻帝宣玄德關張	下	47	龐統謁玄德
上	02	天差仲相作陰君	中	25	曹操勘吉平	下	48	張飛刺蔣雄
上	03	仲相陰間斷公事	中	26	趙雲見玄德	下	49	孔明引眾現玄德
上	04	孫學究得天書	中	27	關公刺顏良	下	50	曹操殺馬滕
上	05	黃巾叛	中	28	曹公贈雲長袍	下	51	馬超敗曹公
上	06	桃園結義（一）	中	29	雲長千里獨行	下	52	玄德符江會劉璋
上	07	桃園結義（二）	中	30	關公斬蔡陽	下	53	落城龐統中箭
上	08	張飛見黃巾	中	31	古城聚義	下	54	孔明說降張益
上	09	破黃巾	中	32	先主跳檀溪	下	55	封五虎將
上	10	得勝班師	中	33	三顧孔明	下	56	關公單刀會

〔註1〕文化圖書版所印行《三國志平話》一書，書前目錄中羅列有故事內容的橋段題名，但題名在內文中卻未見標明，以致不知其分段依據爲何。筆者雖粗略將之逐一入內建置，但問題仍舊頗多，除依其內容將「董卓弄權」與「玄德平原德政及民」二題名，給前後互調外；原刊本內文疑似爲題名者，也難以順利連繫內容，當即今存元刊本缺漏錯簡，或者後人閱讀時注記混入所致。

上	11	張飛殺太守	中	34	孔明下山	下	57	黃忠斬夏侯淵
上	12	張飛鞭督郵	中	35	玄德哭荊王墓	下	58	張飛捉于昶
上	13	玄德作平原縣丞	中	36	趙雲抱太子	下	59	關公斬龐德佐
上	14	董卓弄權	中	37	張飛拒橋退卒	下	60	關公水渰于禁軍
上	15	玄德平原德政及民	中	38	孔明殺曹使	下	61	先主托孔明佐太子
上	16	三戰呂布	中	39	魯肅引孔明說周瑜	下	62	劉禪即位
上	17	王允獻董卓貂蟬	中	40	黃蓋詐降蔣幹	下	63	孔明七縱七擒
上	18	呂布刺董卓	中	41	赤壁鏖兵	下	64	孔明木牛流馬
上	19	張飛捽袁襄	中	42	玄德黃鶴樓私遁	下	65	孔明斬馬謖
上	20	張飛三出小沛	中	43	曹璋射周瑜	下	66	孔明百箭射張郃
上	21	張飛見曹操	中	44	孔明班師入荊州	下	67	孔明出師
上	22	水浸下邳擒呂布	中	45	吳夫人欲殺玄德	下	68	秋風五丈原
上	23	曹操斬陳宮	中	46	吳夫人回面	下	69	將星墜孔明營

元刊本《三國志平話》內文疑似為橋段題名或注記者一覽表（38 個）

卷別	段數	題　　名	卷別	段數	題　　名	卷別	段數	題　　名
上	16	三戰呂布	中	28	曹公贈袍	下	55	黃忠斬馬守忠
上	16	張飛獨戰呂布	中	29	關公千里獨行	下	55	皇叔封五虎將
上	19	呂布投玄德	中	30	關公斬蔡陽	下	57	黃忠斬夏侯淵

上	19	張飛捽袁襄	中	31	古城聚義	下	58	張飛捉于昶
上	20	曹豹獻徐州	中	34	三謁諸葛	下	58	諸葛使計退曹操
上	20	張飛三出小沛	中	34	諸葛出庵	下	58	曹操斬太子
上	22	侯成盜馬	中	36	趙雲抱太子	下	59	關公斬龐德
上	23	張飛捉呂布	中	37	張飛拒水斷橋	下	60	關公水渰七軍
上	23	曹操斬陳宮	中	40	曹操拜蔣幹爲師	下	63	諸葛七擒孟獲
上	23	白門斬呂布	中	46	吳夫人回面	下	64	諸葛造木牛流馬
中	25	曹操勘吉平	下	53	落城射龐統	下	65	諸葛斬馬謖
中	25	關公襲車冑	下	54	張飛義釋顏嚴	下	68	西上秋風五丈原
中	27	關公刺顏良	下	55	龐統助計			

《三國志平話》故事中涉及「諸葛亮情節」者統計表（37段）〔註2〕

編碼	卷別	段數	題　　名	編碼	卷別	段數	題　　名	編碼	卷別	段數	題　　名
01	上	03	仲相陰間斷公事	14	中	45	吳夫人欲殺玄德	27	下	59	關公斬龐德佐
02	中	32	先主跳檀溪	15	中	46	吳夫人回面	28	下	60	關公水渰于禁軍
03	中	33	三顧孔明	16	下	47	龐統謁玄德	29	下	61	先主托孔明佐太子
04	中	34	孔明下山	17	下	48	張飛刺蔣雄	30	下	62	劉禪即位

〔註2〕在37橋段中，以諸葛亮情事作爲題名者，計有15段，佔其40.54%，茲以粗體字標示。

05	中	35	玄德哭荊王墓	18	下	49	孔明引眾現玄德	31	下	63	孔明七縱七擒
06	中	36	趙雲抱太子	19	下	50	曹操殺馬滕	32	下	64	孔明木牛流馬
07	中	38	孔明殺曹使	20	下	52	玄德符江會劉璋	33	下	65	孔明斬馬謖
08	中	39	魯肅引孔明說周瑜	21	下	53	落城龐統中箭	34	下	66	孔明百箭射張部
09	中	40	黃蓋詐降蔣幹	22	下	54	孔明說降張益	35	下	67	孔明出師
10	中	41	赤壁鏖兵	23	下	55	封五虎將	36	下	68	秋風五丈原
11	中	42	玄德黃鶴樓私遁	24	下	56	關公單刀會	37	下	69	將星墜孔明營
12	中	43	曹璋射周瑜	25	下	57	黃忠斬夏侯淵				
13	中	44	孔明班師入荊州	26	下	58	張飛捉于昶				

《三國志平話》故事中涉及「諸葛亮情節」者與人物生平事蹟的各階段關係分布總表（37 段）

階　段	題　名	則數	比率	排名	主數	比率	排名
生　前	仲相陰間斷公事	1	2.70	7	0	0	4
誕生琅琊		0	0	8	0	0	4
早孤離鄉		0	0	8	0	0	4
躬耕隴畝		0	0	8	0	0	4
步出茅廬	先主跳檀溪、三顧孔明、孔明下山	3	8.11	5	2	13.33	2
荊州潰逃	玄德哭荊王墓、趙雲抱太子	2	5.41	6	0	0	4

赤壁之戰	孔明殺曹使、魯肅引孔明說周瑜、黃蓋詐降蔣幹、赤壁鏖兵	4	10.81	4	2	13.33	2
謀借荊州	玄德黃鶴樓私遁、曹璋射周瑜、孔明班師入荊州、吳夫人欲殺玄德、吳夫人回面、龐統謁玄德、張飛刺蔣雄、孔明引眾現玄德	8	21.62	1	2	13.33	2
進取益州	曹操殺馬滕、玄德符江會劉璋、落城龐統中箭、孔明說降張益、封五虎將	5	13.51	3	1	6.67	3
受遺託孤	關公單刀會、黃忠斬夏侯淵、張飛捉于裩、關公斬龐德佐、關公水渰于禁軍、先主托孔明佐太子、劉禪即位	7	18.92	2	1	6.67	3
南征蠻越	孔明七縱七擒	1	2.70	7	1	6.67	3
北伐中原	孔明木牛流馬、孔明斬馬謖、孔明百箭射張部	3	8.11	5	3	20.00	1
積勞病逝	孔明出師、秋風五丈原、將星墜孔明營	3	8.11	5	3	20.00	1
身　　後		0	0	8	0	0	4
其　　他		0	0	8	0	0	4
總　　計		37	100		15	100	

二、《三國演義》故事中涉及「諸葛亮情節」者與人物生平事蹟的各階段關係分布總表（81回）

《三國演義》故事中涉及「諸葛亮情節」者統計表（81回）〔註1〕

編碼	回數	名目	編碼	回數	名目	編碼	回數	名目
01	009	除暴兇呂布助司徒，犯長安李傕聽賈詡	28	063	諸葛亮痛哭龐統，張翼德義釋嚴顏	55	093	姜伯約歸降孔明，武鄉侯罵死王朗
02	035	玄德南漳逢隱淪，單福新野遇英主	29	064	孔明定計捉張任，楊阜借兵破馬超	56	094	諸葛亮乘雪破羌兵，司馬懿尅日擒孟達
03	036	玄德用計襲樊城，元直走馬薦諸葛	30	065	馬超大戰葭萌關，劉備自領益州牧	57	095	馬謖拒諫失街亭，武侯彈琴退仲達
04	037	司馬徽再薦名士，劉玄德三顧草廬	31	066	關雲長單刀赴會，伏皇后為國捐生	58	096	孔明揮淚斬馬謖，周魴斷髮賺曹休
05	038	定三分隆中決策，戰長江孫氏報讎	32	067	曹操平定漢中地，張遼威震逍遙津	59	097	討魏國武侯再上表，破曹兵姜維詐獻書
06	039	荊州城公子三求計，博望坡軍師初用兵	33	069	卜周易管輅知機，討漢賊五臣死節	60	098	追漢軍王雙受誅，襲陳倉武侯取勝
07	040	蔡夫人議獻荊州，諸葛亮火燒新野	34	070	猛張飛智取瓦口隘，老黃忠計奪天蕩山	61	099	諸葛亮大破魏兵，司馬懿入寇西蜀
08	041	劉玄德攜民渡江，趙子龍單騎救主	35	071	占對山黃忠逸待勞，據漢水趙雲寡勝眾	62	100	漢兵劫寨破曹真，武侯鬥陣辱仲達

〔註1〕在81回中，以諸葛亮情事作為回目題名者，計有40回，約佔其半數，茲以粗體字標示。

09	042	張翼德大鬧長坂橋，劉豫州敗走漢津口	36	072	諸葛亮智取漢中，曹阿瞞兵退斜谷	63	101	出隴上諸葛妝神，奔劍閣張郃中計
10	043	諸葛亮舌戰群儒，魯子敬力排眾議	37	073	玄德進位漢中王，雲長攻拔襄陽郡	64	102	司馬懿占北原渭橋，諸葛亮造木牛流馬
11	044	孔明用智激周瑜，孫權決計破曹操	38	076	徐公明大戰沔水，關雲長敗走麥城	65	103	上方谷司馬受困，五丈原諸葛禳星
12	045	三江口曹操折兵，群英會蔣幹中計	39	077	玉泉山關公顯聖，洛陽城曹操感神	66	104	隕大星漢丞相歸天，見木像魏都督喪膽
13	046	用奇謀孔明借箭，獻密計黃蓋受刑	40	078	治風疾神醫身死，傳遺命奸雄數終	67	105	武侯預伏錦囊計，魏主拆取承露盤
14	048	宴長江曹操賦詩，鎖戰船北軍用武	41	079	兄逼弟曹植賦詩，姪陷叔劉封伏法	68	106	公孫淵兵敗死襄平，司馬懿詐病賺曹爽
15	049	七星壇諸葛祭風，三江口周瑜縱火	42	080	曹丕廢帝篡炎劉，漢王正位續大統	69	107	魏主政歸司馬氏，姜維兵敗牛頭山
16	050	諸葛亮智算華容，關雲長義釋曹操	43	081	急兄讎張飛遇害，雪弟恨先主興兵	70	108	丁奉雪中奮短兵，孫峻席間施密計
17	051	曹仁大戰東吳兵，孔明一氣周公瑾	44	082	孫權降魏受九錫，先主征吳賞六軍	71	109	困司馬漢將奇謀，廢曹芳魏家果報
18	052	諸葛亮智辭魯肅，趙子龍計取桂陽	45	083	戰猇亭先主得讎人，守江口書生拜大將	72	110	文鴦單騎退雄兵，姜維背水破大敵
19	053	關雲長義釋黃漢升，孫仲謀大戰張文遠	46	084	陸遜營燒七百里，孔明巧布八陣圖	73	111	鄧士載智敗姜伯約，諸葛誕義討司馬昭
20	054	吳國太佛寺看新郎，劉皇叔洞房續佳偶	47	085	劉先主遺詔託孤兒，諸葛亮安居平五路	74	113	丁奉定計斬孫綝，姜維鬥陣破鄧艾
21	055	玄德智激孫夫人，孔明二氣周公瑾	48	086	難張溫秦宓逞天辯，破曹丕徐盛用火攻	75	114	曹髦驅車死南闕，姜維棄糧勝魏兵

22	056	曹操大宴銅雀台，孔明三氣周公瑾	49	087	征南寇丞相大興師，抗天兵蠻王初受執	76	115	詔班師後主信讒，託屯田姜維避禍
23	057	柴桑口臥龍弔喪，耒陽縣鳳雛理事	50	088	渡瀘水再縛番王，識詐降三擒孟獲	77	116	鍾會分兵漢中道，武侯顯聖定軍山
24	058	馬孟起興兵雪恨，曹阿瞞割鬚棄袍	51	089	武鄉侯四番用計，南蠻王五次遭擒	78	117	鄧士載偷度陰平，諸葛瞻戰死綿竹
25	060	張永年反難楊修，龐士元議取西蜀	52	090	驅巨獸六破蠻兵，燒藤甲七擒孟獲	79	118	哭祖廟一王死孝，入西川二士爭功
26	061	趙雲截江奪阿斗，孫權遺書退老瞞	53	091	祭瀘水漢相班師，伐中原武侯上表	80	119	假投降巧計成虛話，再受禪依樣畫葫蘆
27	062	取涪關楊高授首，攻雒城黃魏爭功	54	092	趙子龍力斬五將，諸葛亮智取三城	81	120	薦杜預老將獻新謀，降孫皓三分歸一統

《三國演義》故事中涉及「諸葛亮情節」者與人物生平事蹟的各階段關係分布總表（81 回）

階　段	題　　名	則數	比率	排名	主數	比率	排名
生　前		0	0	9	0	0	6
誕生琅琊	〈除暴兇呂布助司徒，犯長安李傕聽賈詡〉	1	1.24	8	0	0	6
早孤離鄉		0	0	9	0	0	6
躬耕隴畝		0	0	9	0	0	6
步出茅廬	〈玄德南漳逢隱淪，單福新野遇英主〉、〈玄德用計襲樊城，元直走馬薦諸葛〉、〈司馬徽再薦名士，劉玄德三顧草廬〉、〈定三分隆中決策，戰長江孫氏報讎〉	4	4.94	6	3	7.50	4
荊州潰逃	〈荊州城公子三求計，博望坡軍師初用兵〉、〈蔡夫人議獻荊州，諸葛亮火燒新野〉、〈劉玄德攜民渡江，趙子龍單騎救主〉、〈張翼德大鬧長坂橋，劉豫州敗走漢津口〉	4	4.94	6	2	5.00	5

赤壁之戰	〈諸葛亮舌戰群儒，魯子敬力排眾議〉、〈孔明用智激周瑜，孫權決計破曹操〉、〈三江口曹操折兵，群英會蔣幹中計〉、〈用奇謀孔明借箭，獻密計黃蓋受刑〉、〈宴長江曹操賦詩，鎖戰船北軍用武〉、〈七星壇諸葛祭風，三江口周瑜縱火〉、〈諸葛亮智算華容，關雲長義釋曹操〉、〈曹仁大戰東吳兵，孔明一氣周公瑾〉、〈諸葛亮智辭魯肅，趙子龍計取桂陽〉、〈關雲長義釋黃漢升，孫仲謀大戰張文遠〉	10	12.35	4	7	17.50	2
謀借荊州	〈吳國太佛寺看新郎，劉皇叔洞房續佳偶〉、〈玄德智激孫夫人，孔明二氣周公瑾〉、〈曹操大宴銅雀台，孔明三氣周公瑾〉、〈柴桑口臥龍弔喪，耒陽縣鳳雛理事〉	4	4.94	6	3	7.50	4
進取益州	〈馬孟起興兵雪恨，曹阿瞞割鬚棄袍〉、〈張永年反難楊修，龐士元議取西蜀〉、〈趙雲截江奪阿斗，孫權遺書退老瞞〉、〈取涪關楊高授首，攻雒城黃魏爭功〉、〈諸葛亮痛哭龐統，張翼德義釋嚴顏〉、〈孔明定計捉張任，楊阜借兵破馬超〉、〈馬超大戰葭萌關，劉備自領益州牧〉、〈關雲長單刀赴會，伏皇后爲國捐生〉、〈曹操平定漢中地，張遼威震逍遙津〉、〈卜周易管輅知機，討漢賊五臣死節〉、〈猛張飛智取瓦口隘，老黃忠計奪天蕩山〉、〈占對山黃忠逸待勞，據漢水趙雲寡勝眾〉、〈諸葛亮智取漢中，曹阿瞞兵退斜谷〉、〈玄德進位漢中王，雲長攻拔襄陽郡〉	14	17.28	2	3	7.50	4
受遺託孤	〈徐公明大戰沔水，關雲長敗走麥城〉、〈玉泉山關公顯聖，洛陽城曹操感神〉、〈治風疾神醫身死，傳遺命奸雄數終〉、〈兄逼弟曹植賦詩，姪陷叔劉封伏法〉、〈曹丕廢帝篡炎劉，漢王正位續大統〉、〈急兄讎張飛遇害，雪弟恨先主興兵〉、〈孫權降魏受九錫，先主征吳賞六軍〉、〈戰猇亭先主得讎人，守江口書生拜大將〉、〈陸遜營燒七百里，孔明巧布八陣圖〉、〈劉先主遺詔託孤兒，諸葛亮安居平五路〉、〈難張溫秦宓逞天辯，破曹丕徐盛用火攻〉	11	13.58	3	2	5.00	5
南征蠻越	〈征南寇丞相大興師，抗天兵蠻王初受執〉、〈渡瀘水再縛番王，識詐降三擒孟獲〉、〈武鄉侯四番用計，南蠻王五次遭擒〉、〈驅巨獸六破蠻兵，燒藤甲七擒孟獲〉、〈祭瀘水漢相班師，伐中原武侯上表〉	5	6.17	5	5	12.50	3
北伐中原	〈趙子龍力斬五將，諸葛亮智取三城〉、〈姜伯約歸降孔明，武鄉侯罵死王朗〉、〈諸葛亮乘雪破羌兵，司馬懿尅日擒孟達〉、〈馬謖拒諫失街亭，武侯彈琴退仲達〉、〈孔明揮淚斬馬謖，周魴斷髮賺曹休〉、〈討魏國武侯再上表，破曹兵姜維詐獻書〉、〈追漢軍王雙受誅，	10	12.35	4	10	25.00	1

	襲陳倉武侯取勝〉、〈諸葛亮大破魏兵，司馬懿入寇西蜀〉、〈漢兵劫寨破曹眞，武侯鬥陣辱仲達〉、〈出隴上諸葛妝神，奔劍閣張郃中計〉						
積勞病逝	〈司馬懿占北原渭橋，諸葛亮造木牛流馬〉、〈上方谷司馬受困，五丈原諸葛禳星〉、〈隕大星漢丞相歸天，見木像魏都督喪膽〉	3	3.70	7	3	7.50	4
身後	〈武侯預伏錦囊計，魏主拆取承露盤〉、〈公孫淵兵敗死襄平，司馬懿詐病賺曹爽〉、〈魏主政歸司馬氏，姜維兵敗牛頭山〉、〈丁奉雪中奮短兵，孫峻席間施密計〉、〈困司馬漢將奇謀，廢曹芳魏家果報〉、〈文鴦單騎退雄兵，姜維背水破大敵〉、〈鄧士載智敗姜伯約，諸葛誕義討司馬昭〉、〈丁奉定計斬孫綝，姜維鬥陣破鄧艾〉、〈曹髦驅車死南闕，姜維棄糧勝魏兵〉、〈詔班師後主信讒，託屯田姜維避禍〉、〈鍾會分兵漢中道，武侯顯聖定軍山〉、〈鄧士載偷度陰平，諸葛瞻戰死綿竹〉、〈哭祖廟一王死孝，入西川二士爭功〉、〈假投降巧計成虛話，再受禪依樣畫葫蘆〉、〈薦杜預老將獻新謀，降孫皓三分歸一統〉	15	18.52	1	2	5.00	5
其他		0	0	9	0	0	6
總計		81	100		40	100	

一、歷代孔明戲劇目統計圖表

（一）雜劇

元代時期							
編碼	劇作家	劇　目	別名（題目／正名／簡名）	敷　演　故　事	本　事	腳色	劇本
001	王仲文	七星壇諸葛祭風	破曹瞞諸葛祭風／諸葛祭風	當演赤壁鏖戰時，諸葛亮登壇祭風助吳破曹事。	陳壽《三國志・周瑜傳》；《三國志平話》卷中「赤壁鏖兵」節	主要	亡佚
002	王仲文	諸葛亮軍屯五丈原	諸葛亮秋風五丈原／五丈原	當演諸葛亮病卒於五丈原軍中之故事。	陳壽《三國志・諸葛亮傳》；《三國志平話》卷下「秋風五丈原」節	主要	殘存
003	關漢卿	關張雙赴西蜀夢	荊州牧閬州牧二英魂／關雲長張翼德雙赴夢／雙赴夢	乃演關羽與張飛相繼被害後，陰魂赴西蜀，托夢予諸葛亮及劉備，囑咐爲其報仇之故事。	說唱詞話《花關索傳》〔別集〕《貶雲南傳》「劉王得夢見關張」	次要	現存
004	石君寶	東吳小喬哭周瑜	孫權哭周瑜／哭周瑜	疑演周瑜遭諸葛亮氣死，其妻小喬痛哭之故事。	《三國志平話》卷下「諸葛亮三氣周瑜」節；講唱文學作品《小喬哭夫》	次要	亡佚
005	尙仲賢	受顧命諸葛論功	武成廟諸葛論功／玉清殿諸葛論功／十樣錦諸葛論功／諸葛論功			主要	亡佚
006	王　曄	臥龍岡	莽張飛大鬧臥龍岡	當演諸葛亮臥隱隆中草廬，劉、關、張三顧訪請諸葛亮事。	《三國志平話》；〔元〕無名氏雜劇《博望燒屯》前半	主要	亡佚

007	無名氏（或朱凱）	劉玄德醉走黃鶴樓	醉走黃鶴樓	乃演赤壁破曹後，周瑜欲殺害劉備，遂邀備過江赴宴，將其困於黃鶴樓，先後賴諸葛亮分令姜維扮漁翁教以「彼驕必褒，彼醉必逃」二語，及遣關平暗送令箭，終使劉備安然脫困而回之故事。	《三國志平話》卷中有「玄德黃鶴樓私遁」節	次要	現存
008	無名氏	諸葛亮博望燒屯	1. 關雲長白河放水／諸葛亮博望燒屯／博望燒屯 2. 曹丞相發馬用兵，夏侯敦進退無門／關雲長白河放水，諸葛亮博望燒屯 3. 關雲長提閘放水／諸葛亮博望燒屯	乃演劉備三請諸葛亮爲軍師，於博望火燒曹軍，大破夏侯惇，並使張飛心服之故事。	陳壽《三國志》〈劉先主傳〉、〈諸葛亮傳〉；《三國志平話》卷中「三顧孔明」、「孔明下山」節	主要	現存
009	無名氏	烏林皓月		疑演赤壁鏖兵敗曹操事。	陳壽《三國志》〈周瑜傳〉、〈魯肅傳〉注引《吳書》；《三國志平話》；《三國演義》	次要	亡佚
010	無名氏	十樣錦諸葛論功	八府相齊賢定座／十樣錦諸葛論功／十樣錦	乃演宋初李昉與張濟賢奉朝命建立武成廟，選太公望、管仲、范蠡、孫武子、田穰苴、樂毅、白起、張良、韓信、諸葛亮、李靖、李勣、郭子儀等十三人入廟，而張濟賢忽夢此十三人自定坐位，中間韓信與諸葛亮互有爭論，並有夏侯惇與周瑜因無坐位不服而闖入之故事。	新舊《唐書》；《宋史》	主要	現存
011	無名氏	走鳳雛龐掠四郡	諸葛亮智排五虎／走鳳雛龐掠四郡／龐掠四郡	乃演龐統護周瑜尸骨投江東，途中遇諸葛亮謂其若不得志，可投荊州以施展才智，統先後至江東與荊州均不受重用，遂憤而	陳壽《三國志・龐統傳》；《三國志平話》卷下「龐統謁玄德」、「張飛刺蔣	次要	現存

				策動四郡反叛，終賴諸葛亮親往請之，方與黃忠歸降劉備之故事。	雄」、「孔明引眾現玄德」節		
012	無名氏	兩軍師隔江鬥智	1. 諸葛亮隔江鬥智／隔江鬥智 2. 兩軍師隔江鬥智／劉玄德巧合良緣／隔江鬥智	乃演赤壁破曹後，周瑜設美人計欲藉結親之名，圖害劉備以襲取荊州，然計爲諸葛亮識破，反使孫劉結親而安保荊州之故事。	陳壽《三國志》〈劉先主傳〉、〈周瑜傳〉、〈龐統傳〉；《三國志平話》卷中「進妹固好」、「吳夫人欲殺玄德」與「吳夫人回面」節	主要	現存
013	無名氏	曹操夜走陳倉路	孔明收取陽平關／曹操夜走陳倉路／陳倉路	乃演諸葛亮用計伏擊破曹操於陽平關，曹操割鬚易裳狼狽逃出陳倉路之故事。	陳壽《三國志》〈劉先主傳〉、〈諸葛亮傳〉；《三國志平話》卷下「黃忠斬夏侯淵」節	次要	現存
014	無名氏	陽平關五馬破曹	陳倉路十將成功／陽平關五馬破曹／五馬破曹	乃演諸葛亮遣馬超等馬氏五將大破曹操於陳倉路，致其與曹虎易衣而逃之故事。	事無所本	次要	現存
015	無名氏	壽亭侯怒斬關平	集賢莊王榮告狀／壽亭侯怒斬關平／怒斬關平	乃演諸葛亮遣關、張、趙、黃、馬五將之子平寇，關平回報首功途中，馳馬踐死平民王榮之子，關羽執法無私，欲斬之以償命，經眾人勸阻，告訟亦經撤銷，關平乃得釋之故事。	事無所本	次要	現存
016	無名氏	諸葛亮石伏陸遜	諸葛亮石伐陸遜	當演諸葛亮預設八陣圖，以驚伏吳將陸遜之故事。	陳壽《三國志・諸葛亮傳》；《三國志平話》卷下「劉禪即位」節；雜劇《諸葛論功》	主要	亡佚
017	無名氏	諸葛亮掛印氣張飛	氣張飛／三氣張飛／氣伏張飛	當演劉備三請諸葛亮爲軍師，張飛不服，而時值曹將夏侯惇來攻，遂與諸葛亮賭頭爭印，然臨陣卻爲夏侯惇所誆，致使殘敵脫逃，飛乃負荊請罪，諸葛亮令依軍狀行	陳壽《三國志・諸葛亮傳》；《三國志平話》卷中「孔明下山」節；〔元〕無名氏雜劇《諸葛亮博望燒	主要	殘存

				斬，賴備等跪請始免，從而方服諸葛亮之神算。	屯》前三折內容		

※現今可知的元代及元明間雜劇孔明戲劇目，計有17種。其中，以諸葛亮作爲主要敘述重心，並直接將其名字列入「題目正名」者，有：《諸葛亮博望燒屯》、《諸葛亮隔江鬥智》、《受顧命諸葛論功》、《十樣錦諸葛論功》、《諸葛亮智排五虎》、《孔明收取陽平關》、《諸葛亮秋風五丈原》、《諸葛亮掛印氣張飛》、《七星壇諸葛祭風》、《諸葛亮石伏陸遜》等10種；而涉及其相關情事，或諸葛亮是由「正末」腳色扮演及對劇情發展起重要作用者，則有：《關張雙赴西蜀夢》、《壽亭侯怒斬關平》、《劉玄德醉走黃鶴樓》、《陽平關五馬破曹》、《臥龍岡》、《東吳小喬哭周瑜》、《烏林皓月》等7種。若就其「腳色份量」來看，主要腳色者有9種，次要腳色有8種；而就其「存佚情形」以觀，則現存者有9種，殘存者有2種，亡佚者有6種。至於，其「故事」則多半是以《三國志》與《三國志平話》爲本。

明代時期							
編碼	劇作家	劇　目	別名（題目／正名／簡名）	敷　演　故　事	本　事	腳色	劇本
018	張國籌	茅廬		當演劉備三顧茅廬訪請諸葛亮之故事。		主要	亡佚
019	無名氏	諸葛亮赤壁鏖兵		當演諸葛亮赤壁助吳破曹之故事。		主要	亡佚
020	無名氏	諸葛亮火燒戰船		當演諸葛亮赤壁助吳破曹之故事。		主要	亡佚
021	無名氏	黃鶴樓		當演赤壁破曹後，周瑜困劉備於黃鶴樓，賴諸葛亮施計遣將應變，終使劉備安然脫困之故事。		次要	亡佚
022	無名氏	碧蓮會		當有演諸葛亮與周瑜間鬥智之故事。		次要	亡佚
023	無名氏	劉玄德私出東吳國		疑演劉備依孔明計謀娶孫夫人離吳返荊之故事。		次要	亡佚
024	教　坊	慶冬至共享太平宴	感功臣勞苦定西川／慶冬至共享太平宴／太平宴	乃演諸葛亮奉先主命，冬至設太平宴與諸將共享，亮令張飛邀關羽回蜀同慶，歸途復敗周瑜之故事。	事無所本	次要	現存
025	丘汝成	諸葛平蜀	詠三分	當演諸葛亮興師南征之故事。		主要	亡佚

※ 現今可知的明雜劇孔明戲劇目，計有 8 種。其中，以諸葛亮作爲主要敘述重心者，有：《諸葛亮赤壁鏖兵》、《諸葛亮火燒戰船》、《諸葛平蜀》、《茅廬》等 4 種；而涉及其相關情事者則有：《劉玄德私出東吳國》、《黃鶴樓》、《碧蓮會》、《慶冬至共享太平宴》等 4 種。若就其「腳色份量」來看，主要腳色者有 4 種，次要腳色有 4 種；而就其「存佚情形」以觀，則現存者有 1 種，亡佚者有 7 種。至於，其「故事」，則除《慶冬至共享太平宴》劇本現存，但事無所本外，其餘皆因劇本多已亡佚，不知以何爲本。

清代時期							
編碼	劇作家	劇　目	別名（題目／正名／簡名）	敷　演　故　事	本　事	腳色	劇本
026	徐石麒	大轉輪		乃演三國人物之前生，當中自有道及諸葛亮情事者。	《三國志平話》中司馬仲相陰間斷獄故事	次要	現存
027	楊潮觀	諸葛亮夜祭瀘江	忙牙姑	乃演諸葛亮南征平蠻班師歸途，渡瀘江夜祭猖神之故事。		主要	現存
028	無名氏	祭瀘江		乃演諸葛亮夜祭瀘江猖神之故事。		主要	現存
029	周樂清	丞相亮祚綿東漢	丞相亮祚綿東漢／定中原傳奇	乃演諸葛亮滅魏平吳後，功成歸隱之故事。		主要	現存

※ 現今可知的清雜劇孔明戲劇目，計有 4 種。其中，以諸葛亮作爲主要敘述重心者，有：《諸葛亮夜祭瀘江》、《祭瀘江》、《丞相亮祚綿東漢》等 3 種；而涉及其相關情事者則僅有《大轉輪》1 種。若就其「腳色份量」來看，主要腳色者有 3 種，次要腳色有 1 種；而就其「存佚情形」以觀，則現存者有 4 種。至於，其「故事」則有《丞相亮祚綿東漢》翻案劇作的出現。

（二）傳奇

明代時期						
編碼	劇作家	劇　目	敷　演　故　事	本　事	腳色	劇本
01	無名氏	劉玄德三顧草廬記	所演劇事已涵蓋諸葛亮泰半功業，不唯劉備三顧草廬訪請諸葛亮事耳，當中自然亦包括有博望燒屯、赤壁之戰與孫、劉聯姻等諸事。		主要	現存

02	沈　璟	十孝記	乃演徐庶返漢，與諸葛亮等共擒曹操事，爲翻案之作。		次要	亡佚
03	許自昌	報主記	乃演「趙子龍事」(《傳奇彙考標目》卷下注云)，疑其間當有諸葛亮事。		次要	亡佚
04	王旡功	保主記	乃以「趙子龍爲生，傳事能不支蔓」(《遠山堂曲品》云)，疑其間亦當有諸葛亮事。		次要	亡佚
05	無名氏	赤壁記	當演諸葛亮赤壁助吳破曹事。		主要	現存
06	馬佶人	借東風	當演諸葛亮赤壁借東風事。		主要	現存
07	無名氏	錦囊記(東吳記)	乃演諸葛亮二氣與三氣周瑜事。	《三國演義》	主要	現存
08	長嘯山人	試劍記	乃演劉備娶親事，其間當涉及有諸葛亮事。		次要	亡佚
09	無名氏	試劍記	乃演劉備娶親事，其間亦當有諸葛亮事。		次要	亡佚
10	無名氏	四郡記	乃演劉備依諸葛亮計謀得荊州事。	《三國演義》	次要	亡佚
11	金成初	荊州記	乃演關羽據荊州事，疑其間或涉有諸葛亮事。		次要	亡佚
12	劉藍生	雙忠記	乃演劉備伐吳事，其間或涉有諸葛亮事。		次要	亡佚
13	無名氏	猇亭記	疑亦演劉備伐吳事，其間或涉有諸葛亮事。		次要	亡佚
14	紀振倫校	武侯七勝記	乃演諸葛亮南征七擒七縱孟獲事。	《三國演義》	主要	現存
15	無名氏	興劉記	當演諸葛亮南征平蠻事。	《三國演義》	主要	亡佚
16	無名氏	征蠻記	當演諸葛亮南征平蠻事	《三國演義》	主要	亡佚

※現今可知的明傳奇孔明戲劇目，計有16種。其中，以諸葛亮作爲主要敘述重心者，有：《劉玄德三顧草廬記》、《借東風》、《赤壁記》、《錦囊記》、《武侯七勝記》、《興劉記》、《征蠻記》等7種；而涉及其相關情事者，則有：《四郡記》、《試劍記》兩本、《十孝記》、《報主記》、《保主記》、《荊州記》、《雙忠記》、《猇亭記》等9種。若就其「腳色份量」來看，主要腳色者有7種，次要腳色有9種；而就其「存佚情形」以觀，則現存者有5種，亡佚者有11種。至於，其「故事」雖有承自宋元雜劇與民間傳說者，然主要則多半是根據《三國演義》改編得來，且已有如《十孝記》翻案劇作的出現。

清代時期						
編碼	劇作家	劇目	敷演故事	本事	腳色	劇本
17	周祥鈺、鄒金生等	鼎峙春秋	乃演三國與諸葛亮之故事。		主要	現存
18	維庵居士	三國志	乃演三國故事，而其中多涉有諸葛亮情事者。		次要	亡佚
19	無名氏	祭風台	乃演諸葛亮過江聯吳抗曹與智取荊襄之故事。	《三國演義》第四十三至五十一回	主要	現存
20	無名氏	黃鶴樓	當演諸葛亮助備脫困黃鶴樓之故事。		次要	現存
21	無名氏	西川圖（錦繡圖）	當演諸葛亮助備謀取西川之故事。		主要	現存
22	洪　昇	錦繡圖	乃演劉備與諸葛亮謀取西川事，與《草廬記》相似。	《三國志》；《三國演義》	主要	亡佚
23	范希哲	小江東（補天記）	乃演漢獻帝伏后遇害後，陰魂附於周倉身，囑託關羽與諸葛亮等爲其復仇事。		次要	亡佚
24	無名氏	八陣圖	當演諸葛亮巧布八陣圖石伏陸遜事。	《三國演義》第八十四回	主要	亡佚
25	無名氏	平蠻圖	乃演諸葛亮平蠻與伐魏之故事。		主要	現存
26	無名氏	出師表	當演諸葛亮前後上表，請求出師北伐中原事。		主要	現存
27	夏　綸	南陽樂	乃演諸葛亮北伐中原，統兵滅魏；復遣北地王翦吳，功成身退而歸臥南陽之故事，屬翻案劇作。		主要	現存
28	劉　方	小桃園	乃演續三國故事之戲曲，當中亦涉有諸葛亮情事者。		次要	亡佚
29	朱素臣	萬年觴	乃演〔明〕劉伯溫親赴成都，敬拜諸葛亮爲師之故事，當中亦涉有諸葛亮情事者。		次要	亡佚

※現今可知的清傳奇孔明戲劇目，計有13種。其中，以諸葛亮作爲主要敘述重心者，有：《鼎峙春秋》、《祭風台》、《西川圖》、《錦繡圖》、《八陣圖》、《平蠻圖》、《出師表》、《南陽樂》等8種；而涉及其相關情事者，則有：《三國志》、《黃鶴樓》、《小江東》、《小桃園》、《萬年觴》等5種。若就其「腳色份量」來看，主要腳色者有8種，次要腳色有5種；而就其「存佚情形」以觀，則現存者有7種，亡佚者有6種。至於，其「故事」除多半是以《三國演義》爲本外，也有《南陽樂》等翻案劇本的創作，且更有現存戲曲史上篇幅最長的孔明戲《鼎峙春秋》出現。

（三）皮黃戲（京戲）

編碼	劇目	別名	敷演故事	本事	其他演出	演出戲班	腳色	劇本
01	諸葛亮招親		諸葛亮娶黃承彥女，貌陋而有賢德。	習鑿齒《襄陽記》	漢劇、秦腔，粵劇名爲《孔明招親》	斌慶社	主要	無
02	襄陽宴	水鏡莊、馬跳檀溪	劉備依荊州劉表，屯於新野。劉表後妻蔡氏及弟蔡瑁嫉備，欲害之。劉表嘗宴各郡官牧，因病使劉備代作主人。蔡瑁暗伏甲士欲殺劉備，先支開趙雲。劉備得伊籍密告，乃推言更衣而逃。至檀溪，所乘的盧馬一躍三丈過對岸，蔡瑁追之不及。劉備行至水鏡莊，水鏡先生司馬徽款留一宵，又薦臥龍鳳雛有王佐之才。及天明，趙雲尋至，同回新野。	《三國演義》第三十四、三十五回	川劇、湘劇、滇劇、秦腔名爲《跳馬檀溪》		次要	無
03	薦諸葛	走馬薦諸葛	徐庶得母家書，決往許昌救母。劉備殷勤相送，徐庶忽返轡薦諸葛亮有賢才而去。	《三國演義》第三十六回	豫劇、徽劇、漢劇、秦腔、河北梆子、同州梆子川劇、滇劇名爲《走馬薦諸葛》，粵劇名爲《走馬薦賢》	清末福壽、玉成班	次要	無
04	三顧茅廬	臥龍岡、三請孔明	此劇自徐母罵曹起，至走馬薦諸葛、徐母訓子。下接司馬徽訪徐庶，始知徐庶已去許昌，乃再薦諸葛亮。劉備與關、張二人三訪諸葛亮，始得見面，因暢論天下大勢，諸葛亮見劉備意甚誠敬，乃決意輔佐劉備。有鈔本，又民初時慧寶排演本。	《三國演義》第三十七、三十八回	川劇、漢劇、滇劇、豫劇、秦腔、河北梆子、同州梆子，青陽腔有《三請賢》，徽劇有《三請諸葛》	富連成社等	主要	有

05	三國志	全本連台三國志	盧勝奎編。自《馬跳檀溪》至《取南郡》共三十六本（或說至《戰長沙》共四十本）。清「鄧記同蕙堂」抄本《三國志》，頭本自關羽掛印封金辭曹起。（內有〔西板慢板〕等調，當爲京戲）	《三國演義》第三十四～五十一（或五十三）回		晚清三慶班	主要	有
06	三求計		劉表長子劉琦，屢受繼母讒言，請諸葛亮代爲籌策。諸葛以不便過問家事，兩次推辭。劉琦乃與諸葛亮登樓去梯，諸葛亮告以「申生在內而亡，重耳在外而安」，使劉琦求外戍江夏。	《三國演義》第三十九回			主要	無
07	博望坡	張飛負荊、張飛請罪	曹操命夏侯惇攻劉備，直抵博望坡。劉備將印劍交付諸葛亮，關羽、張飛不服。及諸葛亮用火攻之計破夏侯惇，二人乃歎服。有王鴻壽演出本。	《三國演義》第三十九回	漢劇、粵劇、秦腔，川劇、桂劇、同州梆子、越調、大弦子戲名爲《三闖攩夏》，湘劇名爲《闖帳燒坡》	復出安慶班、富連成社等	主要	有
08	火燒新野		夏侯惇敗回，曹操自將南征。時劉表病死，劉琮降曹操。劉備聞訊大驚，諸葛亮撤新野百姓避往樊城。曹軍入新野，諸葛亮再用火攻之，曹軍前隊大敗，又遭關羽水淹，張飛截擊，曹仁只得收拾殘軍回覆曹操。	《三國演義》第四十回	老調梆子	清內廷	主要	無
09	三搜臥龍岡		曹操遭博望坡、新野兩度兵敗，極恨諸葛亮，遣軍往臥龍岡搜捕其家眷，諸葛亮已預先挈眷而去。曹操敗於博望坡、新野。有成都春熙大舞台本等。	《三國演義》第四十一回	漢劇		主要	有
10	漢陽院	哭劉表	曹操使徐庶招降劉備，徐庶勸劉備避曹操鋒勢。諸葛亮乃遣關羽至江夏向劉琦借兵，張飛、趙雲保護百姓及劉備家眷。至荊州，劉琮拒納。劉備過劉表墓，哭祭而去，奔往江陵。有王鴻壽本（鈔本）等。	《三國演義》第四十一回	徽劇、漢劇、秦腔、同州梆子、河北梆子	清末玉成、寶勝和班	次要	有
11	漢津口		關羽奉諸葛亮之命至江夏搬兵，當劉備敗走漢津口時，關羽兵至而突出攩曹軍之追擊，使備得脫險境。有王鴻壽演出本。	《三國演義》第四十二回	漢劇、徽劇、河北梆子	福壽、嵩祝誠、同慶、榮椿等班	次要	有

12	舌戰群儒	孔明過江	魯肅邀諸葛亮過江，與東吳謀士辯論抗曹之事，眾皆嘆服。諸葛亮又反言激孫權，使堅心抗曹。有貴俊卿編演本等。	《三國演義》第四十三回	川劇、秦腔、河北梆子，漢劇、徽劇有《三國志》	富連成社等	主要	有
13	激權（激）瑜		諸葛亮謂周瑜獻二喬可保江東無事。周瑜聞言大怒，立志抗曹。諸葛亮又激孫權抗曹。	《三國演義》第四十四回		富連成社等	主要	無
14	臨江會	河梁會	周瑜欲與劉備共議，劉備偕關羽同去。周瑜陰欲殺備，見關羽持劍立於旁，乃不敢發。劉備辭退，諸葛亮候於舟中告以周瑜之計，劉備乃急回樊口。有鈔本，又有李洪春藏本。	《三國演義》第四十五回	徽劇、漢劇、湘劇、河北梆子，高腔、川劇名爲《河梁會》	清末玉成、慶壽、復出安慶班	次要	有
15	群英會		曹操遣蔣幹說周瑜投降，周瑜惟與飲酒，又假造蔡瑁、張允通款書，故使蔣幹盜去。曹操見書，竟中周瑜之計，立殺二將。（以上頭本）諸葛亮早已知悉周瑜反間之計，周瑜又問諸葛亮有何策可破曹軍，諸葛亮主火攻，與瑜一致。周瑜益嫉諸葛亮，乃令剋期造十萬戰箭，諸葛亮自限三日。及期，江上大霧，諸葛亮得施其草船借箭計，駕舟往江北。曹營放箭射船，諸葛亮遂滿載還。周瑜又以黃蓋違令，重責之。諸葛亮知是苦肉計，不爲說情。有王鴻壽本（鈔本）、蕭長華本等。有兩本。	《三國演義》第四十五、四十六回	滇劇、湘劇、徽劇、漢劇、豫劇、秦腔，河北梆子名爲《蔣幹盜書》，同州梆子名爲《打黃蓋》，川劇名爲《苦肉計》	清末四喜、同慶、榮椿、增桂、福壽、慶壽、雙慶、後出四喜班、復慶、寶勝和班，及富連成社等	主要	有
16	借箭		單齣（不與《蔣幹中計》與《苦肉計》連演）。	《三國演義》第四十六回		道光間三慶班	主要	無
17	借東風	南屏山	曹操用龐統之計，將戰船連結一片，周瑜大喜。忽又慮嚴冬並無東南風，無法施火攻之計，憂心成疾。諸葛亮探其病，自信能借風。周瑜命於南屏山築七星壇，使諸葛亮祭風，果然東南風大作。周瑜卻命部將殺諸葛亮，諸葛亮已去。	《三國演義》第四十九回	川劇名爲《祭東風》，徽劇名爲《南屏山》		主要	無

18	華容道	義釋曹操、擋曹	諸葛亮遣將破曹，以關羽曾受曹禮遇而不用。關羽立下軍令，諸葛亮乃令守華容道。曹操至華容，止存十八騎，乃苦苦哀求，動以舊情。關羽不忍，任曹操狼狽逃去。自《舌戰群儒》至《華容道》連演，正名應是《三國志》，爲盧勝奎所編。包緝庭「蕭長華導演三國誌」列八本名目，云正名該是《赤壁鏖兵》（見《國劇大成》第七十四期）。有王鴻壽本。	《三國演義》第五十回	高腔、川劇、豫劇、秦腔、同州梆子，漢劇名爲《擋曹操》，粵劇名爲《華容擋曹》	清末玉成、雙慶、復出安慶班，及富連成社等	次要	有
19	取南郡	一氣周瑜、二氣周瑜	曹操既破，周瑜、魯肅備禮至油江口謝劉備，言及取南郡之事。雙方議定由東吳先取，不成則歸劉取，並呼諸葛亮、魯肅爲證。周瑜命蔣欽逕攻南郡，敗回，甘寧又困於彝陵。周瑜自將往救，攻下彝陵。還攻南郡，曹仁依曹操之計僞遁。周瑜魯莽衝入，中毒箭敗走。（以上前二本）諸葛亮使張飛、趙雲伏兵城外，乘機襲取。周瑜養傷時，曹兵屢挑戰，周瑜用詐死之計，誘曹軍劫營，大敗曹仁。張飛乘機佔南郡，趙雲擒獲陳矯。諸葛亮即用陳矯所持兵符調荊、襄二郡兵救南郡，使張飛、關羽乘機襲取荊州、襄陽。周瑜得訊大忿，使魯肅往劉備營中討取諸郡。諸葛亮謂物歸原主，劉璋（琦）尙在，荊州當屬其掌管。魯肅遂無功而返。有鈔本，又有蕭長華藏鈔本等。共五本。	《三國演義》第五十一、五十二回	漢劇、徽劇、滇劇均有此劇目，川劇名爲《取三郡》，秦腔名爲《取四郡》	富連成社等	主要	有
20	取零陵		劉備取得南郡後，復與諸葛亮、張飛、趙雲乘勝攻打零陵。零陵太守劉度得報，遂遣其子劉賢與邢道榮抵禦。邢引軍出戰，爲張飛與趙雲所擒，乃假意投降，約爲內應，欲往擒劉賢，實則回營復與劉賢定計，反劫劉營。幸爲諸葛亮識破，遂設埋伏，刺邢於馬下，並生擒劉賢，然旋即釋回。劉賢感亮仁德寬厚，乃說服劉度，雙雙歸順劉備。	《三國演義》第五十二回		晚清三慶班	主要	無

21	取桂陽	趙子龍招親、桂陽城、拳打趙範	諸葛亮令趙雲攻打桂陽，太守趙範不敵，乃親奉印綬冊籍出降。雲待之以禮，因系同宗，遂結爲義友。次日趙範宴雲，酒酣，範令其寡嫂樊氏出堂敬酒爲壽，雲驚其重禮。範示意雲，欲爲之與雲撮合姻緣。雲怒以爲範有瀆禮犯倫之過，乃拳打範後離去，結義之情遂絕。後範更修戰備，而雲智取之。王鼎臣編。有李洪春藏本。	《三國演義》第五十二回	川劇、滇劇、粵劇、秦腔	晚清三慶班	次要	有
22	戰長沙	義釋黃忠	諸葛亮命關羽率兵進攻長沙，守將韓玄遣黃忠出馬應戰。詎知陣前交鋒，黃忠竟馬失前蹄，關羽不忍殺害，任其離去。翌日黃忠再戰，箭射關雲長，蓄意祇中盔纓，羽驚其箭術高明，且能感恩報德，內心十分欽佩。韓玄城上督陣見狀，疑黃忠通敵，乃俟其回營，下令問斬。魏延不服，趁機殺死韓玄，與黃忠雙雙歸附劉備。《取零陵》、《取桂陽》、《戰長沙》合演時，則稱《取三郡》。有清抄本，又有王鴻壽本等。	《三國演義》第五十三回	秦腔、梆子、川劇、滇劇、漢劇	晚清三慶班與同慶、雙慶、長春、喜連成、春慶班等	次要	有
23	黃鶴樓	過江（赴）宴、竹中藏令	周瑜邀劉備赴宴，趙雲護劉備前往。周瑜困劉備於黃鶴樓，趙雲剖諸葛亮預付竹節，得周瑜令箭（爲借東風時帶回）而逃。另一本尙有周瑜追趕，爲黃忠、魏延截擊，張飛預伏蘆花蕩大敗周瑜，名爲《三江口》。有王鴻壽抄本。	《三國志平話》、雜劇《劉玄德醉走黃鶴樓》與明傳奇《草廬記》等	徽劇、漢劇、湘劇、秦腔、晉劇、豫劇、同州梆子、河北梆子、上黨梆子	清末普慶、天慶、春台、四喜、同慶、榮椿、增桂、福壽、復出福壽班、慶壽、雙慶、喜連成、天和、復慶、玉成、寶勝和、太平和、小吉祥班	次要	有
24	甘露寺	龍鳳配	周瑜定計僞結婚姻，將孫權之妹招贅劉備爲婿，欲誘劉備至東吳，以作交換荊州之條件。諸葛亮竟允之，使趙雲保護劉備入東吳。劉備依諸葛亮錦囊三計，先往南徐訪喬國老。喬國老入宮賀喜，吳國太茫然不知，乃責問孫權、周瑜。喬國老勸太后約劉備於甘露寺相親，太后一見而悅，即以公主配劉備。成親之日公主	《三國演義》第五十四回	川劇、徽劇、漢劇、滇劇、豫劇、河北梆子，秦腔名爲《回荊州》，粵劇名爲《劉備過江招親》	富連成社等	次要	有

			命侍女擺列刀劍，劉備心懼，公主乃命撤去。有鈔本，又有陳偉崙改編本。					
25	美人計	回荊州	諸葛亮遣張飛接劉備回荊州。時劉備留戀美色，不願回荊州。趙雲依諸葛亮第二計，詐稱曹操攻荊州。劉備大驚，乃與孫夫人商議，託名元旦江邊祭祖而逃。孫權命將追趕，爲孫夫人斥退。諸葛亮與張飛迎之過江。與《甘露寺》連演，稱爲《龍鳳呈祥》。有鈔本。	《三國演義》第五十五回	漢劇名《回荊州》(《龍鳳配》)	清末福壽、復出福壽班、玉成、祥慶和、長春、寶勝和、太平和、義順和、小德順和、後出四喜班，及富連成社等	次要	有
26	蘆花蕩	三氣周瑜	劉備前往東吳，諸葛亮預料於回程時，必遭周瑜追殺，故遣張飛假扮漁夫，埋伏於蘆花蕩。周瑜率兵追來，突然衝出攔截，擒之而再縱之，藉以激使周瑜氣憤。此劇每演於《回荊州》或《黃鶴樓》之後，故結尾稍有不同，然亦可單獨演出。	明傳奇《草廬記》	川劇、漢劇、徽劇、河北梆子、同州梆子	清末四喜、三慶、同慶、福壽、復出安慶班、玉成、雙慶班	次要	無
27	討荊州	智氣周瑜、三氣周瑜、柴桑關、喪巴丘、周瑜歸天	曹操表奏封周瑜爲南郡太守，周瑜再遣魯肅討荊州。劉備依諸葛亮之計大哭，魯肅遂又無功而返。周瑜又假意代劉備取西川，欲掩襲荊州。諸葛亮遣四路軍馬圍攻，周瑜大忿而退。有黃月山本。	《三國演義》第五十六回	河北梆子、清平劇，湘劇、同州梆子名爲《討荊州》，秦腔、漢劇名爲《三氣周瑜》	清末義順和班	主要	有
28	三氣周瑜		周瑜困於巴丘，諸葛亮致書譏之。周瑜大忿而死，遺命將兵權交魯肅執掌。諸葛亮聞訊，決往吳營弔喪，並訪求賢才。	《三國演義》第五十七回			主要	無
29	柴桑口	孔明弔孝（喪）	諸葛亮偕趙雲至柴桑口弔周瑜，痛哭祭奠，吳將皆感動。祭畢而返，遇龐統，付薦書與之。周瑜子周循來追，諸葛亮已上張飛船，安然而返。	《三國演義》第五十七回	滇劇、漢劇、豫劇、晉劇，川劇、秦腔、同州梆子、淮調名爲《諸葛亮吊孝》	清末天慶、四喜、玉成、福壽、小吉祥、慶勝和、小德順和、祥慶和、寶勝和班	主要	無
30	耒陽縣	鳳雛理事、醉縣令	龐統不被孫權重用，乃投劉備。劉備見龐統貌陋，僅授以耒陽縣令。龐統到任後唯務飲酒，	《三國演義》第五十七回	川劇名《耒陽任》，秦腔名《斷百案》		次要	無

			不理縣事。張飛至縣巡視，責之。龐統乃於半日內斷百餘日公事，張飛嘆服，具言其事於劉備。其中有諸葛亮推薦統事。					
31	張松獻地圖	獻西川、獻川圖、西川圖	西川劉璋遣張松至許都貢方物，與曹操言語不合，幾爲所殺。回程經荊州，諸葛亮乃遣關羽和趙雲迎請參見劉備，劉備甚禮遇之。張松感盛情，乃言西川可取，法正、孟達可爲內應，並獻上西川地圖。有鈔本，又有汪笑儂編演本。	《三國演義》第六十回	川劇、滇劇、湘劇名爲《西川圖》，漢劇、秦腔名爲《獻西川》，粵劇名爲《張松獻圖》	清末普慶、鴻慶、四喜、福壽班	次要	有
32	荊襄府		諸葛亮聞知龐統身故，劉備進退維谷，乃與張飛、趙雲分兵入川，荊州交關羽防守，囑以「北拒曹操，東和孫權」。	《三國演義》第六十三回	河北梆子名《守荊州》		主要	無
33	金雁橋	取雒城、擒張任	張飛、趙雲兵至雒城。諸葛亮誘張任出戰，伏兵擒之。張任不降，諸葛亮斬之，以全其名。揮軍入雒城。	《三國演義》第六十四回	川劇、漢劇、徽劇、秦腔、河北梆子、同州梆子	清末小德順和、寶勝和班	主要	無
34	兩將軍	葭萌關、夜戰馬超	馬超奉張魯之命，爲劉璋守葭萌關。諸葛亮激使張飛迎戰馬超，二人點燈夜戰猶難分勝負。有加演李恢勸降者。另一演法馬超用老生扮，名《夜戰》，見《昇平署劇目》。有舊鈔本。	《三國演義》第六十五回	漢劇、豫劇、秦腔、河北梆子名爲《戰馬超》，川劇、滇劇、同州梆子名爲《葭萌關》	清末普慶、鴻慶、天慶、鴻慶奎、四喜、三慶、同慶、雙奎、增桂、福壽、復出福壽班、慶壽、雙慶、長春、春慶、復出洪奎班、復慶班，及富連成社等	次要	有
35	取成都	讓（戰）成都、石伏岩	馬超投降劉備後，劉備與諸葛亮等攻成都，劉璋不忍百姓受戰爭之苦，遂開城出降。劉備將劉璋安置於荊州，璋含悲而去。	《三國演義》第六十五回	川劇、漢劇、湘劇、徽劇、滇劇、豫劇、同州梆子，秦腔、晉劇、河北梆子名《讓成都》	清末普慶、天慶、春台、四喜、福壽、同春、三慶、榮椿、雙奎、增桂、雙慶、復出洪奎班、玉成、寶勝和、太平和、小吉祥、天福、小德順和、後出四喜班、承平、鳴盛和、春慶班，及富連成社等	次要	無

36	單刀會	臨江亭	吳使諸葛瑾入川向劉備索討荊州，諸葛亮曾周旋其間。劉備雖允割三郡與吳，然關羽不允。魯肅設筵於臨江亭，邀關羽赴宴，設伏欲擒之。關羽偕周倉同至，筵間力爭荊州為漢家之地。佯醉告辭，又挾魯肅以送行，使吳兵不敢發，得以安返荊州。有王鴻壽本等。	《三國演義》第六十五回	漢劇、徽劇、粵劇、豫劇、秦腔、同州梆子、河北梆子，川劇名《單刀赴會》	清末雙慶、玉成、復出安慶班等	次要	有
37	瓦口關	眞假張飛	張飛鎮守巴西，曹洪命張郃進攻，屯兵瓦口關，遭張飛夾攻，退守岩渠山。張郃不戰，張飛亦每日飲酒。諸葛亮聞訊，又命魏延押酒犒軍。張飛分賞將士飲酒，誘張郃劫營，又紮草人扮成己身模樣，飲酒帳中。張郃中計，大敗而回。	《三國演義》第七十回	川劇、湘劇	清末春台、三慶班	次要	無
38	定軍山	取東川、一戰成功、老將得勝	張郃犯葭萌關，諸葛亮佯言調張飛來援以激黃忠。黃忠不服，與嚴顏同往挑戰。張郃兵敗，退往天蕩山。黃忠追至，嚴顏由山後圍攻，克天蕩山。諸葛亮又激黃忠攻定軍山。黃忠於兩軍換俘時，射死夏侯淵之姪夏侯尚。夏侯淵大怒，輕進僨事，為黃忠刺死。有清鈔本，又有陳希新改編本。	《三國演義》第七十、七十一回	漢劇、川劇、滇劇、徽劇、晉劇、粵劇、秦腔、同州梆子，河北梆子名為《葭萌關》	清末普慶、天慶、福壽、春台、四喜、三慶、同慶、榮椿、承慶、增桂、玉成、雙慶、後出四喜班、承平、復慶、寶勝和、太平和、鳴盛和、喜連成、天福、三樂班	主要	有
39	陽平關	子龍護忠	曹操親統大軍為夏侯淵報仇，令張郃將米倉山糧草移屯北山。諸葛亮遣黃忠往劫，趙雲接應。黃忠被困，幸趙雲救回。方歸營，曹操率兵追至，見營門大開，不敢進。趙雲命伏弩齊發，曹操敗退陽平關。王平與徐晃意見不合，被責，忿而降劉備。此劇常與《定軍山》或《五截山》連演。	《三國演義》第七十一、七十二回	徽劇、河北梆子	清末普慶、鴻慶、四喜、同春、承平、榮椿、增桂、福壽、復出福壽班、玉成、後出四喜班、慶壽、復出洪奎班、同慶、復慶、寶勝和、太平和、小吉祥、喜春奎洪順和合演、鳴盛和班，及富連成社等	次要	無
40	造白袍	張飛歸天	劉備夜夢關羽渾身是血，旋傳關羽死訊。劉備欲興兵報仇，諸葛亮謂應待明春。張飛聞訊，即趕往西川。劉備用諸葛亮之計，加封劉封為綿竹郡主，使討孟達。劉封敗回，諸葛亮斬之。	《三國演義》第八十一回	河北梆子，漢劇名為《咬勝造甲》，桂劇名為《造袍升天》，滇劇名為《刺張飛》		次要	無

			張飛因范疆、張達造白盔白甲延誤，各鞭一百，二人懷恨，殺張飛降東吳。張苞、關興向劉備報凶訊。劉備萬分悲痛，命吳班掛帥，御駕征吳。通常都與《伐東吳》一劇同演，單折甚少獨演。共二本。					
41	連營寨	哭靈牌、火燒連營、雪弟恨	劉備征吳，甘寧陣亡。孫權懼，送范疆、張達及張飛首級求和，劉備不許。孫權乃拔陸遜爲大將，劉備以其書生，輕之。時値盛暑，劉備令移營林木茂盛處，致遭陸遜火攻，全軍覆沒。其間有諸葛亮觀馬良所送營寨圖及遣趙雲援救劉備之情節。前半名《戰猇亭》。	《三國演義》第八十三、八十四回	徽劇、豫劇，川劇名《哭桃園》，漢劇、秦腔名《哭靈牌》	清末寶勝和、義順和、玉成、雙慶班	次要	無
42	八陣圖		陸遜引兵追擊劉備，至魚腹浦，入石陣而迷路。幸諸葛亮之岳丈黃承彥至，告以石陣乃諸葛亮所排八陣圖，引之出陣。	《三國演義》第八十四回	川劇、秦腔		主要	無
43	白帝城	永安宮	劉備兵敗，奔回白帝城，染病不起，傳諸葛亮、李嚴聽受遺命，崩於永安宮。自《小桃園》、《伐東吳》、《戰猇亭》、《連營寨》、《八陣圖》至《白帝城》連演，總稱《吞吳恨》。按：自《小桃園》連演至《白帝城》，總稱《吞吳恨》。另有《伐東吳總本》，原爲陳彥衡所藏鈔本。	《三國演義》第八十五回	川劇、漢劇、徽劇、秦腔		次要	有
44	別宮祭江	祭長江	孫夫人自荊州回吳探親後，因兩方交兵即未能回蜀。傳說劉備戰敗，死於白帝城。孫夫人聞訊大慟，乃入宮辭別母后，至江邊望西遙祭，祭畢投江殉節。其間亦有敘及諸葛亮事。	《三國演義》第八十四回	漢劇、同州梆子，川劇、徽劇、晉劇、秦腔、河北梆子名爲《祭江》，滇劇、豫劇名爲《孫夫人祭江》		次要	無
45	安居平五路	安五路、鄧芝赴油鍋	劉禪即位，曹丕命五路兵攻蜀。諸葛亮得訊，忽染病，後主親往探視，方知諸葛亮憂慮東吳孫權一路難以應付，須遣辯士往說。諸葛亮薦鄧芝銜命使吳，鄧芝至吳，不懼油鼎威脅，陳	《三國演義》第八十五、八十六回	川劇名爲《五伐川》，湘劇名爲《秦宓談天》，同州梆子名爲《五路伐蜀》	慶昇平班等	次要	無

			說利害，睥睨自若。孫權受感動，遣張溫入蜀通盟答禮。					
46	七擒孟獲		南蠻造反，諸葛亮上表，請求出師。建興三年南征，用馬謖攻心之說，七擒七縱蠻王孟獲，蠻王心服。諸葛亮祭瀘水而後班師。共六十二場。原本有四本，另有全本。	《三國演義》第八十七回至九十一回	川劇、漢劇、徽劇、同州梆子，秦腔名爲《征南蠻》	清內廷與寶勝和、四喜班及慶興社	主要	無
47	龍鳳巾	化外奇緣	關羽子關索，自荊州逃難回四川，參與征蠻之役，於戰場上與孟獲女花鬘相戀，諸葛亮命二人成婚。亦有帶演《火燒藤甲兵》及《祭瀘江》者。	《龍鳳巾》傳奇			次要	無
48	祭瀘江		諸葛亮班師至瀘水，狂風大作，不能渡過。孟獲謂需用人頭祭猖神，諸葛亮以麵塑爲人頭，中裹牛羊肉，名爲饅頭以代之。祭畢果風平浪靜，得以平安渡過。相傳「饅頭」即創始於此。	《三國演義》第九十一回	徽劇亦有此劇目，川劇名爲《祭瀘水》		主要	無
49	雍涼關	算懿、流言計	魏主曹叡用司馬懿掌兵權，鎮守雍、涼等處。諸葛亮聞訊大驚，慮司馬懿足智多謀，將爲蜀患。參軍馬謖獻議用反間計，諸葛亮即差馬謖至鄴都，假造司馬懿檄文，榜示通衢，流言司馬懿將反。曹叡多疑，駕幸安邑，解司馬懿兵權，削職爲民。諸葛亮見計成功，決心表奏後主，出師討賊。	《三國演義》第九十一回		清末四喜班	主要	無
50	鳳鳴關	（力）斬五將	諸葛亮初次北伐，魏遣駙馬夏侯楙來拒，韓德及其四子爲先峰。趙雲進兵，斬韓德及其四子於鳳鳴關。	《三國演義》第九十二回	漢劇、徽劇、晉劇、河北梆子，湘劇名爲《刀劈五虎》	清末普慶、天慶、鴻慶、四喜、同慶、增桂、春台、福壽、復出福壽班、玉成、雙慶、後出四喜班、長春、承平、春慶、復出洪奎班、寶勝和、太平和、小吉祥、慶勝和班	主要	無

51	天水關	收姜維、賢孝子、初出祁山、取三郡	諸葛亮平南蠻後，出師北伐。命趙雲攻天水關，爲姜維打敗。諸葛亮使魏延假扮作姜維造反，馬遵誤信，不納姜維。姜維只得歸降諸葛亮。有鈔本，又有曾志齊改編本。	《三國演義》第九十三回	川劇、滇劇、徽劇、湘劇、晉劇、豫劇、秦腔、河北梆子，漢劇、越調、同州梆子名爲《收姜維》	清末普慶、鴻慶奎、天慶、鴻慶、四喜、春台、三慶、同慶、榮椿、增桂、福壽、復出福壽班、雙慶、後出四喜班、長春、承平、春慶、玉成、寶勝和、雙奎、福壽小德順合演、祥慶和班，及富連成社等	主要	有
52	罵王朗		諸葛亮既取三郡，曹叡命曹眞爲大元帥，郭淮爲副元帥，王朗爲軍師，軍於渭河之西。王朗欲於陣前折服諸葛亮，反爲諸葛亮醜詆，氣憤落馬而死。有鈔本，又有汪笑儂編演本。	《三國演義》第九十三回	川劇、漢劇、秦腔、河北梆子，湘劇名爲《罵朗破羌》	清末天慶、四喜班等	主要	有
53	西平關	雪夜破羌兵	曹眞用郭淮之計，借羌兵攻西平關。諸葛亮於山路掘陷阱，天降大雪，不能分別。乃設伏誘羌兵，破其鐵車軍。	《三國演義》第九十四回			主要	無
54	失街亭		司馬懿命張郃攻街亭，諸葛亮遣馬謖、王平戍守。馬謖不聽王平之諫，屯兵山頂，致遭張郃斷絕水源，街亭失守。	《三國演義》第九十五回	川劇、秦腔		次要	無
55	空城計	撫琴退兵	街亭失守，司馬懿進兵西城。諸葛亮在城中聞訊大驚，欲戰則兵微將寡，欲走則爲時已晚，乃作空城之計，攜二童高坐敵樓，酌酒撫琴，神色自若。司馬懿疑有伏兵，退兵四十餘里。	《三國演義》第九十五回	漢劇、滇劇、徽劇、川劇、湘劇、豫劇、同州梆子、河北梆子		主要	無
56	斬馬謖		諸葛亮退還漢中，馬謖、王平自來請罪。諸葛亮問明非王平之過，怒責馬謖不聽告戒，雖惜其才，而終斬之。馬謖服罪，惟以老母爲託。《失街亭》、《空城計》、《斬馬謖》常連演，簡稱《失空斬》。有王九齡本、盧勝奎本、譚鑫培本、汪笑儂本等。	《三國演義》第九十六回		清末鴻慶奎、天慶、鴻慶、嵩祝成、四喜、同春、三慶、同慶、增桂、福壽、復出福壽班、雙慶、後出四喜班、承平、喜連成、復出洪奎班、復慶、義順	主要	有

						和、玉成、祥慶和、寶勝和、小吉祥、鳴盛和班		
57	哭昭烈		劇情不詳。《三國演義之京戲考》將此劇列入「新排戲」，下注云：「九十七回，貴俊卿編」。按：《演義》第九十七回有諸葛亮再上《出師表》，不知此劇是否演二出祁山前哭劉備事。				主要	無
58	斬王雙		諸葛亮二出祁山，軍糧將盡，欲退兵。時魏延在陳倉道口與王雙相拒，諸葛亮授以密計，假作深夜拔營，誘王雙追擊。魏延選三十騎伏於王雙營邊，乘機放火。王雙回救，魏延自林中突出，斬王雙。	《三國演義》第九十八回			主要	無
59	撤兵增灶		諸葛亮四出祁山，苟安運糧誤期，諸葛亮命杖責八十。苟安懷忿投司馬懿，司馬懿使苟安回成都散佈流言，謂諸葛亮早晚將稱帝。後主誤信流言，調諸葛亮回朝。諸葛亮奉旨班師，慮魏軍追擊，乃用撤兵增灶之計，使司馬懿生疑，得以安然退兵。	《三國演義》第一百回			主要	無
60	割麥裝神	木門道、隴上麥	諸葛亮五出祁山，苦於乏糧，欲割隴上麥以資軍用。司馬懿識破諸葛亮心意，嚴加防備。諸葛亮用遁甲法，使姜維、魏延、關興、馬岱與己同一裝束，命軍士扮作天神。司馬懿驚疑不敢出，蜀兵割麥而去。張郃追擊，諸葛亮使魏延等四將引張郃入木門道，亂箭射殺之。	《三國演義》第一百一回	滇劇、秦腔，漢劇名爲《隴西割麥》，湘劇名爲《孔明割麥》		主要	有
61	戰北原	斬鄭文	諸葛亮六出祁山，魏將鄭文來降。旋聞秦朗挑戰，鄭文自請出戰。諸葛亮觀戰，見鄭文只一回合即刺朗於馬下，乃知其詐降。鄭文回營，諸葛亮欲斬之。鄭文以實告，諸葛亮即命鄭文修書誘司馬懿劫寨。	《三國演義》第一百二回	晉劇、河北梆子，湘劇名爲《征北原》，徽劇名爲《取北原》，川劇、漢劇、豫劇、秦腔、同州梆子名爲《斬鄭文》	清末天慶、鴻慶、四喜、同春、榮椿、雙奎、增桂、福壽、後出福壽班、慶壽、玉成、後出四喜班、承平、同慶、寶勝和、太平和、小吉祥班等	主要	無

62	胭粉計	上方谷、火燒葫蘆峪、六出祁山	諸葛亮六出祁山，令魏延誘司馬懿入葫蘆峪，馬岱在峪中埋下地雷火砲，卻不支會魏延，欲使魏延同死以除內患。不料天降大雨，司馬懿得以逃生。魏延脫險後質問諸葛亮，諸葛亮責馬岱以代罪。諸葛亮再贈司馬懿脂粉釵裙以激之，司馬懿不爲所動。諸葛亮憂心成疾，欲祈禱延壽。	《三國演義》第一百三回	豫劇、河北梆子，川劇名爲《上方谷》，漢劇、秦腔名爲《葫蘆峪》		主要	無
63	七星燈	孔明求壽、五丈原	諸葛亮脂粉計不成，憂心成病。仰觀天象，知己壽命將盡，乃用奇門之法祈壽，設七星燈，執劍作法。忽司馬懿引兵窺探，魏延慌入營報訊，撞息本命燈。諸葛亮知是天命，預囑死後以沈香木像坐於車中，推至陣前嚇退司馬懿。姜維如計，果安然退兵。	《三國演義》第一百三、一百四回	川劇、徽劇、河北梆子、同州梆子名爲《五丈原》，秦腔名爲《諸葛觀星》，漢劇、湘劇、滇劇名爲《拜斗斬延》	清末四喜、玉成、慶壽、復慶、復出安慶班、復出洪奎班、寶勝和班	主要	無
64	諸葛遺表		盧瑞芳、劉藝舟編本。				主要	有
65	斬魏延	錦囊計	諸葛亮知魏延必反，預付錦囊與楊儀。諸葛亮既死，魏延果燒絕棧道，斷楊儀歸路。魏延與馬岱又引兵攻南鄭，楊儀依計，使馬岱殺魏延。	《三國演義》第一百四、一百五回	漢劇、徽劇名爲《斬魏延》		主要	無

※皮黃戲（京戲）中孔明戲的劇目繁多，現今可知者即有 65 種。其中，大多是以諸葛亮作爲主要的敘述重心，而涉及其相關情事者也有。若就其「腳色份量」來看，主要腳色者有 39 種，次要腳色有 26 種；而就其「劇本有無」以觀，則 27 種存有劇本，38 種並無劇本。至於，其「故事」雖有取材於前代戲曲與民間故事者，然大體而言，主要仍如盧勝奎所編全本《三國志》般，多半是根據毛本《三國演義》改編得來。

（四）地方戲

編碼	劇　目	演　出　劇　種	腳色份量
001	孔明拜師	陝西漢調二黃（又名《黃鶯傳道》）	主要
002	黃郎打狗	山東柳琴戲	次要

003	黃承彥	莆仙戲	次要
004	諸葛亮招親	晉劇、蒲劇、柳琴戲、淮劇、閩劇（二十四場）、漢劇、秦腔、同州梆子、漢調二黃（又名《師妻》）；又淮北花鼓戲有《諸葛招親》	主要
005	孔明招親	揚劇、贛劇、粵劇。	主要
006	薦諸葛	河北老調、晉劇、蒲劇、上黨梆子、山東柳子戲、萊蕪梆子、徽劇、廬劇、淮劇、豫劇、河南越調（又名《伐林》）、湘劇、秦腔、同州梆子、漢調二黃（又名《走馬薦諸葛》）、陝西漢調桄桄（又有別本《明薦諸葛亮》）	次要
007	走馬薦諸葛	河北梆子、南陽梆子、漢劇（又名《薦諸葛》）、陝西郿鄠戲、川劇（又名《伐松望友》、《薦諸葛》，有小唱本）；又別作《走馬薦諸葛》者有：湘劇（又名《徐庶薦葛》）、祁劇（又名《三送徐庶》）、辰河戲（又名《三送徐庶》）、滇劇（又名《伐松望友》）	次要
008	走馬薦賢	粵劇（又名《徐庶歸家》）、桂劇（又名《徐庶薦賢》）、邕劇有文茂堂刊本《三送徐庶》	次要
009	徐庶薦葛	婺劇、江西東河戲、漢劇、祁劇	次要
010	徐庶辭朝	大弦子戲	次要
011	送徐庶	婺劇（另二本）、甌劇、河南平調（又名《伐林》）；又別作《送友》者有：山東梆子（又名《薦諸葛》）、山東棗梆（又名《薦諸葛》）	次要
012	別徐庶	高甲戲	次要
013	小臥龍	漢劇（又名《徐庶見諸葛》）	主要
014	臥龍會友	辰河戲	主要
015	徐庶訪友	川劇	主要
016	臥龍岡	閩劇、滇劇	主要
017	三請賢	贛劇（青陽腔）	主要
018	三請師	川劇（又名《三顧茅廬》）	主要

019	三請諸葛	晉南鑼鼓雜戲、徽劇、大弦子戲、河南越調、河南平調、漢劇（又名《三顧茅廬》）、湘劇（又名《三顧茅廬》）、鄖鄂劇	主要
020	三請孔明	祁劇、桂劇（另有《三請燒坡》）、雲南關索戲；又同州梆子有《三請臥龍》	主要
021	三聘諸葛	豫劇	主要
022	三聘孔明	粵劇（又名《火燒博望坡》）	主要
023	三顧茅廬	晉劇、蒲劇、山西北路梆子、山東梆子、淮劇、高甲戲、辰河戲、邕劇、秦腔、滇劇（又名《訪諸葛》、《會孔明》）；又莆仙戲有《三顧草廬》	主要
024	隆中對	川劇（另本）	主要
025	小春秋	漢調桄桄（此劇乃演三結義與三顧茅廬事）	次要
026	出茅廬	河北梆子（又名《三請諸葛》）、晉劇（另有《初出茅廬》）、蒲劇	主要
027	孔明點將	蒲劇、粵劇	主要
028	三請三闖	巴陵戲	次要
029	三闖轅門	婺劇、湘劇、祁劇、辰河戲、常德漢劇、秦腔、同州梆子、川劇；又蒲劇與大弦子戲有《闖轅門》	次要
030	張飛闖轅門	柳子戲、儺戲；又桂劇有《張飛三闖》	次要
031	張飛歸家	廣東正字戲	次要
032	氣走范陽	柳子戲	次要
033	博望坡	淮劇、越劇、漢調（又名《火燒博望》）、粵劇、邕劇、秦腔、川劇（又名《博望燒惇》、《火燒博望坡》）、滇劇（又名《火燒夏侯惇》）；又蒲劇有《博望屯》	主要
034	博望燒屯	莆仙戲	主要
035	燒博望坡	桂劇	主要
036	火燒博望屯	秦腔	主要

037	大戰博望屯	大弦子戲	主要
038	孔明收夏侯惇	莆仙戲（另本）	主要
039	張飛負荊	晉劇、蒲劇；又秦腔有《張飛賠罪》	次要
040	三闖擋夏	（又名《闖帳燒坡》）；川劇、秦腔、湘劇、辰河戲、常德漢劇等（串演上述火燒博望坡之若干情節）	主要
041	北河祭旗	徽劇、婺劇；又漢劇有《查北河》	次要
042	火燒新野	老調、秦腔；又川劇有《燒新野》	主要
043	二道算	桂劇	主要
044	漢陽院	河北梆子、徽劇、漢劇、常德漢劇（又名《徐庶過江》）、荊河戲（又名《徐庶過江》）、秦腔、同州梆子、漢調二黃	次要
045	三搜臥龍岡	漢劇	主要
046	孔明過江	湘劇	主要
047	館驛會	大弦子戲	主要
048	舌戰群儒	河北梆子、婺劇、高甲戲、河南越調、大弦子戲、漢劇、祁劇（又名《孔明過江》）、荊河戲（又名《孔明過江》）、粵劇、桂劇、秦腔、川劇、滇劇	主要
049	激權激瑜	祁劇、荊河戲、滇劇	主要
050	念賦激瑜	桂劇	主要
051	激瑜借亮	山東東路梆子	主要
052	臨江會	河北梆子、徽劇、婺劇、甌劇、閩劇、漢劇、湘劇、桂劇	主要
053	河梁會	河南平調、川劇、滇劇（又名《一氣周瑜》）	主要
054	群英會	徽劇、莆仙戲、高甲戲、豫劇、河南平調、漢劇、湘劇、祁劇、巴陵戲、常德漢劇、荊河戲、桂劇、秦腔、漢調二黃（又名《三江口》）、川劇、滇劇	主要

055	借箭	山東梆子、淮北花鼓戲、閩西漢劇、河南平調	主要
056	諸葛亮借箭	山東四平調、泗州戲（又名《草船借箭》）、莆仙戲	主要
057	孔明借箭	甌劇、高甲戲、漢劇（有坊本）、廣東漢劇	主要
058	草船借箭	豫劇、大弦子戲、河南越調、秦腔、郿鄠戲、川劇、滇劇	主要
059	借箭打蓋	婺劇、漢劇（又另本名《蔣幹盜書》、《苦打黃蓋》）、湘劇（又名《苦肉計》）、祁劇、巴陵戲、常德漢劇、荊河戲、桂劇等	主要
060	祭風台	婺劇（又名《群英會》）、贛劇、江西東河戲、漢劇（又名《借東風》、《火燒赤壁》）、湘劇（又名《借東風》、祁劇	主要
061	祭東風	大弦子戲、秦腔、川劇	主要
062	借東風	山西北路梆子、山東梆子、婺劇（《祭風台》之單折）、豫劇、滇劇	主要
063	南屏山	徽劇、廣東漢劇	主要
064	生周瑜	粵劇（香江劇團本，演孔明計助周瑜破曹事）	主要
065	火攻計	晉劇、蒲劇、晉南鑼鼓雜戲、萊蕪梆子、山東東路梆子、秦腔（一作《火攻計》，又名《火燒戰船》）、同州梆子	主要
066	燒戰船	萊蕪梆子（另本）、大弦子戲、河南平調	主要
067	火燒戰船	豫劇、南陽梆子、漢劇	主要
068	火燒連環船	粵劇（另本）	主要
069	戰船圖	川劇、滇劇；又山東梆子有《戰船》	主要
070	火燒赤壁	莆仙戲、粵劇（另本）、桂劇、滇劇（單折）	主要
071	赤壁鏖兵	揚劇、秦腔（另本）；又莆仙戲有《赤壁大戰》（另本）	主要
072	鬧長江	紹劇	主要

073	三江口	上黨梆子、漢調桄桄（又名《赤壁鏖兵》、《火燒戰船》）	主要
074	三國志	泗州戲、淮北花鼓戲、紹劇、漢劇、漢調二黃（又名《赤壁鏖兵》、《三江口》）	主要
075	三國	莆仙戲、廣東正字戲；又淮北花鼓戲有《通三國》	主要
076	一氣周瑜	粵劇	主要
077	取南郡	徽劇、高甲戲、川劇（又名《取三郡》）、滇劇（又名《二氣周瑜》）	主要
078	周瑜奪郡	漢劇（又名《奪南郡》）	主要
079	取四郡	晉南鑼鼓雜戲、秦腔、川劇；又麻城高腔有《收四郡》	主要
080	奪四郡	漢調二黃；又湘劇有《暗奪四郡》	主要
081	取武陵	川劇	主要
082	取桂陽	蒲劇、莆仙戲、高甲戲、秦腔、漢調二黃、川劇、滇劇（又名《子龍招親》）	次要
083	取長沙	河北梆子、蒲劇、上黨梆子、山東梆子、徽劇、高甲戲、豫劇、祁劇（又名《平四郡》、《收黃忠》）、巴陵戲（又名《平四郡》、《收黃忠》）、廣東漢劇、秦腔、同州梆子、漢調二黃、漢調桄桄（又名《取四郡》）、滇劇（又名《戰長沙》）	次要
084	大帝取長沙	莆仙戲（又作《關羽取長沙》）	次要
085	戰長沙	萊蕪梆子、紹劇、河南越調、河南平調（又名《收黃忠》）、漢劇、湖北高腔、湘劇、川劇	次要
086	大戰長沙	婺劇（另有高腔一本）	次要
087	劉備勸降	漢調二黃（又另本名《收黃忠》）	次要
088	黃魏降漢	桂劇	次要
089	收黃忠	雲南關索戲	次要
090	大江東	豫劇、河南懷梆（又名《甘露寺》）、河南平調（又名《劉備招親》）	次要

091	江東	山東梆子、秦腔、同州梆子（又有《江東繡閣》）	次要
092	劉備過江招親	粵劇（簡名《過江招親》）	次要
093	劉備招親	安徽岳西高腔、桂劇	次要
094	東吳招親	晉南鑼鼓雜戲、婺劇（高腔）、甌劇、莆仙戲	次要
095	東吳招贅	柳子戲（又名《龍鳳配》）；又大弦子戲有《東吳贅親》	次要
096	甘露寺	河北梆子（又名《龍鳳配》、《回荊州》）、上黨梆子、上黨落子、山東梆子、萊蕪梆子、徽劇、紹劇、閩劇（連台本）、高甲戲、漢劇、湘劇（又名《劉備招親》）、祁劇、秦腔、漢調二黃（又名《劉備招親》）、滇劇（又名《龍鳳配》、《龍鳳呈祥》）	次要
097	龍鳳配	晉劇、蒲劇、柳琴戲、泗州戲、婺劇（另本）、東河戲、南陽梆子、漢劇（另本）、祁劇（另本）、巴陵戲、常德漢劇、荊河戲、桂劇（另本）、鄖鄂戲、川劇（又名《甘露寺》）	次要
098	錦繡圖	漢調桄桄（又名《甘露寺》、《龍鳳呈祥》）	次要
099	美人計	秦腔（另本）	次要
100	賠了夫人又折兵	粵劇（1921 年編本）	主要
101	二氣周瑜	邕劇	主要
102	黃鶴樓	河北梆子、晉劇、蒲劇、山西北路梆子、上黨梆子、晉南鑼鼓雜戲、山東梆子、萊蕪梆子、徽劇、贛劇、東河戲、莆仙戲、高甲戲、豫劇（有韻文堂刊本）、南陽梆子、河南平調、漢劇、麻城高腔、湘劇（又名《竹節退兵》）、祁劇、巴陵戲、常德漢劇、桂劇（有坊刻本）、秦腔、同州梆子、漢調二黃、漢調桄桄（又名《蘆花蕩》）、川劇、滇劇	次要
103	過江飲宴	甌劇	次要
104	趙子龍破竹筒	莆仙戲（另本）	次要
105	蘆花蕩	河北梆子、上黨梆子、上黨落子、徽劇、淮北花鼓戲、婺劇（又名《張飛擒瑜》）、甌劇、莆仙戲、閩西漢劇、大弦子戲、河南平調、漢劇、麻城高腔、湘劇、祁劇、荊河戲、粵劇（又名《三氣周瑜》）、桂劇、秦腔、同州梆子、漢調二黃（又名《三氣周瑜》）、川劇、滇劇（又名《三氣周瑜》）	主要

106	討荊州	蒲劇、柳子戲、徽劇、豫劇、河南越調（又名《三氣周瑜》、《蘆花蕩》）、河南平調、漢劇、秦腔、郿鄠戲	主要
107	三討荊州	莆仙戲、湘劇（有坊刻本）、祁劇、巴陵戲、常德漢劇、荊河戲	主要
108	三計三氣	桂劇（另有坊刻本《三氣周瑜》）	主要
109	三氣周瑜	莆仙戲、漢劇、粵劇（又另本名《周瑜歸天》）、廣東漢劇、邕劇	主要
110	周瑜歸天	安徽梨簧戲、高甲戲、湘劇（又名《孔明弔孝》）、滇劇	主要
111	柴桑關	河北梆子（又名《喪巴丘》）、晉劇、祁劇（又名《三氣周瑜》）、荊河戲（又名《三氣周瑜》）、桂劇、秦腔、同州梆子	主要
112	柴桑郡	川劇（又名《臥龍弔孝》）	主要
113	柴桑口	蒲劇、淮劇、甌劇、豫劇（又名《諸葛亮弔孝》）、河南平調（又名《諸葛亮弔孝》）	主要
114	柴桑弔孝	漢劇（又名《孔明弔孝》）、桂劇（另本）	主要
115	諸葛亮弔孝	山東梆子（又名《柴桑口》）、河南越調（又名《柴桑口》）；又同州梆子有另本《諸葛弔孝》	主要
116	孔明弔周瑜	莆仙戲	主要
117	孔明弔孝	淮劇（另本）、桂劇（另本）；又廣東漢劇有《孔明弔喪》	主要
118	臥龍弔孝	滇劇（又名《柴桑口》）	主要
119	弔孝	淮北花鼓戲	主要
120	回荊州	蒲劇、上黨梆子、上黨落子、山東梆子、莆仙戲、漢劇、廣東漢劇（又名《孫夫人過江》）、秦腔、同州梆子、滇劇	次要
121	回南徐	川劇（又名《回荊州》）	次要
122	四川圖	婺劇（又名《西川圖》）	次要
123	西川圖	江西東河戲、湘劇、祁劇、巴陵戲、桂劇、邕劇、漢調二黃（又名《獻圖收嚴》）、川劇（又名《獻地理》、《獻地圖》）、滇劇	次要

124	獻西川	徽劇、秦腔（又名《獻地圖》）	次要
125	獻地圖	蒲劇、山西北路梆子、浙江新昌高腔、高甲戲、桂劇（另本）、滇劇（單折）	次要
126	張松獻圖	婺劇（另本）、漢劇、湘劇（另本）、祁劇、巴陵戲、常德漢劇、荊河戲、粵劇、桂劇（有坊刻本）、邕劇（另本）、漢調二黃（另折）、漢調桄桄（又名《獻西川》）	次要
127	張松獻地圖	山東梆子、大弦子戲	次要
128	龍鳳對掛	湘劇（單折）	主要
129	荊州堂	南陽梆子、秦腔、同州梆子、川劇（另有坊刻本《荊州下書》）、滇劇	次要
130	荊襄堂	漢劇（又名《□（兩）張飛》、《過巴州》）	次要
131	荊襄拆書	湘劇（又名《七月七》）	次要
132	守荊州	河北梆子	次要
133	拆書擒顏	祁劇、巴陵戲、常德漢劇、荊河戲（均又名《荊襄堂》、《兩張飛》、《過巴州》）	次要
134	金雁橋	河北梆子、晉劇、上黨梆子、徽劇、紹劇、豫劇、河南平調、漢劇（又名《擒張任》）、巴陵戲（又名《擒張任》）、常德漢劇（又名《擒張任》）、荊河戲（又名《擒張任》）、秦腔（又名《活捉張任》）、同州梆子、川劇、滇劇（又名《擒張任》）	主要
135	擒張任	揚劇、福建法事戲、大弦子戲、湘劇；又莆仙戲有《活捉張任》	主要
136	五虎下西川	蒲劇、晉南鑼鼓雜戲（又名《取雒城》）；又山西北路梆子有《下西川》	次要
137	取雒城	湘劇（又名《黃魏爭功》）、秦腔	次要
138	黃魏爭功	河南越調、廣東漢劇	次要
139	綿竹收李嚴	漢調桄桄（又名《諸葛亮收李嚴》、《收李嚴》）；又川劇有《收李嚴》	主要
140	葭萌關	晉劇、莆仙戲、高甲戲、同州梆子、漢調二黃、漢調桄桄（又名《夜戰馬超》）、川劇（又名《夜戰馬超》）、滇劇（又名《夜戰馬超》）	次要

141	夜戰馬超	河北梆子、山東梆子（又名《西川圖》）、萊蕪梆子、山東東路梆子、紹劇、豫劇、河南平調、漢劇（又名《葭萌關》）、湘劇（又名《葭萌關》，另有《李恢訓超》）、祁劇、巴陵戲、常德漢劇、荊河戲（後四種均又名《葭萌關》，皆另有《李恢說超》）、粵劇（又名《葭萌關》）、桂劇（另有《李恢說超》）、邕劇	次要
142	夜戰	老調梆子	次要
143	戰馬超	蒲劇、柳子戲、徽劇、秦腔（又名《葭萌關》）	次要
144	收馬超	河南越調（又名《葭萌關》）、大弦子戲、雲南關索戲	主要
145	孔明收馬超	莆仙戲（另本）	主要
146	取成（城）都	河北梆子、晉劇、蒲劇、山西北路梆子、山東梆子（又名《劉璋讓印》）、萊蕪梆子、淮劇、婺劇、甌劇、東河戲、莆仙戲、豫劇、南陽梆子、河南平調、漢劇（又名《鼎足三分》、《劉璋讓位》）、湘劇（又名《劉璋交印》）、祁劇、辰河戲、巴陵戲、常德漢劇、荊河戲（均又名《劉璋讓位》）、廣東漢劇、桂劇（文茂堂本）、秦腔、同州梆子、漢調二黃（又名《劉璋讓位》、《取都城》）、漢調桄桄（又名《取西川》）、川劇（又名《讓成都》、《逼劉璋》）、滇劇	次要
147	奪成都	邕劇；又柳子戲有《讓成都》	次要
148	瓦口關	湘劇、巴陵戲、川劇	次要
149	定四川	粵劇	主要
150	定軍山	晉劇、山西北路梆子、上黨梆子、萊蕪梆子、徽劇、高甲戲、河南越調、漢劇（又名《取東川》）、湘劇（又名《打東川》、《天蕩定軍》）、祁劇、巴陵戲、常德漢劇、荊河戲、粵劇（又名《斬夏侯淵》）、桂劇（有坊刻本）、秦腔、同州梆子、漢調二黃、川劇、滇劇（又名《天蕩山》）	次要
151	陽平關	河北梆子、徽劇、山東梆子、萊蕪梆子、河南平調、湘劇、秦腔、滇劇	次要
152	戰漢水	川劇	次要
153	定漢中	巴陵戲	次要
154	取東川	上黨梆子、甌劇、廣東漢劇	次要
155	東川圖	東河戲、漢劇、湘劇、祁劇、桂劇	次要

156	興漢圖	漢劇（又名《扶漢圖》）、巴陵戲（又名《孔明裝病》）、荊河戲（又名《孔明裝病》）	主要
157	咬臍造甲	漢劇；又湘劇、祁劇、巴陵戲有《咬臍造袍》	次要
158	連營寨	山東梆子（又名《火燒連營》）、甌劇、漢劇（又名《火燒七百里》）、川劇（又名《火燒連營》）	次要
159	燒連營	高甲戲、河南平調	次要
160	火燒連營	蒲劇、豫劇（又名《大報仇》、《伐東吳》、《連營寨》、《白帝城》）、湘劇、桂劇、同州梆子、滇劇	次要
161	八陣圖	徽劇、湘劇、秦腔、川劇、滇劇	主要
162	白帝城	蒲劇、上黨梆子、萊蕪梆子、徽劇、婺劇、河南平調、漢劇、祁劇、巴陵戲、常德漢劇、荊河戲、粵劇（又名《劉備歸天》）、秦腔、川劇（又名《托孤》）	次要
163	白帝城托孤	粵劇（另本）、漢調桄桄（又名《火燒連營》、《八陣圖》）、滇劇	次要
164	白帝托孤	湘劇（又名《劉備托孤白帝城》）、桂劇	次要
165	劉備托孤	甌劇	次要
166	五伐川	川劇	主要
167	五路伐蜀	秦腔、同州梆子、漢調桄桄（又名《智退五路》）；又常德漢劇有《五路取川》（又名《阿斗探病》、《舌戰郵亭》）	主要
168	平五路	蒲劇、滇劇	主要
169	安居平五路	粵劇	主要
170	鄧芝說吳	川劇、滇劇	次要
171	秦宓辯天	川劇；又湘劇、常德漢劇有《秦宓談天》	次要
172	難張溫	滇劇	次要
173	征南蠻	秦腔	主要

174	七擒孟獲	徽劇、婺劇、莆仙戲、大弦子戲、湘劇（又名《祭瀘水》）、巴陵戲、祁劇（又名《平南圖》、《七擒七縱》、《火燒藤甲兵》）、常德漢劇（又名《平南圖》、《七擒七縱》、《火燒藤甲兵》）、荊河戲（又名《平南圖》、《七擒七縱》、《火燒藤甲兵》）、桂劇、秦腔（另本）、同州梆子、川劇（又名《平南蠻》）、滇劇	主要
175	燒藤甲	晉劇、蒲劇、滇劇（另本）	主要
176	火燒藤甲	漢劇（又名《七擒孟獲》）	主要
177	藤甲兵	粵劇	主要
178	龍鳳帕	秦腔（又名《關索招親》、《火燒藤甲兵》、《花曼公主》）	次要
179	化外奇緣	漢劇（有鈔本）	次要
180	祭瀘江	徽劇、閩劇、滇劇	主要
181	祭瀘水	粵劇（又名《七擒孟獲》）	主要
182	渡瀘水	川劇	主要
183	孔明上表出師	莆仙戲（又有另本《出師表》）；又荊河戲有《修表》	主要
184	武侯出師表	川劇	主要
185	出師表	晉劇、蒲劇、閩劇、漢劇；又漢調二黃有《前出師表》（又名《天水關前部》）	主要
186	初出祁山	晉南鑼鼓雜戲	主要
187	出祁山	蒲劇、山西北路梆子、秦腔、川劇（又名《鳳鳴關》）；又山東棗梆有《八卦陣》（又名《出祁山》）	主要
188	鳳鳴關（山）	河北梆子、晉劇、山西北路梆子（帶《天水關》）、徽劇漢劇（又名《斬韓德》）、巴陵戲、常德漢劇、荊河戲、川劇、滇劇（又名《力斬五將》）；又廣東漢劇有《斬五將》、湘劇有《刀劈五虎》	主要
189	天水關	河北梆子、晉劇、蒲劇、上黨梆子、郿鄠戲、山東梆子（又名《收姜維》）、萊蕪梆子、山東棗梆、山東平調、徽劇、淮劇、婺劇、紹劇、甌劇、閩劇、閩西漢劇、豫劇（又名《收姜維》）、河南平調（又名《收姜維》、《三傳令》）、湘劇（又名《收姜維》）、祁劇（又名《收姜維》）、常德漢劇（又名《收姜維》）、荊河戲（又名《收姜維》）、廣東漢劇、漢調二黃（又名《收姜維》）、滇劇（又名《收姜維》）	主要

190	天水收維	桂劇	主要
191	收姜維	山東柳子戲、南陽梆子、河南越調（又名《天水關》、《三傳令》）、大弦子戲、漢劇（又名《天水關》）、巴陵戲、粵劇（又名《天水關》）、秦腔（又名《天水關》）、同州梆子、川劇（又名《天水關》、《三傳令》）、雲南關索戲	主要
192	姜維降蜀	莆仙戲（另有《得姜維》）	主要
193	姜維歸漢	桂劇（另本）	主要
194	取街亭	漢調桄桄（又名《槍挑韓家五父子》、《收姜維》）	主要
195	孔明罵朗	桂劇	主要
196	罵王朗	河北梆子、河南平調、漢劇（又作《二出祁山》）、湘劇（又名《罵朗破羌》）、祁劇、辰河戲、巴陵戲、常德漢劇、荊河戲（又名《罵朗破羌》）、秦腔、漢調二黃、川劇、滇劇	主要
197	罵死王朗	粵劇	主要
198	失街亭	晉劇、萊蕪梆子、閩劇、高甲戲、河南平調、河南懷梆（又名《斬馬謖》）、漢劇、粵劇、廣東漢劇、秦腔、滇劇	主要
199	馬謖失街亭	莆仙戲（又名《空城計》）	主要
200	空城計	河北梆子、晉劇、蒲劇、山東梆子、萊蕪梆子、柳子戲、徽劇、婺劇、閩劇、莆仙戲（另本）、豫劇、河南平調、大弦子戲、南陽梆子、漢劇、楚劇、湘劇、祁劇、巴陵戲、常德漢劇、荊河戲、粵劇、廣東漢劇、邕劇、秦腔、同州梆子、漢調二黃（又名《西城弄險》）、漢調桄桄（又名《失街亭》）、川劇（另有坊刻本）、滇劇	主要
201	西城弄險	川劇（另有坊刻本）、滇劇	主要
202	西城用計	桂劇	主要
203	斬馬謖	萊蕪梆子、閩劇、河南越調、河南平調、大弦子戲、漢劇（連演時名爲《失空斬》）、秦腔、漢調桄桄、滇劇（連演時名爲《失空斬》）	主要
204	揮淚斬謖	桂劇（又有另本《失亭斬謖》）	主要

205	斬王雙	秦腔	主要
206	取陳倉	秦腔	主要
207	後西川	漢調二黃（又名《曹眞討蜀》、《孔明三山岐山》）	主要
208	孔明四出祁山	莆仙戲	主要
209	車馬會	湘劇、祁劇、巴陵戲、常德漢劇	主要
210	隴西割麥	漢劇	主要
211	割麥裝瘋	秦腔	主要
212	諸葛亮撮麥	河南平調	主要
213	孔明割麥	湘劇	主要
214	孔明盜麥	桂劇	主要
215	木門道	東河戲、河南平調、湘劇、秦腔、漢調桄桄（又名《射張郃》）、滇劇（又名《割麥裝神》、《射張郃》）	主要
216	六出祁山	婺劇、莆仙戲、豫劇、粵劇（又名《孔明歸天》）	主要
217	戰北原	河北梆子、上黨梆子、山東梆子（又名《斬鄭文》）、萊蕪梆子、漢劇（又名《斬鄭文》）、桂劇、秦腔（又名《斬鄭文》）、滇劇（又名《斬鄭文》）	主要
218	征北原	湘劇（又名《斬鄭文》、《計中計》）、祁劇（又名《計中計》）、巴陵戲（又名《計中計》）	主要
219	取北原	晉劇、蒲劇、徽劇、淮劇、甌劇	主要
220	渭水戰	常德漢劇（又名《收鄭文》）	主要
221	斬鄭文	山東棗梆、豫劇、河南越調（又名《戰北原》）、同州梆子、漢調二黃（又名《戰北原》）、川劇	主要
222	孔明斬鄭文	莆仙戲	主要

223	葫蘆峪	秦腔（又名《司馬拜台》）、同州梆子、漢調二黃（又名《五丈原》、《孔明拜燈》、《虎頭橋》）	主要
224	火燒葫蘆峪	河北梆子、河南越調	主要
225	葫蘆谷	廣東漢劇、滇劇（又名《火燒司馬懿》、《胭粉計》）	主要
226	燒葫蘆谷	湘劇、祁劇、桂劇；又莆仙戲有《火燒葫蘆谷》	主要
227	火燒上方谷	川劇（又名《上方谷》）	主要
228	五丈原	河北梆子、晉劇、蒲劇、上黨梆子、莆仙戲、河南懷梆（又名《司馬懿扒墓》）、漢劇（又名《斬魏延》、《七星燈》）、秦腔、同州梆子、漢劇桃桃（又名《火燒葫蘆峪》）、郿鄠戲、川劇（又名《七星燈》）	主要
229	諸葛觀星	秦腔（另本）、同州梆子、郿鄠戲	主要
230	七星燈	徽劇、甌劇、湘劇（又名《五丈原》、《孔明拜斗》、《拜斗斬延》）、祁劇、巴陵戲、常德漢劇、荊河戲（又名《五丈原》、《孔明拜斗》、《拜斗斬延》）、滇劇（又名《五丈原》、《拜斗》）	主要
231	祭燈	山東梆子（又名《五丈原》）、萊蕪梆子、柳子戲、豫劇、河南平調（又名《五丈原》）、同州梆子	主要
232	祭命燈	秦腔	主要
233	孔明祭燈	莆仙戲（另有小戲《孔明燈》）	主要
234	諸葛亮祭燈	河南越調（又名《五丈原》）	主要
235	孔明拜斗	婺劇（又名《七星燈》）、廣東漢劇、桂劇（有坊刻本，另有《燒谷拜斗》）	主要
236	斬魏延	徽劇、廣東漢劇、滇劇（又名《斬延》）；又桂劇有《馬岱斬魏》，莆仙戲有《馬岱斬魏延》	主要
237	武侯顯聖	漢劇桃桃	主要

※地方戲中孔明戲的劇目十分繁富，現今初步統計可知者即有 237 種之多。其中，雖多是以諸葛亮作爲主要的敘述重心，然涉及其相關情事者也佔有相當份量；若就其「腳色份量」來看，主要腳色者有 156 種，次要腳色有 81 種。至於，其「故事」除承前代舊傳劇目外，大多是移植其他劇種，或根據毛本《三國演義》與民間故事編演而來。

二、歷代孔明戲中所演「諸葛亮故事」與人物生平事蹟的各階段關係分布總表（360 種）

（一）雜劇

1.「元代雜劇」中的孔明戲

「元代雜劇」中孔明戲所演「諸葛亮故事」與人物生平事蹟的各階段關係分布表（17 種）

階　段	劇　目	數量	比率	排名
生　前		0	0	5
誕生琅琊		0	0	5
早孤離鄉		0	0	5
躬耕隴畝		0	0	5
步出茅廬	臥龍岡	1	5.88	4
荊州潰逃	諸葛亮博望燒屯、諸葛亮掛印氣張飛	2	11.77	3
赤壁之戰	七星壇諸葛祭風、烏林皓月	2	11.77	3
謀借荊州	東吳小喬哭周瑜、劉玄德醉走黃鶴樓、走鳳雛龐掠四郡、兩軍師隔江鬥智	4	23.53	1
進取益州	曹操夜走陳倉路、陽平關五馬破曹、壽亭侯怒斬關平	3	17.65	2
受遺託孤	關張雙赴西蜀夢、諸葛亮石伏陸遜	2	11.77	3
南征蠻越		0	0	5
北伐中原		0	0	5

積勞病逝	諸葛亮軍屯五丈原	1	5.88	4
身　　後	受顧命諸葛論功、十樣錦諸葛論功	2	11.77	3
其　　他		0	0	5
總　　計		17	100	

2.「明代雜劇」中的孔明戲

「明代雜劇」中孔明戲所演「諸葛亮故事」與人物生平事蹟的各階段關係分布表（8種）

階　　段	劇　　目	數量	比率	排名
生　　前		0	0	4
誕生琅琊		0	0	4
早孤離鄉		0	0	4
躬耕隴畝		0	0	4
步出茅廬	茅廬	1	12.50	3
荊州潰逃		0	0	4
赤壁之戰	諸葛亮赤壁鏖兵、諸葛亮火燒戰船	2	25.00	2
謀借荊州	黃鶴樓、碧蓮會、劉玄德私出東吳國、慶冬至共享太平宴	4	50.00	1
進取益州		0	0	4
受遺託孤		0	0	4
南征蠻越	諸葛平蜀	1	12.50	3

北伐中原		0	0	4
積勞病逝		0	0	4
身　　後		0	0	4
其　　他		0	0	4
總　　計		8	100	

3.「清代雜劇」中的孔明戲

「清代雜劇」中孔明戲所演「諸葛亮故事」與人物生平事蹟的各階段關係分布表（4 種）

階　　段	劇　　目	數量	比率	排名
生　　前	大轉輪	1	25.00	2
誕生琅琊		0	0	3
早孤離鄉		0	0	3
躬耕隴畝		0	0	3
步出茅廬		0	0	3
荊州潰逃		0	0	3
赤壁之戰		0	0	3
謀借荊州		0	0	3
進取益州		0	0	3
受遺託孤		0	0	3

南征蠻越	諸葛亮夜祭瀘江、祭瀘江	2	50.00	1
北伐中原	丞相亮祚綿東漢	1	25.00	2
積勞病逝		0	0	3
身　後		0	0	3
其　他		0	0	3
總　計		4	100	

4.「歷代雜劇」中的孔明戲

「雜劇」中孔明戲所演「諸葛亮故事」與人物生平事蹟的各階段關係分布表（29 種）

階　段	時期	劇　目	數量	小計	比率	排名
生　前	元代		0	1	3.45	5
	明代		0			
	清代	大轉輪	1			
誕生琅琊	元代		0	0	0	6
	明代		0			
	清代		0			
早孤離鄉	元代		0	0	0	6
	明代		0			
	清代		0			

躬耕隴畝	元代		0	0	0	6
	明代		0			
	清代		0			
步出茅廬	元代	臥龍岡	1	2	6.90	4
	明代	茅廬	1			
	清代		0			
荊州潰逃	元代	諸葛亮博望燒屯、諸葛亮掛印氣張飛	2	2	6.90	4
	明代		0			
	清代		0			
赤壁之戰	元代	七星壇諸葛祭風、烏林皓月	2	4	13.79	2
	明代	諸葛亮赤壁鏖兵、諸葛亮火燒戰船	2			
	清代		0			
謀借荊州	元代	東吳小喬哭周瑜、劉玄德醉走黃鶴樓、走鳳雛龐掠四郡、兩軍師隔江鬥智	4	8	27.59	1
	明代	黃鶴樓、碧蓮會、劉玄德私出東吳國、慶冬至共享太平宴	4			
	清代		0			
進取益州	元代	曹操夜走陳倉路、陽平關五馬破曹、壽亭侯怒斬關平	3	3	10.35	3
	明代		0			
	清代		0			
受遺託孤	元代	關張雙赴西蜀夢、諸葛亮石伏陸遜	2	2	6.90	4
	明代		0			

	清代		0			
南征蠻越	元代		0	3	10.35	3
	明代	諸葛平蜀	1			
	清代	諸葛亮夜祭瀘江、祭瀘江	2			
北伐中原	元代		0	1	3.45	5
	明代		0			
	清代	丞相亮祚綿東漢	1			
積勞病逝	元代	諸葛亮軍屯五丈原	1	1	3.45	5
	明代		0			
	清代		0			
身　後	元代	受顧命諸葛論功、十樣錦諸葛論功	2	2	6.90	4
	明代		0			
	清代		0			
其　他	元代		0	0	0	6
	明代		0			
	清代		0			
總　計	元代		17	29	100	
	明代		8			
	清代		4			

（二）傳奇

1.「明代傳奇」中的孔明戲

「明代傳奇」中孔明戲所演「諸葛亮故事」與人物生平事蹟的各階段關係分布表（16 種）

階　段	劇　目	數量	比率	排名
生　前		0	0	5
誕生琅琊		0	0	5
早孤離鄉		0	0	5
躬耕隴畝		0	0	5
步出茅廬	劉玄德三顧草廬記、十孝記	2	12.50	3
荊州潰逃	報主記、保主記	2	12.50	3
赤壁之戰	赤壁記、借東風	2	12.50	3
謀借荊州	錦囊記（東吳記）、試劍記、試劍記、四郡記	4	25.00	1
進取益州	荊州記	1	6.25	4
受遺託孤	雙忠記、猇亭記	2	12.50	3
南征蠻越	武侯七勝記、興劉記、征蠻記	3	18.75	2
北伐中原		0	0	5
積勞病逝		0	0	5
身　後		0	0	5

其　他		0	0	5
總　計		16	100	

2.「清代傳奇」中的孔明戲

「清代傳奇」中孔明戲所演「諸葛亮故事」與人物生平事蹟的各階段關係分布表（13 種）

階　段	劇　目	數量	比率	排名
生　前		0	0	4
誕生琅琊		0	0	4
早孤離鄉		0	0	4
躬耕隴畝		0	0	4
步出茅廬	鼎峙春秋、三國志	2	15.39	2
荊州潰逃		0	0	4
赤壁之戰	祭風台	1	7.69	3
謀借荊州	黃鶴樓	1	7.69	3
進取益州	西川圖（錦繡圖）、錦繡圖、小江東（補天記）	3	23.08	1
受遺託孤	八陣圖	1	7.69	3
南征蠻越	平蠻圖	1	7.69	3
北伐中原	出師表、南陽樂	2	15.39	2
積勞病逝		0	0	4

身　後	小桃園、萬年觴	2	15.39	2
其　他		0	0	4
總　計		13	100	

3.「歷代傳奇」中的孔明戲

「傳奇」中孔明戲所演「諸葛亮故事」與人物生平事蹟的各階段關係分布表（29 種）

階　段	時期	劇　目	數量	小計	比率	排名
生　前	明代		0	0	0	5
	清代		0			
誕生琅琊	明代		0	0	0	5
	清代		0			
早孤離鄉	明代		0	0	0	5
	清代		0			
躬耕隴畝	明代		0	0	0	5
	清代		0			
步出茅廬	明代	劉玄德三顧草廬記、十孝記	2	4	13.79	2
	清代	鼎峙春秋、三國志	2			
荊州潰逃	明代	報主記、保主記	2	2	6.90	4
	清代		0			

赤壁之戰	明代	赤壁記、借東風	2	3	10.35	3
	清代	祭風台	1			
謀借荊州	明代	錦囊記（東吳記）、試劍記、試劍記、四郡記	4	5	17.24	1
	清代	黃鶴樓	1			
進取益州	明代	荊州記	1	4	13.79	2
	清代	西川圖（錦繡圖）、錦繡圖、小江東（補天記）	3			
受遺託孤	明代	雙忠記、猇亭記	2	3	10.35	3
	清代	八陣圖	1			
南征蠻越	明代	武侯七勝記、興劉記、征蠻記	3	4	13.79	2
	清代	平蠻圖	1			
北伐中原	明代		0	2	6.90	4
	清代	出師表、南陽樂	2			
積勞病逝	明代		0	0	0	5
	清代		0			
身　　後	明代		0	2	6.90	4
	清代	小桃園、萬年觴	2			
其　　他	明代		0	0	0	5
	清代		0			
總　　計	明代		16	29	100	
	清代		13			

（三）皮黃戲（京戲）

「皮黃戲」（京戲）中孔明戲所演「諸葛亮故事」與人物生平事蹟的各階段關係分布表（65 種）

階段	劇目	數量	比率	排名
生前		0	0	9
誕生琅琊		0	0	9
早孤離鄉		0	0	9
躬耕隴畝	諸葛亮招親	1	1.54	8
步出茅廬	襄陽宴、薦諸葛、三顧茅廬、三國志	4	6.15	6
荊州潰逃	三求計、博望坡、火燒新野、三搜臥龍岡、漢陽院、漢津口	6	9.23	4
赤壁之戰	舌戰群儒、激權（激）瑜、臨江會、群英會、借箭、借東風、華容道、取南郡、取零陵、取桂陽、戰長沙	11	16.92	1
謀借荊州	黃鶴樓、甘露寺、美人計、蘆花蕩、討荊州、三氣周瑜、柴桑口、耒陽縣	8	12.31	3
進取益州	張松獻地圖、荊襄府、金雁橋、兩將軍、取成都、單刀會、瓦口關、定軍山、陽平關	9	13.85	2
受遺託孤	造白袍、連營寨、八陣圖、白帝城、別宮祭江、安居平五路	6	9.23	4
南征蠻越	七擒孟獲、龍鳳巾、祭瀘江	3	4.62	7
北伐中原	雍涼關、鳳鳴關、天水關、罵王朗、西平關、失街亭、空城計、斬馬謖、哭昭烈、斬王雙、撤兵增灶、割麥裝神	12	18.46	1
積勞病逝	戰北原、胭粉計、七星燈、諸葛遺表、斬魏延	5	7.69	5
身後		0	0	9
其他		0	0	9
總計		65	100	

（四）地方戲

「地方戲」中孔明戲所演「諸葛亮故事」與人物生平事蹟的各階段關係分布表（237 種）

階段	劇目	數量	比率	排名
生前		0	0	11
誕生琅琊		0	0	11
早孤離鄉		0	0	11
躬耕隴畝	孔明拜師、黃郎打狗、黃承彥、諸葛亮招親、孔明招親	5	2.11	9
步出茅廬	薦諸葛、走馬薦諸葛、走馬薦賢、徐庶薦葛、徐庶辭朝、送徐庶、別徐庶、小臥龍、臥龍會友、徐庶訪友、臥龍岡、三請賢、三請師、三請諸葛、三請孔明、三聘諸葛、三聘孔明、三顧茅廬、隆中對、小春秋、出茅廬	21	8.86	5
荊州潰逃	孔明點將、三請三闖、三闖轅門、張飛闖轅門、張飛歸家、氣走范陽、博望坡、博望燒屯、燒博望坡、火燒博望屯、大戰博望屯、孔明收夏侯惇、張飛負荊、三闖擋夏、北河祭旗、火燒新野、二道算、漢陽院、三搜臥龍岡	19	8.02	6
赤壁之戰	孔明過江、館驛會、舌戰群儒、激權激瑜、念賦激瑜、激瑜借亮、臨江會、河梁會、群英會、借箭、諸葛亮借箭、孔明借箭、草船借箭、借箭打蓋、祭風台、祭東風、借東風、南屏山、生周瑜、火攻計、燒戰船、火燒戰船、火燒連環船、戰船圖、火燒赤壁、赤壁鏖兵、鬧長江、三江口、三國志、三國、一氣周瑜、取南郡、周瑜奪郡、取四郡、奪四郡、取武陵、取桂陽、取長沙、大帝取長沙、戰長沙、大戰長沙、劉備勸降、黃魏降漢、收黃忠	44	18.57	1
謀借荊州	大江東、江東、劉備過江招親、劉備招親、東吳招親、東吳招贅、甘露寺、龍鳳配、錦繡圖、美人計、賠了夫人又折兵、二氣周瑜、黃鶴樓、過江飲宴、趙子龍破竹筒、蘆花蕩、討荊州、三討荊州、三計三氣、三氣周瑜、周瑜歸天、柴桑關、柴桑郡、柴桑口、柴桑弔孝、諸葛亮弔孝、孔明弔周瑜、孔明弔孝、臥龍弔孝、弔孝	30	12.66	3

進取益州	回荊州、回南徐、四川圖、西川圖、獻西川、獻地圖、張松獻圖、張松獻地圖、龍鳳對掛、荊州堂、荊襄堂、荊襄拆書、守荊州、拆書擒顏、金雁橋、擒張任、五虎下西川、取雒城、黃魏爭功、綿竹收李嚴、葭萌關、夜戰馬超、夜戰、戰馬超、收馬超、孔明收馬超、取成（城）都、奪成都、瓦口關、定四川、定軍山、陽平關、戰漢水、定漢中、取東川、東川圖、興漢圖	37	15.61	2
受遺託孤	咬牓造甲、連營寨、燒連營、火燒連營、八陣圖、白帝城、白帝城托孤、白帝托孤、劉備托孤、五伐川、五路伐蜀、平五路、安居平五路、鄧芝說吳、秦宓辯天、難張溫	16	6.75	7
南征蠻越	征南蠻、七擒孟獲、燒藤甲、火燒藤甲、藤甲兵、龍鳳帕、化外奇緣、祭瀘江、祭瀘水、渡瀘水	10	4.22	8
北伐中原	孔明上表出師、武侯出師表、出師表、初出祁山、出祁山、鳳鳴關（山）、天水關、天水收維、收姜維、姜維降蜀、姜維歸漢、取街亭、孔明罵朗、罵王朗、罵死王朗、失街亭、馬謖失街亭、空城計、西城弄險、西城用計、斬馬謖、揮淚斬謖、斬王雙、取陳倉、後西川、孔明四出祁山、車馬會、隴西割麥、割麥裝瘋、諸葛亮撮麥、孔明割麥、孔明盜麥、木門道	33	13.92	3
積勞病逝	六出祁山、戰北原、征北原、取北原、渭水戰、斬鄭文、孔明斬鄭文、葫蘆峪、火燒葫蘆峪、葫蘆谷、燒葫蘆谷、火燒上方谷、五丈原、諸葛觀星、七星燈、祭燈、祭命燈、孔明祭燈、諸葛亮祭燈、孔明拜斗、斬魏延	21	8.86	5
身　　後	武侯顯聖	1	0.42	10
其　　他		0	0	11
總　　計		237	100	

（五）歷代戲曲

歷代孔明戲中所演「諸葛亮故事」與人物生平事蹟的各階段關係分布總表（360種）

階　段	劇　別	時期	劇　目	數量	小計	合計	比率	排名
生　前	雜　劇	元代		0	1	1	0.28	11
		明代		0				

		清代	大轉輪	1				
	傳　奇	明代		0	0			
		清代		0				
	皮黃戲	清代		0	0			
	地方戲	清代		0	0			
誕生琅琊	雜　劇	元代		0	0	0	0	12
		明代		0				
		清代		0				
	傳　奇	明代		0	0			
		清代		0				
	皮黃戲	清代		0	0			
	地方戲	清代		0	0			
早孤離鄉	雜　劇	元代		0	0	0	0	12
		明代		0				
		清代		0				
	傳　奇	明代		0	0			
		清代		0				
	皮黃戲	清代		0	0			
	地方戲	清代		0	0			

躬耕隴畝	雜　劇	元代		0	0	6	1.67	9
		明代		0				
		清代		0				
	傳　奇	明代		0	0			
		清代		0				
	皮黃戲	清代	諸葛亮招親	1	1			
	地方戲	清代	孔明拜師、黃郎打狗、黃承彥、諸葛亮招親、孔明招親	5	5			
步出茅廬	雜　劇	元代	臥龍岡	1	2	31	8.61	5
		明代	茅廬	1				
		清代		0				
	傳　奇	明代	劉玄德三顧草廬記、十孝記	2	4			
		清代	鼎峙春秋、三國志	2				
	皮黃戲	清代	襄陽宴、薦諸葛、三顧茅廬、三國志	4	4			
	地方戲	清代	薦諸葛、走馬薦諸葛、走馬薦賢、徐庶薦葛、徐庶辭朝、送徐庶、別徐庶、小臥龍、臥龍會友、徐庶訪友、臥龍岡、三請賢、三請師、三請諸葛、三請孔明、三聘諸葛、三聘孔明、三顧茅廬、隆中對、小春秋、出茅廬	21	21			
荊州潰逃	雜　劇	元代	諸葛亮博望燒屯、諸葛亮掛印氣張飛	2	2	29	8.06	6
		明代		0				
		清代		0				

	傳　奇	明代	報主記、保主記	2	2			
		清代		0				
	皮黃戲	清代	三求計、博望坡、火燒新野、三搜臥龍岡、漢陽院、漢津口	6	6			
	地方戲	清代	孔明點將、三請三闖、三闖轅門、張飛闖轅門、張飛歸家、氣走范陽、博望坡、博望燒屯、燒博望坡、火燒博望屯、大戰博望屯、孔明收夏侯惇、張飛負荊、三闖擋夏、北河祭旗、火燒新野、二道算、漢陽院、三搜臥龍岡	19	19			
赤壁之戰	雜　劇	元代	七星壇諸葛祭風、烏林皓月	2	4	62	17.22	1
		明代	諸葛亮赤壁鏖兵、諸葛亮火燒戰船	2				
		清代		0				
	傳　奇	明代	赤壁記、借東風	2	3			
		清代	祭風台	1				
	皮黃戲	清代	舌戰群儒、激權（激）瑜、臨江會、群英會、借箭、借東風、華容道、取南郡、取零陵、取桂陽、戰長沙	11	11			
	地方戲	清代	孔明過江、館驛會、舌戰群儒、激權激瑜、念賦激瑜、激瑜借亮、臨江會、河梁會、群英會、借箭、諸葛亮借箭、孔明借箭、草船借箭、借箭打蓋、祭風台、祭東風、借東風、南屏山、生周瑜、火攻計、燒戰船、火燒戰船、火燒連環船、戰船圖、火燒赤壁、赤壁鏖兵、鬧長江、三江口、三國志、三國、一氣周瑜、取南郡、周瑜奪郡、取四郡、奪四郡、取武陵、取桂陽、取長沙、大帝取長沙、戰長沙、大戰長沙、劉備勸降、黃魏降漢、收黃忠	44	44			
謀借荊州	雜　劇	元代	東吳小喬哭周瑜、劉玄德醉走黃鶴樓、走鳳雛龐掠四郡、兩軍師隔江鬥智	4	8	51	14.17	3
		明代	黃鶴樓、碧蓮會、劉玄德私出東吳國、慶冬至共享太平宴	4				
		清代		0				

	傳　奇	明代	錦囊記（東吳記）、試劍記、試劍記、四郡記	4	5			
		清代	黃鶴樓	1				
	皮黃戲	清代	黃鶴樓、甘露寺、美人計、蘆花蕩、討荊州、三氣周瑜、柴桑口、耒陽縣	8	8			
	地方戲	清代	大江東、江東、劉備過江招親、劉備招親、東吳招親、東吳招贅、甘露寺、龍鳳配、錦繡圖、美人計、賠了夫人又折兵、二氣周瑜、黃鶴樓、過江飲宴、趙子龍破竹筒、蘆花蕩、討荊州、三討荊州、三計三氣、三氣周瑜、周瑜歸天、柴桑關、柴桑郡、柴桑口、柴桑弔孝、諸葛亮弔孝、孔明弔周瑜、孔明弔孝、臥龍弔孝、弔孝	30	30			
進取益州	雜　劇	元代	曹操夜走陳倉路、陽平關五馬破曹、壽亭侯怒斬關平	3	3	53	14.72	2
		明代		0				
		清代		0				
	傳　奇	明代	荊州記	1	4			
		清代	西川圖（錦繡圖）、錦繡圖、小江東（補天記）	3				
	皮黃戲	清代	張松獻地圖、荊襄府、金雁橋、兩將軍、取成都、單刀會、瓦口關、定軍山、陽平關	9	9			
	地方戲	清代	回荊州、回南徐、四川圖、西川圖、獻西川、獻地圖、張松獻圖、張松獻地圖、龍鳳對掛、荊州堂、荊襄堂、荊襄拆書、守荊州、拆書擒顏、金雁橋、擒張任、五虎下西川、取雒城、黃魏爭功、綿竹收李嚴、葭萌關、夜戰馬超、夜戰、戰馬超、收馬超、孔明收馬超、取成（城）都、奪成都、瓦口關、定四川、定軍山、陽平關、戰漢水、定漢中、取東川、東川圖、興漢圖	37	37			
受遺託孤	雜　劇	元代	關張雙赴西蜀夢、諸葛亮石伏陸遜	2	2	27	7.50	6
		明代		0				

		清代		0				
	傳　奇	明代	雙忠記、虢亭記	2	3			
		清代	八陣圖	1				
	皮黃戲	清代	造白袍、連營寨、八陣圖、白帝城、別宮祭江、安居平五路	6	6			
	地方戲	清代	咬膀造甲、連營寨、燒連營、火燒連營、八陣圖、白帝城、白帝城托孤、白帝托孤、劉備托孤、五伐川、五路伐蜀、平五路、安居平五路、鄧芝說吳、秦宓辯天、難張溫	16	16			
南征蠻越	雜　劇	元代		0	3	20	5.56	8
		明代	諸葛平蜀	1				
		清代	諸葛亮夜祭瀘江、祭瀘江	2				
	傳　奇	明代	武侯七勝記、興劉記、征蠻記	3	4			
		清代	平蠻圖	1				
	皮黃戲	清代	七擒孟獲、龍鳳巾、祭瀘江	3	3			
	地方戲	清代	征南蠻、七擒孟獲、燒藤甲、火燒藤甲、藤甲兵、龍鳳帕、化外奇緣、祭瀘江、祭瀘水、渡瀘水	10	10			
北伐中原	雜　劇	元代		0	1	48	13.33	4
		明代		0				
		清代	丞相亮祚綿東漢	1				
	傳　奇	明代		0	2			
		清代	出師表、南陽樂	2				

	皮黃戲	清代	雍涼關、鳳鳴關、天水關、罵王朗、西平關、失街亭、空城計、斬馬謖、哭昭烈、斬王雙、撤兵增灶、割麥裝神	12	12			
	地方戲	清代	孔明上表出師、武侯出師表、出師表、初出祁山、出祁山、鳳鳴關（山）、天水關、天水收維、收姜維、姜維降蜀、姜維歸漢、取街亭、孔明罵朗、罵王朗、罵死王朗、失街亭、馬謖失街亭、空城計、西城弄險、西城用計、斬馬謖、揮淚斬謖、斬王雙、取陳倉、後西川、孔明四出祁山、車馬會、隴西割麥、割麥裝瘋、諸葛亮撮麥、孔明割麥、孔明盜麥、木門道	33	33			
積勞病逝	雜　劇	元代	諸葛亮軍屯五丈原	1	1	27	7.50	7
		明代		0				
		清代		0				
	傳　奇	明代		0	0			
		清代		0				
	皮黃戲	清代	戰北原、胭粉計、七星燈、諸葛遺表、斬魏延	5	5			
	地方戲	清代	六出祁山、戰北原、征北原、取北原、渭水戰、斬鄭文、孔明斬鄭文、葫蘆峪、火燒葫蘆峪、葫蘆谷、燒葫蘆谷、火燒上方谷、五丈原、諸葛觀星、七星燈、祭燈、祭命燈、孔明祭燈、諸葛亮祭燈、孔明拜斗、斬魏延	21	21			
身　後	雜　劇	元代	受顧命諸葛論功、十樣錦諸葛論功	2	2	5	1.39	10
		明代		0				
		清代		0				
	傳　奇	明代		0	2			
		清代	小桃園、萬年觴	2				

	皮黃戲	清代		0	0			
	地方戲	清代	武侯顯聖	1	1			
其　他	雜　劇	元代		0	0	0	0	12
		明代		0				
		清代		0				
	傳　奇	明代		0	0			
		清代		0				
	皮黃戲	清代		0	0			
	地方戲	清代		0	0			
總　計	雜　劇	元代		17	29	360	100	
		明代		8				
		清代		4				
	傳　奇	明代		16	29			
		清代		13				
	皮黃戲	清代		65	65			
	地方戲	清代		237	237			

諸葛亮民間造型各文藝體類所載主角故事與人物生平事蹟的各階段關係分布對照表

體類 / 階段	史傳								傳說			小說												戲曲		
	〈諸葛亮本傳〉				《三國志》							《三國志平話》						《三國演義》								
	字數	排名	增率	排名	字數	排名	增率	排名	則數	比率	排名	則數	比率	排名	主數	比率	排名	則數	比率	排名	主數	比率	排名	則數	比率	排名
生前	0	13	0	13	0	13	0	13	6	0.57	12	1	2.70	7	0	0	4	0	0	9	0	0	6	1	0.28	11
誕生琅琊	0	13	0	13	0	13	0	13	0	0	14	0	0	8	0	0	4	1	1.24	8	0	0	6	0	0	12
早孤離鄉	165	11	1.06	9	135	12	0	12	3	0.29	13	0	0	8	0	0	4	0	0	9	0	0	6	0	0	12
躬耕隴畝	425	9	7.50	2	493	11	6.04	1	49	4.68	7	0	0	8	0	0	4	0	0	9	0	0	6	6	1.67	9
步出茅廬	865	4	0.85	10	1120	10	0.80	5	7	0.67	11	3	8.11	5	2	13.33	2	4	4.94	6	3	7.50	4	31	8.61	5
荊州潰逃	468	8	1.18	8	1326	9	0.49	8	7	0.67	11	2	5.41	6	0	0	4	4	4.94	6	2	5.00	5	29	8.06	6
赤壁之戰	627	6	0.33	12	2628	6	0.70	6	18	1.72	10	4	10.81	4	2	13.33	2	10	12.35	4	7	17.50	2	62	17.22	1
謀借荊州	43	12	0.34	11	1544	8	2.04	2	38	3.63	9	8	21.62	1	2	13.33	2	4	4.94	6	3	7.50	4	51	14.17	3
進取益州	987	3	2.26	7	9026	2	0.27	11	64	6.11	6	5	13.51	3	1	6.67	3	14	17.28	2	3	7.50	4	53	14.72	2
受遺託孤	667	5	3.36	4	6453	3	0.69	7	113	10.79	3	7	18.92	2	1	6.67	3	11	13.58	3	2	5.00	5	27	7.50	6
南征蠻越	264	10	8.10	1	2843	5	0.30	10	342	32.67	1	1	2.70	7	1	6.67	3	5	6.17	5	5	12.50	3	20	5.56	8
北伐中原	3562	1	2.37	5	17952	1	0.97	4	209	19.96	2	3	8.11	5	3	20.00	1	10	12.35	4	10	25.00	1	48	13.33	4
積勞病逝	498	7	3.53	3	3397	4	0.43	9	39	3.73	8	3	8.11	5	3	20.00	1	3	3.70	7	3	7.50	4	27	7.50	7
身後	1121	2	2.26	6	2002	7	0.98	3	86	8.21	4	0	0	8	0	0	4	15	18.52	1	2	5.00	5	5	1.39	10
其他	0	13	0	13	0	13	0	13	66	6.30	5	0	0	8	0	0	4	0	0	9	0	0	6	0	0	12
總計	9692		2.93		48919		0.66		1047	100		37	100		15	100		81	100		40	100		360	100	